Czesław Miłosz

Rodzinna Europa

欧洲故土

[波兰] 切斯瓦夫·米沃什 著
程一身 译

广西师范大学出版社
·桂林·

目录

序　言

写这本书的念头突然进入我的脑海，我猜，是几年前八月的一天，在日内瓦湖畔海伦·纳伊夫夫人家里。我说“猜”是因为这类冲动闪过脑海，随后很快——从表面来看——就被忘掉了。它们结晶在头皮下面的某个地方，只是很久以后，一个人才开始意识到明确的目标。但让我从描绘这个地点开始。

日内瓦湖畔山坡上的葡萄园拥有良好的朝南光照。往下，沿着湖岸，蜿蜒着公路和日内瓦至洛桑的电气化铁路线。越过开阔的水面（从山上看，水面总是很平滑），你可以看到阿尔卑斯山，有时很清晰，有时只见其轮廓，取决于天气。果园有一个小门，门推得很开，午餐后你走在炎热的土地上，在葡萄藤之间的沟里，剪下熟透的葡萄串作为饭后甜点。一座两层楼高的木拱廊沿着围绕花园和院子的两堵内墙投下影子。拱廊的木板在脚下嘎吱作响。那些木板和一些略微破旧的红砖地板已让我预感到某种东西。不过，这都始于阁楼。在那里，我发现一只漆成绿色、绘着红花的旧箱子和一张漆成类似颜色、带天篷的床，它们已服务于数代瑞士农民，当时我顿感一种惋惜的痛苦以至无言。因为无言不只是身体性的，一段法语交谈的表面轻松可以掩饰对其他地方的凝视。那个阁楼的芳香很熟悉，似乎来自我童年的墙角，但我出生的地方十分遥远，对我的同伴来说，我的行为就像一个玩偶匣受控于某种神秘的机械装置。即使我们对旧家具——不知怎的，它们保留着以前主人的气息——的共同兴趣掩饰了语调的根本差异。如果我想解释这些家具对我意味着什么，它们带给了我什么形象，我将不得不竭力返回那个源头，使自己陷入机构、战役和习俗的日期、历史里。

地球这个旋转的天体变化很小，从地理上说，它上面已不存在任何空白点。然而，在西欧，只要有来自东部或北部几无人迹之地的人，就被视为遥远北方的游客，关于这个地方只有一件事是清楚的：冷。站在这张带天篷的床边，我感到自己既是本地人又是外地人。无疑我会把欧洲称为我的家，但它是一个拒绝承认它自身是个整体的家；相反，似乎在某种自己强加的禁忌的力量下，它将全体居民分成两类：家庭成员（好争吵，但受尊敬）和穷亲戚。多少次我保持沉默，因为书本，甚至教科书很少提供那些雾气笼罩的广阔区域的相关信息（或者，就算它们提供，也是假的），我将不得不从头开始！如今还有离职[①]的额外痛苦。不，我决不效仿那些人，他们清除自己的踪迹，否认过去，人死了，却利用心理杂技假装还活着。我的根在东方，这是肯定的。纵然解释我是谁非常困难或痛苦，但我必须一试。

写这本书的最初动机是让欧洲人更了解欧洲。现在，我将

---

① 一九五一年，米沃什从波兰驻法大使馆离职出走，此后十年生活在法国，以卖稿为生。本书出版于一九五九年。

以不同的方式阐明我的目的。有一种新器官,我们可以把它称为远视眼,它可以同时察觉地球的不同地点以及时间的不同时刻;在我所有的同代人中,电影创造了这种东西。而我不得不比我的同代人更多地使用它,尽管我承受着环境的颠簸:从一种文明到另一种文明,从高压区到低压区,反之亦然。从一个孩子和外国人眼里看到的一九一七年俄国革命,到新墨西哥和加利福尼亚海岸,一直到日内瓦湖边的这所老房子,我穿梭在风暴和平静、炎热和寒冷的区域。新印象抵消不了任何旧印象,严格来说,我并不以编年的顺序看待它们,就像在录像带上那样,而是平行的、彼此碰撞的、重叠的。对我来说,我忍受的这种现实压力使它成为必需:把我出生的欧洲边陲及其语言、宗教和传统的混合体,不仅与欧洲大陆的其余部分联系起来,而且与我们整个时代——它早已成为洲际的——联系起来。

因此,我决定写一本关于一个东欧人的书,他差不多出生于伦敦和巴黎的人群为第一批飞行员欢呼时;关于一个不能被纳入像德语“秩序”(Ordnung)或俄语“斯拉夫灵魂”(âme slave)那样的定型观念的人的书。这一工作绝非易事,因为酷爱常规但未被证实的观念深植于我们所有人的内心。不仅读者,而且作者,在试图使国家和人民的特性具体化时,都会在简化和现实的多面性之间犹豫。因此这根本不是一本我搜集大量素材、只须“润色”便可使它被大众接受的书。我在着手进行一次探索,一次深入我自己——然而不仅是我自己——的过去的心灵航行。

或许这些话听起来太过学术化。我的文学兴趣确实常常把我带到人类学、历史学和社会学的边界,但我并不声称博学。对世界的好奇,热情本身,可以摆脱分类。笑着走在纽约一个高架铁路站下面的一条街上的两位中国少女,被在上面候车的旅客们的目光追随着;一位苏联军官,一位第比利斯土著,伸出小指喝茶,作为很有教养的标志,与此同时,一九四五年冬天进攻的重炮火越过窗户隆隆作响;我大学(它保持着中世纪的礼仪)的校长,他华丽的金链和白鼬皮;一张克里姆林宫某次会议的宣传照,我少年时期的一位朋友的侧影位于权贵中间——每次经历都令人产生一系列联想,要求被给予永恒,被连接到整体。在抽象艺术里,好奇心并非画家作品背后的基本驱动力,但你确实可以处处发现它,对手链环节、连衣裙上的搭扣、头的姿态的精确记录似乎都值得艺术家努力。或许在我读到的所有关于绘画的作品中,波德莱尔谈论康斯坦丁·居伊[①]的短文最让我喜欢。他对衬裙、美容粉和胭脂的颂词很明智,因为一个人只能间接地,通过不断的化装——特定时刻的自我延伸,通过他的历史存在来了解人。这并不意味着我想让我的作品尽可能接近风俗画,或放弃对意识形态争吵的讨论。那将会成为一幅有具体时空的粗劣肖像画。我所能说的是,宁愿被吸引到时尚、每日新闻、观点和信条的变化都莫名其妙地结合在一起的特殊领域,我也不信任潜意识的探索,尽管它在我们的时代如此受欢迎。在这个领域我并不胜任,甚至怕它,因为在这种反古典的过程中很容易失去标准的一切意义。

---

① 康斯坦丁·居伊(Constantin Guys, 1802–1892),生于荷兰的法国画家、记者。波德莱尔称他为“现代生活的画家”。

如果我想表明一个来自欧洲东部的人怎么样，除了谈论自己我还能做什么呢？当然，我可以创造一个虚构的人物，并用我对自己和他人的观察合成一部传记。但我不愿选择迎合偏见的细节：也就是说，我会舍弃对我来说似乎非典型的东西。如果没有现实的控制来抑制我，我就没有压舱物，像个气球。不管怎样，压舱物是有用的。因此对我来说最好忠于自己，并且只用我亲身体验的素材来写作。

“一则日记：我们生命中可以毫不脸红地谈论的那部分。”安布罗斯·比尔斯[①]的箴言想必会让热爱真诚的人感到沮丧。很明显，完全坦率是不可能的，表面上越坦率，这个角色编造的成分就越大。声称真理不可抵达时，我们撒了谎，因为我们排除了那些对我们不利的事情。即使像今天这样，一些作者觉得自虐令人愉快，由于担心听起来很假，就强调他们的疯狂和错误行为，我们可以肯定，他们进行了某种自我审查，甚至他们从来没有“寻根究底”。我们根本无力道破我们命运的所有详情，这没什么可耻的。如果有什么不同，如果那丰富的混乱——在其压力下我们的能力就像黑暗中提灯的光圈——不存在的话，我们就不会不断渴望通过排除法获得作品的形式，可能写作的艺术会消失。我们意识到思想和词语在多大程度上与现实不相称就够了。然后就可能自觉地设定自己的界线。

只要想到地球上那个给了我一切的小小地方，我就知道应

① 安布罗斯·比尔斯(Ambrose Bierce，1842-1914)，美国记者、短篇小说家、讽刺作家。一九一三年底他声称要去参加墨西哥革命，从此离奇失踪。

在何处画这条线。对姨妈[1]的三年之爱，或对父亲的羡慕在自传写作中占了那么多篇幅，因为别的一切——例如一个国家或民族群体的历史——被看成某种“正常”之物，因此，叙述者没什么兴趣。但另一种方法是可能的。不是把个人强行放在显著的位置，而是把注意力集中在背景上，把自己看成一种社会学现象。保留在记忆里的内在经验届时将会从一个人的环境经历的变化这个角度得到评价。略去某些对自己很重要但需要太个人化解释的时期，对那些存在于我们所有人当中最好不去打扰的地下室来说，这将成为尊敬的象征。然而一个人可以避免学术专著的枯燥，因为外部世界将被记忆和主观判断渲染。我的计划是停留在这些界限里，尽管我不能事先承诺结果将是什么。

---

① 应指嘉布蕾拉·库纳特(Gabriela Kunat)。

出生地

许多世纪里，当地中海沿岸的王国兴亡盛衰，其优雅的享乐与恶习代代相传时，我的祖国还是原始丛林，它唯一的来访者是靠在岸边的少数海盗船。地图上没有它的位置，与其说它是真实的，不如说它是传说的。因此，编年史家从未对这个小小的半岛给予多少关注，而今只须沿着地图移动手指，从哥本哈根越过德国和波兰的最北端就可以找到它。它因远离干道而成为最偏僻的飞地之一，这里的时间比别处流逝得更缓慢。不过，到柏拉图撰写《对话录》时，我的国家确实已加入国际贸易的进程。一件件内藏石化昆虫的透明琥珀就来自那里。琥珀作为以物易物的物品在原始部落中易手，从陆地经过漫长的旅程——沿第聂伯河直到黑海——才到达希腊群岛。在发掘现场，它的发现使我们能够重现这条由南到北的主要纵贯线，我们对青铜和黑铁时代获得的某些知识就是沿这条线展开的。

直到中世纪末，这是波罗的海茂密的林区有人居住的唯一迹象——当时这些森林居民成为基督教的耻辱。由于所有心智都专注于传播真正的信仰，骑士歌曲和传奇的主题是与异教徒斗争，而福音书的光芒从未射入这些边远地区，由此引起恐惧并提醒他们尚未完成职责，这就不足为奇了。[1] 欧洲也有“印第安人”，他们在不断的武装袭击中宣告出场，毫无征兆地出现，正如突然撤回他们隐秘的后方。对于邻近的斯拉夫人来说，他们的语言是难以理解的；如果根据武器估量，他们的技术知识水平是不如对手的。他们的弓、矛和皮革包裹的盾不得不对抗成套的盔甲和长矛，但他们行动迅速，弥补了这个缺点。正是在这个时期，这些部落的通用名称首次出现了：“立特瓦”或立陶宛人。由于书面资料的不足和基督徒偏颇的判断，他们在多大程度上可以被称为原始人或野蛮人是难以判定的。他们有一个相当复杂的宗教组织，由司祭的统治集团支持。随着他们不断扩展自身拥有的边界，他们逐渐组织成了一个国家。在一二二六年，波兰的马佐维亚王公，作为一种对抗立陶宛人突袭的防御措施，请来了条顿骑士团[2]的十字军骑士，并允许他们住在该地，那里后来被称为东普鲁士。从那时起，立陶宛人的主要敌人是来自西方不同国家的骑士，他们看起来有点像坦克，穿着盔甲，白色披风饰以黑色十字架。

所有这些都发生在很久以前，但欧洲在她的集体意识里还保留着与西方世界最后的异教徒斗争的记忆，这种记忆是模糊的，但在某些现代天主教的教义问答中却非常明显。例如，在两位德国神学家皮珀和拉斯克普的著作《基督徒插图课本》

---

① 立陶宛是欧洲最后一个接受基督教的国家。

② 条顿骑士团，与圣殿骑士团、医院骑士团并称为三大骑士团。其口号是“帮助、救治、守卫”。

(*Christenfibel*)中,我们读到:“但是在这个第二阶段期间,新的民族进入基督教会的势力范围:始于十三世纪,条顿骑士团以教会和罗马帝国的名义在西部边境引发了诸多战争和冲突。他们征服了普鲁士人,与立陶宛人作战,深入拉脱维亚和爱沙尼亚,并一直推进到佩普西湖[①]。”

我们出生地的偶然性能把我们和在别处所持的整体意见区分到什么程度,也许在这里值得注意。甚至一个民族最早的悲剧仍在持续,因为它们通过谚语、民谣,无论什么口头流传下来的东西而获得永恒,后来它们成为民族文学的原料。一个外部黑暗的边缘形象,只有热情的传教士在那里冒险,如此坚固地植根于这两位德国神学家的头脑中,以至于他们认为适合把它和信仰的真理一起解释。但在我童年时,我看到的是完全不同的情景。基督教传教的史诗实际上是一部谋杀、暴力和盗匪的史诗,在很长时间里,黑色十字架是比瘟疫更坏的恶的象征。因此,我所有的同情都献给那些“高贵的野蛮人”,他们捍卫他们的自由,并且知道为何捍卫它:因为条顿骑士无论在哪里获胜,都会在那里建立他们的城堡,并把当地居民变成一群为骑士团的利益辛苦劳作的奴隶。

叙述这些异教徒的英勇事迹、描述听起来熟悉的名字的书落到我的同伴和我本人手中,在我们最初的反应正被塑形的年龄,它们一定留下了深刻的精神印记。这种阅读的结果无疑是对装扮成意识形态的暴力的一种本能厌恶,是对所有“教化者”

---

① 又称楚德湖,位于俄罗斯和爱沙尼亚边境。

的辩护的一种怀疑态度。

某些民族的国家建设能力确实很神秘。在他们的黑色十字架标志下,这个骑士团征服了普鲁士人和拉脱维亚人,但它却不能镇压在语言上和这两个民族相似的立陶宛人。罗马教会(波兰人和十字军骑士)对其西翼施加压力,立陶宛人只能试图维持现状,此时他们把所有扩张的重点指向东方,指向那些已接受拜占庭宗教的基督徒的领地——诺夫哥罗德、特维尔、莫斯科和基辅。在神圣的橡树下被朝拜的诸神证明比拜占庭的神更强大,因此出现了欧洲最奇怪的政治组织之一:立陶宛大公国。在发展的鼎盛期,它抵达莫斯科周围地区;一边触及波罗的海,另一边是黑海,它甚至在比萨拉比亚成立了一个附属国。但这个小小的波罗的海部落把它的名字借给了公国,它并不试图将自己的方式强加于那些承认其宗主权的人。相反,它如此恭顺,由于和鲁塞尼亚公主联姻,大公的宫廷在忠于古代异教徒的仪式和接受由基辅公国的修道士抄下的福音书之间摇摆不定。

最大的危险来自十字骑士团。波兰是唯一可能反对它的盟国,但也因其门徒力量的增强而深受威胁。波兰和立陶宛外交官错综复杂的策略——前者寻求进入东方,后者听从需要——促成立陶宛大公和波兰女王海德薇格(雅德维加)[1]的联姻,并

---

① 雅德维加(Jadwiga, 1373–1399),匈牙利和波兰君主拉约什一世大帝的女儿,九岁时父亲去世,她与姐姐分别继承两国王位,波兰贵族为对抗条顿骑士团,强迫她嫁给立陶宛大公亚盖洛,当时她十二岁。

逐渐筹备两个国家的统一[1]。海德薇格，安茹王室的女儿，作为一种特殊的圣徒进入历史：通过嫁给异教领袖，她为天主教的更高事业牺牲了个人的幸福。骑士团的剑不能实现的事情通过婚姻完成了：一三八六年，根据大公的法令，立陶宛人在河岸举行了一场盛大的洗礼。欧洲最后的异教徒不再令忠实信徒愤慨。

对年轻的国家而言，关于一个如此遥远时代的事实只不过是教科书中的日期。在我成长的环境里，“联盟的问题”不但被频繁谈论，甚至可能引发激烈的争论。联盟的支持者会指出文明的和平进程的异常特征，并会对比波兰人的方法和条顿人的野蛮战术。他们的对手在联盟中看到了格外狡诈的商业交易，因为立陶宛大公国带给联邦的领土比波兰王国大三倍。如果我们把它比作英格兰和苏格兰之间的联盟，立陶宛人就相当于苏格兰人，这意味着他们的语言逐渐消亡。立陶宛的爱国者们——我依然记得他们热烈的讨论——多半对他们祖先的语言是无知的。

无论如何，这个联邦是巨大的，很长时间内，德国人和莫斯科人都不能与其对抗。一四一〇年，波兰-立陶宛联军在格伦瓦尔德和坦能堡战役[2]中击溃了条顿骑士团。后来，当恐怖伊凡[3]

---

① 即波兰立陶宛王国(1569–1795)，又称波兰立陶宛联邦。

② 发生于一四一〇年的格伦瓦尔德战役，通常被称为“坦能堡会战”。德语文献中称之为“坦南贝格会战”。

③ 恐怖伊凡，即伊凡四世(Иван Ⅳ Васильевич，1530–1584)，又被称为伊凡雷帝、伊凡大帝。俄罗斯历史上第一位沙皇。

统治了克里姆林宫,他的军队在“共和国”(当时它被如此称呼)的国王手里屡战屡败。但在十八世纪,这个占据了欧洲整个中部的联合王国内政衰败,这为俄罗斯人的入侵开辟了道路,并因此从根本上影响了欧洲力量的平衡。

这个联邦并非一个民族国家。民族主义是一个较晚的概念,用它分析过去导致了诸如哥白尼是德国人还是波兰人这样荒谬的争论。启蒙的语言是拉丁语,在书面文学里,拉丁语在宗教改革时期开始让位于波兰语。但大公国的法令是用东斯拉夫语的方言制定的,这证明其民族核心已融入从属于它的人民大众。相当多的城市居民在日常生活中使用德语,尽管殖民者通常在几代人的过程中接受同化。犹太人随身携带着变形的德语和高加索商人的亚美尼亚语。在这个熔炉中,各元素的位置逐渐确定下来:波兰语变得越来越等同于“文化的语言”,就是统治阶级的语言;立陶宛语和后来被分为乌克兰语和白俄罗斯语的方言逐渐变成了“民间话语”。然而,国家的概念与语言并无联系。忠诚基于地方的依恋。

该联邦不可能声称宗教同种。它被天主教和正教之间的界线一分为二——并非一条非常整齐的界线,这多亏了罗马教廷最大的任务之一,该任务只成功了一部分,它试图通过相互让步修复教会分裂的局面。拜占庭基督教徒保留着希腊的仪式,所以没有必要引进拉丁语。然而,他们必须接受以罗马教皇为首领的教阶制度。这是希腊天主教会(东仪天主教会)的起源,建立于一五九六年。从它已扎根其中的领地被俄罗斯接管的时刻起,它将成为殉道者的教会。沙皇把它看作是比天主教更大的威胁，并通过警察法镇压它。

这个联邦半数的天主教徒依然忠诚于罗马，尽管不无叛乱和内部分裂。数十年里，路德、茨温利和加尔文[1]的教义似乎已占了教皇权威的上风。这里的新教运动倾向比别处更激进，产生了许多反三位一体的组织。此外，该联邦拥有欧洲大陆上最密集的犹太人。事实上，他们的数量如此众多，以至于如今大多数犹太人，不管他们住在哪里，可以说他们的父亲或祖父都曾在维斯瓦河、涅曼河和第聂伯河的河岸有过住所。

我试图把历史细节保持到最低限度。然而，如果我把我的故土放在一个更广阔的框架中，它们是必要的。阅读莎士比亚时，我不得不叩问自己联邦——它濒临波罗的海——的立陶宛民族这一部分在伊丽莎白女王统治英格兰的时代情况如何。

我可以推测那些在牙买加和巴巴多斯附近追逐着西班牙大帆船的灵活船只的船桅大多来自我的国家。由但泽港的航运公司保存的记录表明，大量供应给英格兰的某种商品也来自我出生的地方；即活生生的熊。如今这听起来像奇异的货物。我那些同胞们的命运，被迫在“熊园”充当角斗士的角色或摧残罪犯的虐待者，似乎同**斗牛**中公牛的命运一样不值得羡慕。如果海外贸易由这种天然产物组成，立陶宛的森林一定几乎没有被斧头砍伐过，从简单的农耕系统到出口经济的转变一定才刚刚开始。至于本地居民，由同代人留下的证据显示真实的基督教信仰是不阻止立陶宛人向众多男神和女神献祭的（以防万一）。

① 茨温利（Huldrych Zwingli，1484–1531），瑞士宗教改革家。

坦率地说,我必须承认我的故土没有产生一个影响世界命运的独特人物或因重要发现赢得世界认可的人。只有宗教改革时期的历史学家知道那个省会的名字,基日达尼,这是许多新教图书印刷的地方,也是拉齐维乌大公①——异端学说的强力保护者——的驻地。如果我的国家曾受到各国有识之士的关注,那只是在德国学者发现其农民会说最古老的印欧语以后,这种语言在很多方面像梵语。在十九世纪,一些德国的大学开设了立陶宛语的课程,作为梵语研究的辅助学科。

我的故土不仅承担了这个联邦的命运,而且承担了欧洲那部分的整体命运。发展的节奏最初类似于西欧,后来显示出不断扩大的差距。当毗邻大西洋的国家跨越海洋获取殖民地并准备批量生产时,这样莽撞的冒险行为并没有使专事农业的东欧人产生兴趣;如今他们的良心并未负担黑人奴隶和最初无产者的苦难。

似乎为了平衡这种不平等,一种有时被定义为"封建主义复辟"的现象出现了;事实上,它只是一种内部殖民的形式。出口粮食的更大机会促使地主采用集约型农业的方法,并废除向农民征收实物或货币贡品的惯例。当贡品压力对农民不太繁重时,雇主就没有足够的利益可图。只有种植园——它是一种农业工厂——可以响应新的需求,保证资金的供给,能用它从国外进口葡萄酒、纺织品、香料和奢侈品。劳动力当场可用;不得不限制它;换句话说,废除由习俗形成的神圣法规,一场不无斗争和反抗

① 拉齐维乌(Radziwiłł)家族是一个出身于立陶宛的国际性家族,这个上等贵族家族从神圣罗马帝国得到"大公"的头衔,在波兰立陶宛联邦享有很大的特权。

的行动展开了。这个过程是渐进的;开始要求农民在雇主的田里工作一天,后来工作两天,等等。最终结果是“自由”的农民几乎消失了,如果他们的命运不如美国种植园里黑人奴隶的命运那么悲苦,那是因为村民的组织纽带保持完整,加上一种半私有的所有权。然而,农民的真正庇护存在于当地某种宗法制传统中,而不是存在于任何法律里。除了直接属于君主的庄园以外,农民的痛苦与剥削者的荣华富贵成正比,剥削者从未直接接触他们的劳动力,他们被管家和仆人的层层等级环绕着。这些经济发展的结果是一个比西方更稳固地确立起来的等级制度。实际上,只存在两个等级:农民和雇主,后者包含许多等级,从富有的权贵到他们往往很穷的众多“客户”。城市发展的受损,以及由此而来的“第三产业”的崛起,既是这整个过程的原因也是结果。

内部殖民笼罩着波兰、波希米亚、匈牙利、波罗的海各国、乌克兰和俄罗斯,但它并非处处采取相同的形式。越往东走,农民的情况越糟(在最远的边地,在俄罗斯,他们像牛一样被主子买卖)。顺便提一下,对后来在“知识分子”中发现的某些特征来说,这是一条线索,他们既非来自农民阶层,也非资产阶级,而是来自没落的次要贵族阶层。没有一个日期可以确定“封建主义复辟”的终结,或向雇佣劳动制度的转变,这取决于诸多政治和经济因素。在我的故土,农民解放与美国内战的时代重合。

涅曼河,距波罗的海入海口不远,从北部——半岛的核心地带——流出的几条较小的支流注入它。正是在这些支流中的一条河——内韦日斯河——岸上,我所有的冒险开始了。与温暖地区的居民可能想象的相反，我家乡的自然风景既不乏味也不单调。这里没有山，但有丘陵。也许正因为这些视觉上的第一印象，我对一马平川的地形感到厌恶。这片土地是肥沃的，尽管气候恶劣，但可以种植甜菜和小麦。这里有丰富的湖泊和森林，针叶林和混交林。后者包括许多橡树，其作用在异教神话以及我个人的神话里一直非常重要。由于这些童年记忆，我倾向于把我生活过的地方分成“较好的”或“更糟的”：“较好的”意味着有许多鸟。我的故土春夏的美丽弥补了冬季的漫长。大雪十一月或十二月飘落，四月消融。

那是一九一一年。教区有两个教堂。最近的那个是木教堂，人们开车或走路去做弥撒。另一个是巴洛克风格的石头建筑（巴洛克风格由耶稣会士引进），在三英里外，供民事登记使用。这个教区的名字很难发音，我不太了解古老的印欧语词根，无法破译其确切含义。在这里我接受洗礼，并投入罗马天主教会的怀抱。同时，我的名字进入民事登记册，证实了俄罗斯帝国又一个国民的存在。

在乡村，人们说的是立陶宛语和一些波兰语。这个小镇——其农作物被带到市场——日常使用波兰语和意第绪语。但所有因行政目的派来的官员——身后拖着笨拙长军刀的军警、税吏、列车长——用俄语向当地居民演讲，理由是每个人都必须懂这门官方语言。在更高层面上，这里有俄语中小学和大学、办公楼、政府各部、国家宗教（正教），以及金字塔的最顶端——沙皇的宝座。

每个加入数百万卑躬屈膝者的新孩子都成了失败的孩子。

在他或她的身后绵延着血腥的战争、孤注一掷的起义、绞刑架、驱逐到西伯利亚的过去,而无论孩子是否愿意,所有这一切都塑造了他后来的生活。过去并未湮没,尽管已不可挽回。这个联邦不可恢复,立陶宛大公国亦然。这个一度广袤的国家分裂成多个民族,他们不仅仇恨至高无上的帝国俄罗斯,而且还彼此仇恨,因此为沙皇提供了一个促成他终结战局的机会。剩下的一切是反思这场灾难的原因,许多人只把它看作沙皇俄国向西进军的第一个阶段。立陶宛王公曾对小莫斯科这个对手不屑一顾,他们通过支持其敌人鞑靼人或与诺夫哥罗德和特维尔达成协议使她陷入困境。后来,他们的继任者波兰国王把莫斯科看成一个危险的敌人,尽管比他们弱,不能在实际战斗中对抗联邦军队。到十七世纪中叶,天平开始倾斜,彼得大帝迫使他们屈服。最后,联邦昔日的辉煌变成了羞愧和无力感。

这是命运,还是证明专制政体是权力唯一的保护措施,民主政体最终总会失败?无论怎么看这个拥有**共和国**称号并吹嘘以选举的国王做领袖的有机组织,其中固有的恶都不应以我们的标准来评判,而要和同时代的邻国比较。无法想象还有比这更大的差异:一方面,一个被混乱统治的凝聚物,一种形成于无数微小粒子黏合的珊瑚礁;另一方面,沙皇的中央集权领地,那里的统治者无所不能,世俗权力和宗教力量融为一体,谋反和宫廷谋杀是基本的政治手段。在前者中,一股缓和的风气盛行:人身保护法,喧闹的议会会议,缺乏弑君者,投票中的贿赂与交易,个人、团体乃至整个地区表现出来的无政府主义倾向。农民被剥削,在政治上他们不被考虑(因为他们那时在任何地方都不被考虑)，但阶级民主是个事实。许多为自身利益而斗争的团体都争夺权力：富豪奉承一大群小贵族，君主权力非常有限，以至于常常不得不为获得军队的信任而低声下气；城镇居民决心保护他们中世纪留下的特权；最终，教会及其宗教团体只对罗马负责。在议会中，任意一个宣布“自由否决！”(Liberum veto)的代表可能会不可更改地中断会议——欧洲独有的法律，它暗示通过法律时难得达成全体一致是必然的，也暗示言论自由携带着它自身毁灭的种子。与此同时，俄罗斯的外交官起初从远处旁观，轻抚着他们的胡须；但后来，当他们的行动受到强大的军事力量支持时，他们发现施加压力或用金钱收买政党和个别代表易如反掌。事实证明，他们获得了彻底的成功。

试图掌握两条腿走路而不是四脚着地的复杂艺术时，我对这些遗传的负担一无所知，它们并不在血液里延续，而是在我们生活于其中的人的话语、姿势、无意识反应中延续。那时我也不明白旧的愤恨已呈现出新的形式；不明白没有足够的监狱关押所有社会主义者，他们梦想一个民族被另一个民族的统治将终止的时代；不明白护卫政府资金运送的宪兵被子弹撂倒，不明白偷来的钱塞满了阴谋的收银台。

我不仅继承了遥远的过去，还有更近的过去，仍徘徊在现在的界限上：布莱里奥[①]的飞机飞越英吉利海峡，美国的福特汽

---

① 布莱里奥(Louis Blériot，1872-1936)，法国发明家、飞机工程师。一九〇九年驾驶飞机飞越英吉利海峡。

车，立体主义和最早的抽象画，马克斯·林德[①]的电影，还有一九〇五年的日本战争[②]，它已证明，一反所有可能，俄罗斯帝国并非不可战胜。

---

① 马克斯·林德（Max Linder, 1883–1925），法国导演、剧作家、制片人，默片时代的喜剧演员。

② 即日俄战争（1904–1905）。

祖　先

如今，为了探究家族史，一个人不得不克服内心的抵抗；换句话说，必须摆脱植根于恐惧或势利的习惯。那些将原罪的负担置于碰巧来自“错误”阶级或种族的个体的门阶上的理论造成了多种禁忌。由于这个原因，我们中很少有人不曾目睹某种宏大的假面舞会。但任何地方的这种表演都不如政治生活被唯一政党支配的国家那么宏大。犹太人取了斯拉夫人的名字，假装反犹主义，并为一碗红豆汤①背叛了他们几千年信仰至上的传统。平等主义运动的领袖（他们很少来自无产阶级）虚构他们的家谱，以适合盛行的标准。贵族为了获得政府职员的工作把他们的父母描述成农民。但由于农民背景也易受怀疑，关心自己职业生涯发展的青年人冒充工人的儿子。反过来，工人的儿子却试图掩盖他父亲曾活跃于工会的事实。模范公民是凭空出现的人，既无记忆也无传统。祖先——毕竟自己无法选择，比如拉比、公寓房主或磨坊主——并非财产；他激发恐惧，还可能

---

①　以扫为了一碗红豆汤将长子的名分卖给了其孪生兄弟雅各。（《圣经·创世记》）

带来死亡或不幸。

势利同样导致社会原子化，并使我们与根源断绝。不太久以前，对一个刚到西方并渴望逐步建立形象的东欧人来说，炫耀头衔，讲虚构的富人故事，这都成了习惯。一种俗套的类型产生了，数不清的小说和电影把每个俄罗斯人描绘成王子，或把每个波兰人描绘成伯爵。从根本上说，这是错误的社会学事例。在城镇和工业发展较晚的喀尔巴阡地区，贵族的头衔——有权使用“de”或“von”[①]——是十分常见的事情：有轨电车售票员、工人、修鞋匠或小公务员都能拥有一个。如今，对来自美国的似乎荒谬而粗俗的影响的恐惧几乎完全摧毁了那种狂热。不持久的事物一定会被抛弃，无论它牵涉失去的特权还是用木头或金属做工的数代小工匠。

足够奇怪的是，如今关于历史说了很多。但除非我们能把它和我们自身个体联系起来，历史将多少总是抽象的，其内容是非个人的力量和观念的冲突。尽管每代人为了整理大量混乱的材料都需要一定的概括，但这种概括总是让人毁弃倾向于偏离纲要的个别细节。无疑，每部毁掉的家族档案、每个烧掉的账本、每次对过去的抹杀都是以损害事实为代价强化分类和观念的。后来，全部世纪的所有遗迹只是一种大众文摘。如今我们中没有一个人对这种传染有免疫力。

如果我写到我的祖先，这是因为他们是我力量的根源。多亏他们，我可以亲手触摸到过去时代的衣服与家具、发黄文件上

① 分别是法国和德国贵族的标志。

的笔迹，把它们看成还没有完全死去的事物。一个人的根源意识就像一根陷入深处的锚线，将一个人限定在某个范围内。没有它，历史的直觉实质上是不可能的。这就是我们世纪的一位作家——威廉·福克纳，将他的小说放在时间的溪流里，并把它们限定在一个独特的县的边界内的原因。[①]

对我来说，概括充满了几乎可触摸的具体性。例如，我自己的家族史就证明了这种规律，欧洲民族的向东迁移被称为**东进**[②]。因此，我转向思考柏林和奥得河[③]畔的法兰克福，到那里寻找我的根。众所周知，向东施加压力的日耳曼人群体在路上受阻于一些斯拉夫群体的文德人（也叫卢萨蒂亚的索布人）——其少量后裔如今仍然幸存。这种压力一定是强大的，当地人降到了社会阶梯的最底层，那些非常机智的人选择了逃离。然而，他们逃离的所有踪迹都已经消失；重现他们行程的马车，或画出他们的马车、马以及马车夫是不可能的。只有当漫游者住进他们的新家，才能弄清楚日期和事件。

立陶宛人烟稀少的森林为伐木和殖民提供了广阔空间，波兰人、德国人，甚至苏格兰人都被吸引到这片处女地，来自卢萨蒂亚的移民到这里寻找避难所就很自然了。然而，这一切只是

---

① 威廉·福克纳（William Faulkner, 1897–1962），美国文学史上最具影响力的作家之一。一九四九年诺贝尔文学奖得主。其小说大都发生在一个虚构的地方——约克纳帕塔法县，被称为“约克纳帕塔法世系”。

② 原文为德语：Drang nach Osten。十九世纪德国的民族主义政策，主张德国应向东扩张。从条顿骑士团到纳粹德国均如此。

③ 奥得河（Oder），德国与波兰的界河。

模糊的传说；不过，有个反复出现而且不无某些确定的传说：在我家世袭的土地上，有个叫作“塞尔维亚公墓”的地方。传说这里埋着忠诚的仆人，他们从遥远的土地陪伴主人来到此地。

从幽暗中出现的第一个人是格雷戈里·米洛舍维奇·米沃什，如果不是亲自出场，至少在民事登记处出现了他的签名。从一五八〇年起，他和艾奴塞维奇拟定了一份买卖契约，更确切地说，确实注明了日期。因为保存文件的那间房子被希特勒士兵发射的大口径炮弹摧毁了。但这个事件却被当作似乎没有发生过。当时，高质量的纸已造出；它变了色，但并不易碎，并会保持很长时间。笔迹是，或曾是，漂亮的，而且形式整洁，尽管其辨识度因采用当时复杂的书法而有所降低。更糟的是，这份契约是由两种字母系统和两种语言写成的。要了解这个程序，当时完全标准的程序，我们将不得不陷入令人恐惧的时代混乱中：当时还没有人听说过民族的概念。

立陶宛大公国法律文献的语言是一种注定无法完全成熟的方言，尽管后来白俄罗斯人把它作为自己的母语。有点像普罗旺斯语，注定在强邻面前衰退，这种方言因受到西边波兰语和拉丁语（法律职业的语言）与东边俄语的夹击而枯萎。这种方言比较活跃的时候，他们就用来自拜占庭的字母表把它写下来，像希腊语那样。因此这份契约（它开启了整个这次讨论）从西里尔文中神圣的惯用语开始，然后转换成波兰语，最后又回到西里尔文。这份契约以双方和他们的证人用波兰语——也就是拉丁字母系统——签字结束。

由此我们可以得出结论，波兰语已成为一种日常语言，不仅是我祖先的日常语言，而且是其他移民或本地出身的家庭的日常语言。至于契约起草的地方依然是内韦日斯河上那个相同的小宇宙：人们在那里结婚，然后度过他们全部的生命，并死去，除非作为士兵在战时被召集到某个遥远的战场。他们的生活一定是对世界的垂直视野：一小块土地和上面的天空——仍把大地看成平的，而不是圆的。

拉布纳瓦的主人是普通的乡绅，没有证据表明他们在这个小宇宙中享有特殊地位。当然他们担任公职，但最高职位只是法官。像其他所有人一样，他们可能认真对待政治，但这是不得已的，由于政府系统建立在地方小型议会的基础上，它们为首都的主要议会选举议员。接近另一个小镇强大的新教中心，当地的拉齐维乌大公——他支持联合瑞典人反对天主教和波兰国王——的政策似乎引起了尖锐的宗教争执。值得注意的是，加尔文教徒在同一个小镇用农民土语，也就是立陶宛语，印刷了《圣经·旧约·诗篇》；换句话说，农民和普通人没有完全被忽视。但他们完全依赖于庄园，理所当然地被认为是事物的自然秩序的一部分，以至基督教道德的唯一缓和效果是主人对农奴福利的责任感。

局外人很难理解东欧强烈的民族仇恨。民族主义在某个地方出现得越晚，人们越热情地试图把它和一个半传说的英勇过去联系起来。立陶宛人早在蒸汽和电气时代就恢复了他们的身份意识，他们对披着斯拉夫人的外衣存活的任何传统都很敏感。因此他们把某些名字看得非常重要，因为它们的发音唤起了对过去的感觉。例如，我母亲的名字，库纳特（Kunat）。或许这个名字真的属于一个立陶宛酋长,他的部落在中世纪被波兰人和条顿骑士团消灭了。无论如何这是传说。很可能不仅名字,还有当时的种族类型在她的家族中延续——立陶宛人特有的鼻子的形状、颧骨的特别线条、两只眼睛特别的距离。但即使是这样,如果这个家族很久以前被波兰化并接受加入以斧头为家徽的氏族,它可能有什么影响?在我母亲那边另一脉后裔——西瑞期或西瑞特斯——中差异甚至更明显。立陶宛农民类型的重现在这个家族分支中很有规律,以至于一个人获得从一个母体生成一系列复制品的印象。但赢得帝王和维捷布斯克[①]城堡主的称号证实了西瑞特斯家族新的爱国精神和他们对波兰语的忠诚。

认为这些事情可笑或无趣是错误的。在二十世纪,尤其是第一次世界大战后,当立陶宛被建成一个独立的国家时,这样的问题经常会导致最亲密关系的断绝和兄弟反目。一个人被迫做出选择,因资料不清楚更加情绪化,然而,像每个决定一样,需要合适的动机。但是什么理由能迫使人坐下来看语法书,学习无穷无尽的动词变位,或许它们对梵语专家非常有用,但在那个小国家之外几乎无益?种族?波兰人、立陶宛人和德国人血统的融合,我自己就是一个例子,这是如此普遍,以至于纯粹种族的赞赏者会发现没什么可吹嘘的。此外,这一整套文化观念和联邦密切相关,并通过它和波兰联系起来。

① 维捷布斯克(Vitebsk),白俄罗斯东北部城市,一七九六年曾为白俄罗斯首府。

迄今为止,在我家族史中占支配地位的动机仍是东进。当它在波罗的海变得太拥挤时,在第聂伯河总会有足够的空间。十八世纪末,米沃什家族的一支出发去那里寻求财富,是什么促使他冒险并不清楚,但把那个地方想象成纯粹的乡村将会忽视它与房地产管理、商业交易和贷款业务相联系的多种功能。无论如何,作为萨佩哈大公的"委托人"和管理者,移民米沃什获得了一笔宝贵的遗产:六十或七十万英亩原始森林,由于木材价格上涨获利甚巨。以一种悖论的形式,这些努力的成果——正如我们后来将看到的——将为法国文学的辉煌增添光彩。

事实、传闻或完整的现场,如果可以被写进一个句子里,也就可以被记录在家族史中。一个句子便足以报道拿破仑的那位军官未从西班牙返回——不是因为他已经死了,而是因为他娶了某个当地的美人。另一件事,很久以后发生在华沙并涉及另一个人,需要显示出整个语境:英国饭店楼梯很陡;一个参加一八三一年起义的老兵在奥斯特罗文卡战役①中失去一条腿,他正用木腿支撑着下楼。在他对面上楼梯的是一个超重的俄国将军,将军相当自信,遇到这个残疾人毫无歉意。于是这个受伤的人抓住他的木腿朝将军的头砸去,将军从楼梯跌下来了。这件事不仅显示了这个男人的暴躁,而且显示了波兰对她的征服者的态度;它也暗示了那悲悯时刻的到来,我祖父在一八六三年另一次起义失败后不得不把他的手枪和剑扔进家乡的河里。但

① 奥斯特罗文卡系波兰东北部城市。奥斯特罗文卡战役发生于一八三一年五月二十六日,结果起义军被俄军击败,随后华沙被攻陷,波兰一八三〇年起义失败。

政治混乱留下的不仅是身后的战争故事。直到第二次世界大战,当旧书的书页主要用作士兵的卷烟纸时,我母亲的家人珍爱着经济学家和流亡者斯坦尼斯瓦夫·库纳特的藏书,他在巴黎的莱巴蒂尼奥勒的移民学校任教。

古怪的人和空想家应该有一个特别的地方。我的第聂伯河的堂兄弟擅长这个领域。无疑,他们试图克服随成功而来的无聊。他们中的一个人死后,人们发现他家五个房间中的帽子和胶鞋堆到了天花板,它们像其他收藏品一样漂亮。这家人对贵族的显赫也很敏感,例如,他们不能忍受这种观念,即认为他们和当时塞尔维亚王朝著名的米洛什·奥布雷诺维奇有关。他们中的一个人甚至给彼得堡一位沙皇的高官写信:"莱谢克五世殿下授予了我们卢比茨盾型勋章,我们和那些塞尔维亚的牧羊人米沃什家族毫无共同之处。"①

抛下他们的狗、松鸡和猎狼,以及六尺深的雪,他们出国旅行,在威尼斯和佛罗伦萨盘桓数月之久。在这些旅行中有一次以结婚告终:那位意大利女歌手从她祖国的葡萄园被带到第聂伯河,她惊异地凝视着雾(我们可以推测这发生在春天)、沼泽,以及被成片的森林包围的地平线,凝视着长头发的农民,他们穿着亚麻布短裤和编织到小腿的树皮鞋。尽管她到这里事实上已变成了至高无上的公主,这些空虚之境一定剥夺了所有已经属于她的东西;她的声音是无价值的,只是个遗物。要是唱片存在就好了,至少她能听听过去的自己,但这里只有寂静、青蛙合唱

① 信中引文原为俄语。

团以及牧童在桦木号角上吹奏的单调旋律。这情景在我的想象里存留了许久,它本应是准确的。然而,事实是当娜塔莉娅·塔西斯特罗嫁给波俄战争[①]的残疾军人时,她遭到丈夫家庭的反对,从未离开意大利。她被葬在米兰附近的韦尔切利。

一九四〇年,在被纳粹占领的华沙市中心,我房间的窗户对着一个长满野草的小广场。一天,一位精神饱满的老人来访,像其他所有人一样,他从事黑市交易。当时这是避免饿死的唯一方法。我自己在这个领域却屡试屡败。而这个老人误以为我可以在交易中帮到他。他专攻靛青漂白粉,所有洗衣女工寻求的一种产品。在某一刻,他走向窗户,瞥了一眼下面的广场,突然脱口而出:"跑道就在那里,一八八九年我就在那里赢得了自行车赛的第一块金牌!"我们的谈话偏离了靛青漂白粉,转向这个城市的过去,不管怎样这使我更感兴趣。"你是不是瓦迪斯瓦夫·米沃什先生的亲戚?我记得他,仿佛就在昨天。多么英俊的一个男人!好一头雄狮!当他在撒克逊花园散步时,他那黑色的胡须,摆动着的他的象牙柄手杖,女人们都为他倾倒。那是个名人!一个古怪的人,一个唐璜!"

意大利女歌手和第聂伯河森林庄园主的儿子。在任性的满足里不受任何东西和任何人的限制。他在非洲猎狮。乘热气球飞行。作为一个极端的无神论者,他强烈反对所有教会;作为一个天生的无政府主义者,他嘲弄所有政府。在巴黎公社期间,

---

① 波俄战争,一六五四至一六六七年间波兰与俄罗斯为争夺乌克兰进行的战争。最后俄罗斯获胜,波兰由此衰落。

让他兴奋的不是政治,而是他自己的激情:为了绑架一个他已经爱上的见习修女,他带领一帮恶棍突袭女修道院;因为这件事,他被关押在夏特莱几个星期。在家里,他驯服了熊;它们担任他的保镖,并像狗一样追赶他的马。他的婚姻是按照他个人的风格完成的。在华沙穿过一条街道时,他在一个商店橱窗里碰巧看到一个美丽女孩的肖像。他停在肖像前面,说"就是她了",然后走进商店。他的意图决不被这个消息改变:这个女孩——米里亚姆·罗森塔尔——是一个犹太教师的女儿。那个靛青漂白粉老专家知道这件事的一切,但他不可能知道它的结局,因为情节的现场转移到远离这个城市的地方,而他从未离开过这个城市。

由一个周游世界的运动员和一个犹太美人的结合产生的这个独生子成为一位伟大的法语诗人,他对我的生活也将产生重要影响。奥斯卡·米沃什[①]在他父亲长满树木的切莱伊亚庄园里度过了童年,其风景永远和他在一起,作为对神话之地、真正精神家园的记忆。"一片广阔的黑暗、泛绿、腐烂的湖泊,被疯长的悲哀的黄色睡莲侵占,突然在我眼前铺开,"他写道,"哦,家啊,家啊!你为什么让我离开?"[②]但当他长到十一岁时,他被送到一所寄宿学校,巴黎的让松·德·萨伊中学。在那里完成学业后,他在卢浮宫学院和东方语言学院求学。

---

① 奥斯卡·米沃什(Oscar Miłosz, 1877-1939),诗人、剧作家、散文家,国际联盟的立陶宛代表。

② 引文原为法文。后面介绍其著作名称时用的也是法文。

这个男人生活中许多令人痛心的事件可以解释他对波兰人的敌意。孩童时他只说波兰语,并完美地掌握了这门语言。但由于他周围的反犹主义,令人痛苦的冲突产生了。他与犹太女人结婚是一桩不可饶恕的和低身份的人结婚的事件,违反了自己所属阶层的禁忌。回家度假时,他意识到这种等级制度将永远不会“原谅”他。另外,他对此的认同越来越少;法国已经塑造了他的思想,他便从一种安全距离看待他的东方同代人。总结他这段归属不确定时期的回忆时,他告诫我:“记住,在欧洲没有什么比波兰贵族的狭隘仇恨更愚蠢更残酷的了。”这是多么正确,我以后会证实,为我自己。

波兰贵族每走一步都喜欢引入叛国的观念。叛国不仅意味着不合适的婚姻,而且意味着当奥斯卡达到法定年龄时做的错事——他卖掉了继承的广大林地。在第聂伯河畔的这些省份中,爱国主义准则奇怪地联系着所有权准则。因此,无论谁出售他的家产都会减弱其国家集团的“财产”并促进俄罗斯人的入侵。奥斯卡·米沃什把他的家产卖给了俄罗斯商人。他和等级制度的决裂是彻底的。

他忠于家族传统,在第一次世界大战前那几年,他怀着愤怒和悲伤走遍了整个欧洲大陆。可能没有哪个欧洲国家他没去过。他热爱文学,阅读德语、英语、法语和希伯来语的《圣经》,几乎一样不费劲。在巴黎,当时的诗人咖啡馆就是丁香园咖啡馆,位于蒙帕纳斯大道上,奥斯卡·米沃什的第一本诗集,他的剧本《米格尔·马纳拉》和一部小说《爱的启蒙》,使他同样成为这里的常客。在丁香园咖啡馆,人们经常看见他和年老的奥斯卡·王尔德在一起。在那里他可能也认识了纪尧姆·阿波利奈尔[①],另一个有相似背景的“法国人”威廉·科斯特罗维茨基也是立陶宛大公国士兵和冒险家的后裔。

这个具有浪漫风度的修长青年人拥有一笔令人难以置信的财产。他奢侈地挥霍金钱,例如,为他“宫廷”的青年男女朋友举办盛大的宴会。这些狂欢聚会在很长时间里都是参与者挥之不去的生动回忆。当我作为学生住在巴黎时,克列孟梭[②]时代对我遥远如石器时代,我造访了一些幸存者——诗人和演员。他们头发已白,脸上布满皱纹,他们养猫。谈到他们以前的主人,他们表现出极大的喜爱。他本人失去了全部财富。他出售森林获得的资本投资于沙皇股票,而革命把它们变成了一张张废纸。

然而这位世界主义者极其怀旧,渴念故土。这明显流露于他写的一切文字。他作品里的风景并非法国的;他的鉴赏力是外来的,并充满迷人的异域情调。但哪里是他的祖国呢?是用地理纬度圈界定的一片土地吗?那地方没有随口就说“我们来自这里”的人居住了;如今,他们把来自乡村用不同的语言说话的邻居几乎看成敌人。奥斯卡·米沃什的家园是某种传统。在这种传统里,时间都被缩小,一个世纪好像一瞬间就过去了。因此他将凝视的目光转向家族史的扎根处:波罗的海半岛的那个

---

① 纪尧姆·阿波利奈尔(Guillaume Apollinaire, 1880–1918),法国诗人。母亲是波兰贵族。父亲是意大利军官(或主教)。

② 克列孟梭(Georges Clemenceau, 1841–1929),政治家、新闻记者,法兰西第三共和国总理。

小县。但即使在这里,一个人也不得不在立陶宛和波兰之间抉择——在芬兰的一次类似争论导致了芬兰人和瑞典人的矛盾,只是在那里解决得更好。

受自治口号的鼓舞,在第一次世界大战期间,许多来自东欧国家的代表团在巴黎频繁活动。奥斯卡·米沃什,当时在奥赛码头①任新闻官员,做出了他的选择。波兰和立陶宛的冲突在很大程度上是地主和农民之间的阶级冲突,更确切地说,是贵族传统(不管他们拥有多少财产)和农民传统之间的冲突。米沃什的贵族天性和他年轻时留下的旧恨让他倾向于行动缓慢、按部就班和倔强的农民一边,在被各种殖民迫害之前,他们是大公国真正的创建者。如果历史的连续性存在于任何地方,那么也存在于他们中间。他对他们的爱是真实的;由于他们的美德遗失在别处,他把他们称为欧洲的印第安人。米沃什成为国际联盟的首批立陶宛代表团的成员,后来,他在巴黎代表着独立的立陶宛。有人提议让他担任外交部部长的职位,但他拒绝了。他的墓碑在枫丹白露,他的诗歌的无名赞赏者常在那里摆放鲜花,碑上用立陶宛语刻着他的名字(有词尾 ius②)。

像许多其他自愿的立陶宛人一样,米沃什通过翻字典学习语言。在一九一九年,当瑞典人布兰廷③主席率领的国际委员

① 法国外交部位于巴黎奥赛码头(Quai d'Orsay),故"奥赛码头"一词常借指法国外交部。

② 立陶宛人的姓大多有这个词尾,可以此区分波兰人的词尾 ski 等。

③ 布兰廷(Hjalmar Branting, 1860–1925),瑞典首相、政治家和社会民主运动先驱,获一九二一年诺贝尔和平奖。

会在布鲁塞尔开会以寻求解决维尔诺的棘手问题时,米沃什率领着立陶宛代表团,但他和波兰代表团的发言人阿什肯纳齐教授争论时用的是波兰语。然而,他的所有作品都是用法语写成的,他深爱着法兰西。

我和他更熟悉,这可以由他决定喜恶的强烈感情来解释。由于他和至亲断绝了所有联系,他把所有注意力转向家族的另一支;由于许多复杂的原因,他以冷漠的眼光看待民族归属问题。他欣喜地发现我是个诗人,把我看作他的侄子,一个不完全准确的称呼,因为我们的亲戚关系很远。他写信给我建议,有时用法语,有时用波兰语。在他一次去立陶宛旅行期间,他把我的外祖父(库纳特)描述成"一个十八世纪的绅士",其描绘充分体现了那个乡绅的亲切、温和与幽默。作为立陶宛共和国的公民,他坚持波兰性,但拒绝沙文主义。事后我才认识到,多亏了这样一个先辈,那些人暴露出的旧式思维比伴随着极端歧视的新式思维更人道,这对民族主义的欧洲是多么讽刺。奥斯卡·米沃什对齐格蒙特·库纳特的尊敬也表明他对社会阶级如此厌恶,他在该阶级里识别出两种不同的心态:一种依附于欧洲古典教育的原则——依附得越紧越好;另一种则由受伤的自尊指导,呼吁某些模糊的国家价值观(它们以前从不需要辩解)——这些情绪支配行为越多就越糟。

发生在东欧的这个进程,几乎与铁路建设同步,与欧洲大陆的其他地方并不同时;它更接近内战后美国南部发生的事情。我先前提到福克纳不是偶然的。波兰人发现他的小说氛围比巴尔扎克或左拉的更熟悉。在波兰如同在美国南部,整个社会的平衡被一场突然的打击破坏了。贫困的贵族逃往城市,但他们以前的风俗习惯并未完全消失。恰恰相反。他们在各个阶层都留下了自己的印记;因此,波兰的无产阶级,更不用说知识分子,和幸存的贵族成员保持着密切联系,继承了贵族的许多特点。我自己的家就可以提供一个例子。我父亲没有一亩土地,却被送到一所俄罗斯中学和里加理工学院(道路和桥梁系)。之后,里加这个古老的汉萨同盟城市后来成为拉脱维亚的首都,是波罗的海地区的主要学术中心,吸引着波兰和俄国的学生。市民主要说德语,学生过的是和他们在莱比锡或海德堡的同学相似的生活。

我生来就没有随继承的财产而来的安全感,不得不在这个世界上走我自己的路。由于父母——他们属于知识分子——留心为我规划职业,这种压力有所缓和。私营工业和贸易才刚刚开始发展。因此教育相当于进入官僚体制的入场券,几乎没有例外,由于革命的剧变,官僚体制将拥有令人吃惊的地位。当我往水里扔石子和爬树时,我就确定做个自由人。只是偶尔,在外祖父库纳特家中(我出生的地方)度假时,面对乡村男孩与我之间的不同时,我感到烦恼。然而在那时,无论喜欢与否,我都已经“被归于某个阶级”了。

我的“位置”一点也不符合通常被称为“资产阶级的生活方式”的东西。我那种“一个人应知道自己是谁”的看法陪伴着干瘪的钱包和个人需求的强制缩减。我的物质生活如此简陋,甚至会使西方国家的无产阶级大吃一惊。农村有钱人的贫困(我叔叔和婶婶的生活方式绝不让我羡慕,他们仍是地主),实际事务中的某些无能,蔑视"用胳膊肘挤着前进"(因为社会地位明显并不依赖于财富),以及最终第一次世界大战后普遍的经济困难,一切意味着一件事。作为一个学生,我穿粗糙的土布衬衫和套装,因为它更便宜。连续数星期的每一天,我的鼻子紧贴书店或出售科学仪器的商店的橱窗玻璃,清楚地意识到我买不起我梦想的东西;我学到的不是如何存钱,而是如何抑制诱惑。如果挣钱和花钱的冲动证明了贪婪的态度,扎根在我心里的却是相反的态度——消极的生命力。当我只剩下最后一分钱,我宁愿去睡觉。这样身体的消耗会更少,一个人可以省去中餐和晚餐。这在很大程度上可能是个人自尊的问题,但它肯定与我的社会群体认同的适宜的价值观不无关系,该群体继承的,即便不是特权,至少也是这样一个强烈的信念:工资收入低于男人的自尊。

后来,当我为"人民民主"服务时,我的出身根本没有给我造成麻烦。相反,我的上司认为很有利,并在这方面表现得相当精明。对他们来说,真正的恶魔是私人创业心的捍卫者,是企业家,无论是在贸易、工业还是农业领域。通过根除贪婪的本能,他们相信人类会被提升到一个更高层次。在这一点上,他们和我完全一致——一份比任何原理更深刻的协议,它源于对计算、测量和称重等象征着不洁的活动的天生厌恶。事实上,谈到金钱时,没有什么比某一部分不能自卫的知识分子更反资产阶级的了。他们对高利贷保持着中世纪的厌恶感,因为私人资本主义从不对他们产生影响。我的上司——未必意识到这一点——

宣称一种意识形态：以对贫困贵族及那些文学和政治革命的开创者返祖性的怨恨为鲜明标志。这些人中的一个是陀思妥耶夫斯基——当他以他的主人公拉斯柯尔尼科夫的身份杀死当铺老板娘时，在某种意义上，他预见了对私人资本的没收（这是由阿尔贝托·莫拉维亚[①]观察到的）和私有财产的国有化。另一个人是列宁，还有一个是来自立陶宛大公国的我的同胞费利克斯·捷尔任斯基[②]，地球上权力最大的警察机构——契卡——的组织者。于是一条常有人走的路铺展开来，使知识分子成为"机构"的合伙人很容易。从情感上我并未谴责私人商店和农场受到的破坏（这并不意味着我总是在理智上支持它）；它甚至给了我一种虐待狂的快感——这当然被作为一项积极的指标记在我的档案里。

另外，我是个诗人；也就是所谓的知识分子。尽管这份职业绝对依赖个人的因素，不过我想，我的选择并非没有社会动机。在一个将个人的社会地位与他所值的金钱数量清晰区分的社会里，也就是说，当这个人不能决定其他人时，这在某种意义上运用的是一种贵族的价值尺度。因此，对东欧人来说，在文学、科学或艺术领域获得认可的动力，拥有追求以前被盾形纹章授予特殊身份的所有特征。在欧洲的这个部分之外，任何地方的艺术家、作家或学者都不享有这种特权，这并不是由党带来的改变

---

① 阿尔贝托·莫拉维亚（Alberto Moravia，1907–1990），意大利小说家。

② 费利克斯·捷尔任斯基（Felix Dzierżyński，1877–1926），波兰裔苏联政治家，契卡（"全俄肃反委员会"的简称）的创始人。

的结果,它只是正好懂得利用这样一个体制而已。特权和高收入并不总是同时拥有,因为金钱可以被名望取代;它们也不是必须与自由同时存在,因为国家——即使在它驯服并征服一位艺术家或科学家时——正是通过这种努力对他的角色和他的重要性表示敬意的。有趣的是,只在法国有类似的对知识分子的尊重——但是,正如常被评论的,巴黎文化环境的状态类似于皇宫中的运行状况。在资本家的世界里只剩下一座小岛,在那里贫穷并非耻辱:当它被头衔装饰着;换句话说,被宣传装饰着。

如果有个知识分子对全能国家的忠诚和他自己的利益一致,那就没有理由怀疑他。当利己主义的动机因其他倾向的存在而变得复杂时,困难就出现了。有时对国家奖励和勋章的钟爱与自尊发生冲突,后者会激励知识分子成为道德领袖并赢得国民的支持。显然我并不想将道德冲动简化为社会的决定因素,但艺术家(或学者)和官僚之间的斗争——常常发生在同一个人身上——在很大程度上反映了等级社会的结构,这种等级社会从不受金钱的统治,也从不完全把它作为价值的标准。似乎这个社会已经拥有某种恒久的结晶法,而它的新晶体总是倾向于以相同的模式形成。

每个按时——也就是说,在革命前——破产的家庭的后代常常拥有辩证灵活性的优点。他对时间的维度并不陌生,他可以轻易地利用它。因为他的想象力能根据照片、一块布或一篇手稿重现过去的数世纪,他观察几十年的一段时期只是耸耸肩。如果他打算成为恐怖的合伙人的话,这使他的决定更容易。然而,在当局眼中,这种优点有时会走向反面,因为太灵活的头脑无力控制它自身的辩证运动。谁知道是不是这种优点使犹太人危及极权主义国家呢？不像无根的民众看到的过去往往是过去呈现在他们面前的样子，犹太人至少拥有记忆。

在华盛顿或巴黎的许多招待会中，那里热情的女士会开心到颤抖着走近一个赤色分子。我觉得我只是一半在场的。太多的阴影笼罩着我：军刀发出的叮当声，文艺复兴时期女裙的沙沙声，装满动物毛皮的老房子的芳香，狩猎武器，四轮大马车，生锈的盔甲；这些剥离了正在我身边发生的现实性。被恶魔折磨的数代人，拨弄着他们的念珠，摇摆在天主教和异教之间，并幽默地向我使眼色。无疑，我的同事也是一位党的官员，由这些女士（其中一个严肃地问我们打算如何解决我们国家的黑人问题）通过一群相似的幻影保护着。除了戴着红褐色假发的虔诚女人以外，拉比们在一个泥泞的小镇上整天长时间地坐在他们的书本对面，商人为羊毛和牛犊跟农民讨价还价，但他们的灵魂在寻找绝对真理。毕竟，一个人应感激出身的优势。其价值在于可以使一个人将自身从当下超脱出来。

亚洲之旅

我的许多同代人认为俄罗斯的工业主义始于十月革命。这显然是夸张。整个十九世纪，欧洲对俄罗斯军队付出了应有的敬意，这是一个太易于遗忘的事实。维持这个世界最庞大的军队需要兵工厂，这些生产出来的武器——按那个时代的标准——都很优良。但如此注重国家军事力量的这同一个政府，似乎不关心人民的物质与文化改善。一流的炮兵师穿过乡村街道，其居民对现代技术一无所知。大约十年来，这种状况（就在我逐渐熟悉同一楼层我身边的事物时）一直在变化。这是一种剧烈的变化，令人想起美国的跃进。新的铁路、公路和工厂迅速涌现。农业机械出现在田里——通常带有"麦考密克[①]，芝加哥"的商标。另外，俄罗斯成为世界上最大的图书市场。法国、美国和英国作家从他们著作的俄语译本获利多于其他任何版本。歌颂活力和成就的文学作品获得的成功——惠特曼，写给男孩子的英国冒险小说，吉卜林，以及后来的杰克·

① 麦考密克（Cyrus Hall McCormick，1809-1884），美国发明家，收割机的发明者。

伦敦——意义重大。俄罗斯对美国的崇拜就始于这个时期。

如果那场革命没有发生，根本无法确定俄罗斯在工业上是否不如现在这么强大。但是既然在这种情况下所有“如果”都无意义，那么认为她的力量可能被更平均地分配，认为极端原始主义不可能与核武器和坦克肩并肩地存在，就像在沙皇时代它和现代火炮手拉手一同消失一样，这是纯粹的推测。

无论如何，在沙皇俄国，巨大的机遇向技术人员和实业家敞开。那些知道怎样利用它们的人主要来自西方更发达的地区——波罗的海的德国人和波兰人。正是我父亲的政府合同促成了我到西伯利亚的克拉斯诺亚尔斯克市的第一次旅行，绝非短期的公费旅游，该地离中国边境不太远。

在彼得堡我看到了我的第一辆汽车，我知道，自从听到关于它的故事，我就兴奋得发狂。紧抓着门把手，脚踩在脚踏板上，我大喊尖叫；他们谁都不能把我拉走。穿制服的司机大笑起来。生命中发生得如此早的事情似乎不可能被记住，但我发誓我可以看到路边，闪亮的黑漆，或者更确切地说，我能回想起那次经历的气氛。

我们沿着穿越西伯利亚的铁路向乌拉尔旅行，对于火车上度过的许多日日夜夜，对于我们在克拉斯诺亚尔斯克待的那年（所有这些都发生在第一次世界大战爆发前），只有一个记忆跟随着我：当火车车厢的墙壁在背后摇动时，火车上的小夜壶在摇晃。然而，后来，我常常想起我们在西伯利亚的生活片段。比如，在我做功课的桌子上方挂着一张照片，照片上，我的父亲站在由北冰洋探险家弗里乔夫·南森[1]担任船长的轮船甲板上：挨着他的那个高瘦男人就是南森；戴着有耳罩的毛皮帽子的那几个胖子是俄罗斯商人。

我的父亲没有"建功立业"或赚钱的天赋。他缺乏好战者的必要武器；用来达成个人目的的任何阴谋或手段对他来说似乎都是可耻的。如果遇到诡诈和欺骗，他只是退出游戏，到别处找工作。另一方面，与自然的斗争使他激动和陶醉，因为那是冒险。他是阅读马因·里德[2]和马里亚特[3]的书长大的，它们在帝国格外受欢迎。未开发的西伯利亚并不落后于阿拉斯加和加拿大北部；对他来说，那里充满浪漫的神秘色彩。他不关心谋生，但关心享受生活——这意味着他的桥梁建设工程和长期漫游。比如，他会乘船沿叶尼塞河而下，然后在陆地上旅行，用驯鹿和狗拉车，抵达北冰洋的大河入海口。他还很喜欢打猎。一个好枪手，他不会抱怨西伯利亚没有猎物。他在萨彦山里逐鹿，在北极圈以外的冻土带猎大雁。他生活在他探索的梦想中。对他来说，西伯利亚——它已经吞噬了我们那么多同胞——并非一个流放地。他有文学兴趣，写满了厚厚的黑色笔记本，它用上蜡的布装订，他写赞美诗纪念荒凉的北方。

---

① 弗里乔夫·南森（Fridtjof Nansen，1861–1930），挪威探险家、科学家、外交家、慈善家，诺贝尔和平奖获得者（1922）。

② 马因·里德（Maine Reid，1818–1883），爱尔兰裔美国作家，著有《小猎人》等。

③ 弗雷德里克·马里亚特（Frederick Marryat，1792–1848），英国海军军官、作家，著有小说《新森林的孩子们》等。

荒野并不总是浪漫的。我父亲的一个故事深印在我的脑海里，我常常对此沉思：在冰封的针叶林里跋涉数英里后，他和旅伴们终于发现了烟囱烟雾。他们走进小屋，里面热得像澡堂，然后发现一个穿白衬衫的农民坐了下来。父亲走向那个农民时，注意到那件衬衫沾染了重重的红色污渍。"没什么，只是臭虫。"①那个农民说，他用一根手指压住他的衬衫，压扁了另一只臭虫。同样的平静被用于杀人。如果一次纠纷在市场上爆发，一个职业杀手就会出现，把一个当事人拉到一旁，小心地提出一桩交易："给五卢布，我割开他的喉咙。"

但俄罗斯空间开阔，不是在哪儿都能碰见同胞的，逐渐喜欢上她的任何人在其他更文明但人口密度更大的国家里必定感到不快乐。这是发生在我父亲身上的事。后来当他住在波兰，时常抱怨不够宽，抱怨什么东西都小，抱怨萧条——当然，沙皇政府并不吝惜在工程项目上投钱。琐碎的烦恼造成的令人压抑的氛围最终驱使我父亲移民——到巴西，这个国家似乎可以提供类似于他在亚洲的俄罗斯已经发现的那些事物的可能。这个相当奇异的冒险行为以失败告终。我父亲回来了，似乎主要是心理原因；他从未恢复在东部体验过的同种空间的呼吸。

俄罗斯帝国在其最后阶段是什么样子我不知道；我只能根据许多人的口头描述拼凑出一个画面，在这里和那里涂抹我自己的童年印象（胡子，制服），并重新解释它们。革命的宣传否

---

① 此处引文及本段另一处引文原文均为俄文。

定了那个时代的存在,因为它的工业增长并不符合一切始于一九一七年的论点,似乎那是创世第一年。但是欧洲“一战”前的美好时期,及其追求创新、放纵的生活、殖民剥削、世界主义和港口城市的亢奋也界定了俄罗斯帝国的节奏,人们不禁会想:如果同样的经济体系从大西洋扩展到堪察加半岛,今天的情况会是什么样子?

战　争

“二战”以后的许多年，当希特勒和墨索里尼顶多只是幽灵，我发现自己站在奥莱龙岛的海滩上，在波尔多北部法国海岸外的海面上。退潮使半陷入沙滩的失事船只的铁骸露出来。不断打旋的海水在生锈的横梁周围形成空洞，为我儿子练习游泳提供了方便的“泳池”。我们猜测从英美登陆后这些遗弃物可能就躺在这里。它显然有些年头了。一艘悬挂乌拉圭旗帜的轮船搁浅在这里，载着和威廉二世的军队作战的法军的铜币。物的持久与人的短暂总是令人惊奇。我摸了摸船底长满海藻和甲壳动物的舷墙，还是不太能接受这样的想法：两次巨大的世界冲突已经像布匿战争①一样不真实了。

我最早的意识是伴随战争发生的。从我祖母的斗篷下窥视，我发现了恐怖：被驱赶的牛的吼叫，恐慌，充满尘埃的空气，昏暗地平线上轰隆隆的巨响和刺目的闪光。德军将到达立陶宛，沙皇军队在撤退，伴随着成群的难民。

---

① 布匿战争，指公元前二六四至前一四六年间罗马与迦太基之间的三次战争。最终迦太基被消灭，迦太基城被夷为平地。布匿是罗马对迦太基的称呼。

一九一四年夏天那一幕在我记忆中仍很清晰：明媚的阳光，一片草地，我和一个我很喜欢的哥萨克青年坐在长椅上。他腰身细长，头发乌黑。队服上是弹夹，纵横交错地缠在他胸部。他拧出一颗子弹，在长椅上倒空火药颗粒。后来悲剧发生了。我很喜爱一只小白羊。此时一群哥萨克人正把它赶进绿草地，把它挡住。为了杀它。我的哥萨克友人匆忙起身帮他们。我拼命哭喊，不能忍受无法改变的不幸，这是我第一次抗议必然性。同一个时期出现了许多公墓，后来我和我所有的朋友把它们当作我们最喜爱的游乐场——石头十字架上小心摆放着花朵，或木头十字架半藏于黑莓和木莓的灌木丛中；它们刻着名字舒尔茨、穆勒、希尔德布兰德。某人的手将照料德国死者的坟墓。没有人会想到沙皇的士兵。

在我整个童年早期，河流、城镇和风景彼此飞速转换。我父亲被动员为俄罗斯军队修建道路和桥梁，我们陪伴他，在战区后方旅行，过着流浪的生活，停留从不超过数月。我们的家通常是大篷马车，有时是底板上有茶炊的军列，火车迅速开动时，它常常翻倒。如此缺乏稳定性，无意识地感觉到一切都是暂时的，在我看来这似乎必然影响我们成熟的判断，这也可能是对政府和政体满不在乎的理由。历史成了流体，因为它等同于无休止的漂泊。

一堆迷人而鲜艳的混乱画面向我涌来：各种口径的枪，步枪，帐篷，火车头（像巨大的绿色黄蜂，并长久栖息在我懒散的想象里），走动时屁股上晃动着匕首的水手，穿着及地罩衣的吉尔吉斯人，留辫子的中国人。在某个火车站附近，我目瞪口呆地看着一个布面和绳索的迷宫,它应是一架飞机。我收到的礼物都是关于战舰和战争的游戏。我所有的书写和绘画都是奔跑进攻的士兵和爆炸的炮弹。

因为我总是听到周围人说俄语,于是我也开始说俄语了,完全没有意识到我是能说两种语言的人,也没有意识到我根据向家人或陌生人说话而改变嘴唇的位置。我从俄语学到的东西伴随着我,我从此不必再学习它。每当需要它时,词的意思和准确的语调就会从锁上的记忆宝库里跳出来。

当我们在一个地方的停留较长时,我的天职就显露出来。这完全契合我注定要踏入的官僚阶层的精神。我和我的朋友帕夫卢什卡(他是一个留胡子的老信徒的儿子,认识他父亲亚伯拉罕以后,我再也不会以任何其他方式想象圣经中的亚伯拉罕了)溜进房间,穿制服的人正在房里边写边用算盘算。我们在空桌边很安逸,我厉声下令:"帕夫卢什卡,交卷!"[①]眉头紧锁,我潦草地写下某些难以辨认的字,算是签名——铅笔的运动让我充满力量感——然后把它递给帕夫卢什卡,让他进一步修改。

逛过武装部之后不久,一条红带子就被绑在我的袖子上。一九一六至一九一七年冬天,沙皇退位。我夸耀我的臂带比本地孩子戴的那些色彩更好看。我发现这种紫红的色彩是波兰的、爱国的。要是沙皇被赶跑就更好了;他罪有应得。但我们和俄罗斯人的立场是截然不同的。

……潮水冲刷着奥莱龙海滩上的乌拉圭沉船,此时不仅芥

① 该引文原为俄文。

子气在伤残佛兰德斯土地上人类的身体,王位和帝国摇摇欲坠,而且我个人的生活充满希望与失望,毒气室和集中营的瞭望塔正被建造。大海的咆哮里总有一种虚无的味道,最好尽力抓住属于人类的点滴时间。

震撼世界的十天[①]

在伏尔加河下游的一个公园里,矗立着一座壮观的公寓。其两侧排列着桦树的车道通向一英里外的勒热夫镇。在这座公寓的地下室里,已安置了一支军队的厨房;中间部分由房屋主人及其家人使用;我们——更确切地说,流浪者——住在阁楼里。俄罗斯士兵是我最好的朋友。他们淡红色的胡须扎得人有点痒,就像用破布为我做的小猴子玩具。每当他们吃饭时,我就去楼下厨房,坐在一个长着络腮胡的男人的大腿上。他们会将一把勺子塞到我手里,叫我吃饭。我把这种行为看作一种无趣的任务,由于某种未知的原因,我只得完成这项任务才能赢得他们陪伴的特权。然后我会上楼,接受另一餐的程序,清光我母亲摆在我面前的盘子。并非因为我是个贪吃者,而是出于顺从。结果,我成了一个与禁欲主义相反的殉道者,就像那些为了虔诚的目的开始卖淫的妇女。但我的胃终于反抗了,我因吃得过多生了重病——如今看来,鉴于即将到来的重大事件,这是非常不合

① 美国诗人、记者约翰·里德(John Reed, 1887-1920)著有同名报告文学,记录了十月革命发生的过程。该书被誉为二十世纪最重要的报告文学。

时宜的。

我没有与公寓的高贵业主交朋友，从未进入他们的房间，它们属于神秘而不可接近的领域。只有一个善良的老妪常常带我经过一个堆着箱子的长长走廊到她的住处。房里散发着香味；画像上的镀金在闪烁，红光则来自守夜灯。

除此以外，我猜我爱上了列娜。我只能从远处仰慕她。这个重要的人才十二岁，却骄傲自大。每天早晨，马车夫驾着马车赶到门廊，送她到勒热夫上学。我站在一旁，艰难地吞咽着口水，盯着她从海军领上露出的脖颈。“你的颈项就像大卫塔，其中悬挂着千面盾牌和君主的所有武器。”[①]我本可以这么说，但没有。我的偶像长着雀斑和痘痕，我并不介意。但后来一切都混淆了。

那“十天”对我来说出现的事如下：我躺在床上。睁开眼睛，我看见一个长着络腮胡子的朋友站在我面前。他的军衫上血迹斑斑，而且他表现得不同于以往。他用一种沙哑的低语问我——似乎他很匆忙——我的父母在哪里。然后他消失了。紧接着我的父母冲进来，以为我可能受到了惊吓。“谢辽沙杀了一只公鸡。”我答道，然后翻了个身又睡着了。

自由有许多定义。其中一个宣称自由就是尽量多地畅饮伏特加的能力。在勒热夫，士兵们放肆地袭击储藏着垄断烈酒的楼房。大街上酒液横流，镇民们不能容忍如此浪费的情景，纷纷

① 引文出自《圣经·雅歌》第三首：“你的颈项好像大卫建造收藏军器的高台，其上悬挂一千盾牌，都是勇士的藤牌。”

趴下,从排水沟饮酒。谢辽沙参与这次醉酒的喧闹,他奋力杀死的不是公鸡,而是他的伙伴;其他人追他,要让他偿还血债。他闯入我们的阁楼寻找藏身处。我想我的父母把他藏在了某个地方,这是他们的机智之处。

我们总是把人分门别类。如果我们把那些了解俄罗斯帝国的人跟那些不了解俄罗斯帝国的人区别开来,我们的划分并非毫无意义。因为这两组人对生活中各种现象所持的常常难以界定的隐秘态度并不相同。了解未必意味着清醒。国家的氛围有多少可以渗透到孩子,这是不可思议的。比思想更强大的是形象——一片躺在小径上的枯叶,黄昏,阴沉的天空。在公园里,革命的巡逻队彼此反复吹着口哨。伏尔加河呈石墨色。我常常痴迷于隐藏的恐怖的印象,由耳语或眨眼吐露的难以言传的对话的印象。这座公寓无奈地等待着对它所有住民注定发生的谋杀,很可能是一场不会饶过逃命者的谋杀。在这些偶然来到这里的难民中,恐惧蔓延开来。我也痴迷于映在成群寒鸦盘旋的蓝红色天空的东正教教堂圆顶的形象,痴迷于勒热夫大街的石板路,路上一辆经过的马车会从裂开的麻袋漏下一长串种子,痴迷于戴着皮帽的孩子在放飞风筝时的尖叫声。

由于某种原因,也许是我父亲职位的惯常流动,也许是出于安全原因,我们很快又上路了。这次我们落脚于前帝国西部边境的多帕特镇。我们的公寓有破旧的木楼梯;庭院萧瑟。关于饥饿的谈论从未停止。一个人可以得到面包,其中包含的木屑多于面粉、糖精和土豆,但没有糖和肉。夜里我会被擂门声、跺脚声和大嗓门惊醒。穿着皮夹克和高筒靴的男人会走进来,借助一盏冒烟的煤油灯的光,把橱柜和抽屉里的东西倾倒在地。我的父亲并未出现在嫌疑犯名单上。他是由他公司的工人委员会批准的专家。但入室搜查无疑是常事。女人们惊恐万状的脸,我弟弟在摇篮里的尖叫,所有可怜的家庭避难所,更确切地说是容身的洞穴,变得一团糟——所有这些对孩子的心灵都是不健康的。

更多战争

接下来，是一九一八年。德国人来了，我尝到了变化的滋味。我对那些被枪杀的穿皮夹克的男人很好奇，他们的尸体堆积在小镇广场上，但没有人带我去看。不过，除此以外还有很有趣的事。军乐队在大街上演奏，但那些士兵看起来一点也不像俄罗斯人；他们更像机械玩具。他们制服的颜色讨人喜欢，他们吹奏喇叭，几乎映出相同的阴影，只是灰色更深些。他们每个人前面都有一个放谱子的小乐谱架。

这个城市迅速恢复了德语，它是年长的居民普遍使用的语言；每次和我祖母去商店，我都惊异于从她喉咙里发出的咕咕声。我从未怀疑过她有能力发出“爱呢克来呢”[1]之类的声音。但我祖母是波罗的海一个城市的土著人，她只是在使用第二语言。

生命中的第一次，我走进了电影院。头盔和枪在一块绷紧的亚麻布上闪烁。士兵从战壕里射击，他们的枪架在保护边缘的沙袋上。从银幕后面传来一首欢快的华尔兹舞曲的旋律。

怎样描述这种新形式的混乱呢？在这里，俄罗斯帝国已统

---

① 原文为德语：eine kleine。系音译，意为“一个小的”。

治了一个多世纪,新国家正在形成。我们居住的城镇已属于独立的爱沙尼亚。往北,芬兰正在巩固;往南,是拉脱维亚、立陶宛和波兰。事态普遍是既非战争也非和平——两天战斗,两天休战,棋盘似的小块土地由任何拥有权力的人以武力占有。

……再次踏上旅途。火车是不同寻常的,因为只有通过窗口才上得去。大多数积习难改的旅客悬在缓冲器上,或躺在火车车厢顶上,坚持住。尖叫的人群彼此推搡,对我已不是什么新鲜事,但在一个如此冷酷的丛林里,一个没有保护的小孩容易恐慌。在一个属于布尔什维克的车站,我走丢了。但在最后一刻,就在火车离开前,某个政委把我带回我父母身边。

作为对这一切的酬报,到达旅途终点时,我发现了一个尘世的天堂。可以说,直到那时我了解的生活和我在我出生的故土即将要过的生活之间的差异,就像层层欧洲地狱和美国中西部一个农场之间的差异那么大。德国人占领的四年没有改变立陶宛任何东西。日子展开,正如数世纪以来他们所过的那样,在地里劳作的节奏、天主教的节日、庄严行进的队列,还有基督教异教徒的魔法仪式。除了相对轻微的震动——其中一次是农业改革,它影响了大多数地主——同样的节奏持续到第二次世界大战。我走进一片极漂亮的绿色,走进鸟的合唱,走进低垂着沉重果实的果园,走进我故乡河流的迷人之处,它如此不同于西部平原那种广阔沉闷的河流。甚至今天我仍感激那些女孩,她们花费那么多心思用花草编织花环装饰教堂。我认为,正是这些长着淡黄色头发的立陶宛少女,而不是列娜,影响了我的性偏好。

孩子的时间并不同于成人的时间:一天带给他的印象,多如成人的一个月;他一个月多如成人的一年。从这个角度来说，一九一八至一九二〇年的日子意味着多么少！那时的我活在一部十足的史诗之中,更确切地说,是在《奥德赛》中。列举所有复杂的环境是不可能的。它们再次和战争紧密联系,这次是和波俄战争,新组建的立陶宛试图通过对托洛茨基的军队保持友好中立态度来为自己谋取一些利益。当奥斯卡·米沃什正在巴黎为立陶宛的动机辩护时,我父亲正在执行一个不同的决定:他已穿上波兰工兵军官的制服。至于我,这意味着我不得不舍弃宁静河流旁边的果园和我所有的幸福。

在习惯养成的年龄忍耐基本的不稳定,会在多大程度上影响某一代人追求自身命运的方式,这或许是无法确定的。后来，当我读到拓荒者乘篷车不到美国远西地区不罢休并必须应对印第安人的袭击时,我还没有把它和我自己的经历联系起来。一个多姿多彩且有奇异风情,另一个单调平常,但毕竟我们也乘篷车旅行。我记得母亲坐在那条布道口时的背影。我们也涉河，在河心停下向马吹口哨,让它们喝水。就像一卷连续的图画,新的风景在我们面前持续展开。夜晚在畜棚里的干草上或丛林里的篝火旁度过。短柄小斧砍断引火柴的闪光,悬在火上方树枝上的茶壶,吹过松树的风。

我清楚地记得有这样一个夜晚。我们很谨慎地穿过一片深树林。那地方十分危险,不只是因为可能有正规军的干扰,还因为在这种无人区有肆无忌惮的匪帮。低声的交谈,车轮陷进沙地擦着车轴时发出的嘎吱嘎吱声,回响在耳边的寂静,锯齿状的黑色树墙上的一轮满月,有时,从树干中间,一小片湖闪烁微光。

接下来,天空变得透明,沾着露珠的树枝的轮廓出现了,但仍然没有人居的迹象。当我们听到一只狗的吠叫,天空已变成粉红色。如此奇怪,似乎我们碰见了一个消失的部落。

令人震惊的飞溅的弹片声空洞而单调。那天早晨,在一个农场起床后——农场在空旷的大草原上很显眼——我匆忙穿上短裤,跑去看窗外。景物很奇怪。一块石头被抛过来,一片草皮——我初次见时还在那里——已不见了。它被抛向空中,又落回土块里;它所在的地方是被撕裂的大地凹凸不平的肿块。和周围的绿色相比,它们的黄褐色非常显眼。一声哀号在我身后响起。我被我的所见迷住了,我没时间弄明白,炮火已转向楼房。就我而言,这似乎很明智,因为炮兵未击中他们的目标。

那次狂乱的撤退已铭记在我脑海中,清晰如拍摄在底版上,但它很难用言语表达。公路上挤满了一群连锁的马车辕,惊慌的马的眼睛、鬃毛、张开的惊叫的嘴,举起的鞭子。沿着路边的沟渠,一个没戴帽子和枪的士兵溜过去,骑在一匹无鞍的小雄马上,并用鞭子抽打它。再往前,一座城镇的郊区逐渐展开。七月的高温、太阳下的木房子和没有生命的小路。大街中间停着一辆巨型坦克,我对这个景象的记忆如此强烈,以至于我感到似乎我可以伸手触摸每一颗铆钉。一种无能和无助在它上面盘旋。沾了一身油(油滴在沙地上,看得很清楚)的士兵用发抖的手指戳着发动机。

我们与装甲列车的斗争很好笑,虽然笑声可能并不针对我们。一辆装甲火车就是一个奇妙的大装置,如果它的机枪朝一个空空的公路持续射出子弹,那里只有一辆载着妇女和儿童的马车在移动,关于这有某种不公平的东西。我弄错了:在马车里,直挺挺地站着一头母山羊,正用她的黄眼睛审视着这个场面。对我们家来说,这位名媛非常重要——对我弟弟而言,她是一个活的乳品店。可能由于她表现得很逗。无论如何,她首先注意到危险,朝子弹的飕飕声竖起她的耳朵,它听起来像蜜蜂在采蜜时闪电般迅速的动作。我注意到子弹也可以发出另一种声音——有点像舌头的咔嗒声——然后一阵阵微尘飞起来。我立即成了两个人:连同我们马车里剩余的活物一起,我被甩进沟中,蜷伏在黏泥里,边祈祷边啜泣;但同时,我并不停止好奇,我的感觉像往常一样敏锐地继续收集印象。更糟的是,大雨如注;我的脚湿透了,水浇进我的领子里。一处小丘地形保护了马。从岸上倒在沟里的是一棵树根裸露的树。我抓紧它,想看看发生了什么。至今我仍不明白为什么一条空空的公路会有战略价值。它贯穿的领土正是波兰-俄罗斯前线,与立陶宛边境接壤。在沟里爬行了半个小时以后,一位立陶宛军士来到我们中间。我们从他嘴里得知那趟装甲列车是波兰人的。他为步枪重新装填子弹,并把它靠树固定起来,在那里成片的土地仍然被硝烟笼罩,他瞄准并开枪,这让我印象深刻;我看见他的背部和皮带就在我上面。不久,第二个士兵爬过来,他们都命令我们迅速离开,因为就要"激战"了。我们的马车伴随着咔嗒声和系在车后的桶发出的叮当声开始移动;鞭子在马肩隆上抽出黑线:"蜜蜂"激烈地嗡嗡响着,混入的噪声是圣母连祷[1]的片段。

---

① 连祷,公共祈祷的一种形式。罗马天主教会中有五篇用于公众背诵的连祷:圣母连祷、圣徒连祷、圣名连祷、圣心连祷、圣约瑟夫连祷。

这场不断前进、撤退的战争，主要武器是步枪和剑，下的赌注很大。在这里，一个重要甚至是主要的角色落到波兰领导人约瑟夫·毕苏斯基[①]身上。我认为，如果拿他精神上的老表费利克斯·捷尔任斯基和他比较，关于他的个性可说的就多了。这两个人都来自财产不多的贵族家庭：他们都出生于历史上的立陶宛，彼此相距不远；都成为职业革命家；都通过阅读波兰的浪漫主义诗歌来丰富他们的斗争活动和在沙皇监狱中的时光。或许他们在内心更接近诗人，而不是政治家，谁知道呢，倘若如此，他们是用血而不是用墨水写作的诗人。起初他们在社会主义方向的差异很小，但时事的旋涡使他们相距越来越远：有时一块卵石足以决定一个人命运的雪崩翻滚的方向。当这个人竭力为解放俄罗斯——沙皇或非沙皇——而奋斗时，另一个人把他未来的赌注完全押在全球革命上了，作为列宁的得力助手，是为了赢得控制一个大国的肉体和精神的无限权力。

毕苏斯基反对俄罗斯革命的武装斗争不能被解释为反对共产主义的运动。同样不信任“白军”和“红军”，如果“一体不可分割”[②]的胜利变成现实，他预见更糟的混乱。只有他领土的源头可以解释他的决定。对他来说，限定在民族界线内的波兰是个异域的观念，因此他并不真正喜欢它。他对**共和政体**

① 约瑟夫·毕苏斯基（Joseph Piłsudski，1867–1935），波兰国家元首（1918–1922）和军事独裁者（1926–1935）。生于立陶宛的维尔诺地区。“契卡”的创始人捷尔任斯基也出生在该地。

② “一体不可分割”（Edinaya i Nedelimaya；One and Indivisible），俄罗斯民族主义者反对非俄罗斯人民自治提出的党派口号。

（*Respublica*）怀有（自很多代人那里继承而来的）不同的愿景，就像它在十八世纪存在的最后一个阶段那样。因此，他的见识是一个包含波兰王国和立陶宛大公国的非民族主义国家。一个要么已过时要么太现代的梦想——取决于它在实践中如何被实现。在民族主义觉醒的时刻，这样一个构想既太晚又太早。毕苏斯基最大的敌人是波兰的民族主义者——而且由于反对右派，他被自由主义者和左派人士看作同盟。

在试图恢复远至第聂伯河的共和国时，毕苏斯基没有打算攻击俄罗斯的土地，只作为收回被沙皇掠夺的他祖先财产的一次远征。这次尝试的失败使战争前线转移到华沙周围。此时危及的是波兰的存活（失败将意味着被苏联吞并）。在胜利的红军后方，一个预先成立的政府已准备好接管波兰的权力。它最著名的成员是费利克斯·捷尔任斯基。可以做个有把握的猜想，他将成为这个国家的实际统治者。

代表人类进步的派别向俄罗斯人的自由曙光表达同情，而不是向波兰人表达同情；在西欧的一些港口，爆发了多起罢工，抗议由极度惊恐的协约国政府给波兰提供军火。如果一九二〇年八月毕苏斯基的军队没有在华沙外围获胜会发生什么？只能猜测。正因失败而生闷气的德国人对发生在他们家门口的这场革命的伟大胜利会怎么反应？托洛茨基不是已经赌输了吗？当然，波罗的海的国家不能抵抗。立陶宛的士兵不得不朝波兰的装甲列车开枪以装装样子，但或许他们并不真想造成损害。有一件事是确定的：我自己——像我的时代里数百万孩子一样——可能会变成另一个人。那时我没想到我的命运和那双修理坦克发动机的发抖的手之间的联系。如果德国人赢得第一次世界大战,不会有根本的变化扰乱一个法国孩子的环境。但在一九二〇年,悬在天平两端的东西是完全不同的。

然而,毕苏斯基成功地进行了抵抗,像芬兰的曼纳海姆[1]一样,他被授予"祖国之父"的称号。和平条约是一次妥协。对许多欧洲人来说,希特勒失败后德国的分歧是前所未有的事;但对于欧洲东部边界的居民来说,边境的移动是生活中一个众所周知的事实。通过将乌克兰与白俄罗斯一分为二(这些领土,从民族上既非波兰人的也非俄罗斯人的,和立陶宛一起组成了以前的大公国),一九二一年的和平造成了一块麻烦的土地,莫斯科毫不犹豫地利用了重新统一的口号,它建立的前提是:谁拥有部分也就应拥有全部。"国家的理由"这种传统的托词在这里起了作用:俄罗斯,如果在十八世纪末她没有获得乌克兰和白俄罗斯,将会变成一个几乎纯粹的亚洲大国。

波兰,民族各异并且不能实现毕苏斯基的联邦梦想,发现自己被卷入由少数民族的荒谬问题引起的无尽的国内冲突中。这种脆弱的平衡不能持久;因为我就在苏联边境附近长大,我必定总是感到这一点。作为一个大学生,我开始多少清楚地理解了这种情形极其短暂的本质,但那是很久以后的事了。

当我开始上学时,那年签署了和平协议,我世界里的一切似乎都理所当然。我从来没想过这对于局外人来说可能是陌生的。

---

① 曼纳海姆(Mannerheim, 1867–1951),芬兰第六任总统(1944–1946)。

我少年时期的城市

我看到一种不公平：每当巴黎人想要描绘他的城市时都不必从虚无中展现它。丰富的典故可供他任意使用，因为他的城市存在于词语、画笔和凿子的作品里；即使它从地球的表面消失，一个人仍能在想象中重建它。但从思绪里返回我生命中最重要的部分展开的那些街道，我不得不发明最实用的符号并浓缩我的素材，像往常一样，从地理、建筑风格到天空的颜色，一切不得不被挤进几句话里。显然，相当数量的版画、照片和回忆录确实存在，但在该地区本身的狭小范围之外，这些东西通常鲜为人知。而且，本地人缺乏远见，大多数时候不注意现在对我来说似乎值得思考的事情。

冒险进入这些西部边陲的外国人很少。他们中的一个是切斯特顿[①]，我们的城市隆重地欢迎了他。显然，他着迷于大陆的新奇事物。作为天主教徒，面对几十个教堂和持久飘浮在空中的钟声，他感觉宾至如归。狭窄的鹅卵石街道和巴洛克风格的狂欢

---

① 切斯特顿（Gilbert Keith Chesterton，1874–1936），英国小说家、剧作家、评论家、诗人、新闻记者、插画家。

会:几乎像拉丁美洲中部某处的耶稣会[1]城市。这种比较并不牵强,因为维尔诺一度是欧洲这部分最强大的耶稣会士中心之一。

有许多名字叫法不一致的城市吗?波兰人说维尔诺;立陶宛人说维尔纽斯;德国人和白俄罗斯人说维尔纳。就连流过它的那条河也有两个名字:维利亚是一个;另一个更悦耳,似乎在召唤涅瑞伊得斯[2]的魂灵——涅里斯。另一条更小的河在一座锥形山附近流入其中。这里矗立着立陶宛大公毁坏的城堡——大公国以前的首都。每当城市易主,征服者做的第一件事就是将他们的旗帜插在城堡地牢残余的墙上。第三条神秘的河在地下奔流。它不明确的流向,加上它的多条通道和走廊——人们过去常说,围城时它会带你走出城墙之外——为传说和神话故事提供了题材。也有一个传说的光环笼罩在那巨大的圆形大教堂塔上——它很古老,而且被建在异教徒教士使圣火不断燃烧的地方——更不用说偶尔的发现了,例如发现于多米尼加神父教堂下面堆积的尸体。由于地下室空气非常干燥,尸体完好无损,还残存着暴打的痕迹。这些木偶——穿着许多世纪前的衣服——代表了平民,看来是某次俄罗斯人入侵的受害者。

维尔诺:在国际联盟的档案中,有大约二十万居户,加上大量备忘录、笔记和速记。这些文件的积累主要归功于奥斯卡·米沃什。现在很少有人记得一九二一年联盟在这里推行的

---

① 耶稣会,天主教主要修会之一。一五三四年,由西班牙贵族依纳爵·罗耀拉(Ignaciode Loyola, 1491-1556)创立于巴黎大学。仿军队建制,其会士遍布全世界。

② 涅瑞伊得斯(Nereid),古希腊神话中的海洋女神。

一个试点：维尔诺地区被建立，有点像独立的行政区或州。我过去常把“立陶宛中心”的邮票贴到我的集邮簿里。现在它们是集邮的珍品。然而不久这个小州被并入波兰。为了抗议，立陶宛共和国援引了历史，波兰人援引了人民的意愿。在这场争执中很难说谁是正确的。或许没有人正确。如果一个问题用错误的术语陈述出来，它就不会得到解决。维尔诺居民说波兰语或意第绪语；一小部分人说其他语言——立陶宛语、白俄罗斯语、俄语。然而，如果语言被作为基础，本应有足够的领土辟出一个日内瓦州。仅此而已。让我们画一条垂线，并在它上面画一个圆；这将代表维尔诺和它的郊区。圆上和圆下的垂线将代表立陶宛人和白俄罗斯人之间的种族边界。然后我们便有了一块飞地。欧洲有很多飞地。但是单一民族国家的观念只适用于法国，像布列塔尼人和普罗旺斯人都自视为法国人，这当然不是从事实的性质推断的，因为它可能会不同。相互抵触的民族镶嵌在一起是欧洲场景的一个特色，比如说，这会激怒一个美国人。这里的问题不仅是语言问题，而且是文化归属问题。而这通常又和宗教问题有关。

天主教主导着维尔诺地区；犹太教位居第二，其他教派数量很少，只是增加了少许色彩。在学校我有一些卡拉派信徒①的朋友。卡拉派宣称源于艾赛尼派②，其两千年前的手稿被发现

---

① 卡拉派(Karaite)信徒，即圣经派信徒，犹太教派之一，他们拒绝《塔木德》的拉比教义传统，赞成严格遵守圣经。

② 艾赛尼派(Essenes)，对耶稣有共同信仰的人聚集在一起形成的隐秘性神圣集体，出现于公元前三至公元二世纪。

于死海附近。在我们的地区，那些酷似阿拉伯人的南方人，长着钢铁般的黑发，主要是农民和园丁。他们礼拜的场所叫克尼萨。有从曾盛极一时的加尔文主义运动中剩下的少数新教教徒。我也有穆斯林同学。他们是鞑靼战俘（立陶宛人待他们很好）或应征入伍为大公效力的鞑靼人的后裔；我总是对一个人在清真寺做什么感到好奇，尽管我从未弄清楚。俄罗斯人的长期统治也留下了痕迹：糟糕的道路，市民遵守卫生法规那种惊人的困难，还有两个巨大的东正教教堂，矗立着洋葱形的穹顶——沙皇政府体恤它引进的官员的精神幸福的一种标志。

天主教居民因其狂热而引人注目，这是大多数边境地区共有的一种特征。毕竟，他们意识到自己已成为罗马教廷最东部的大本营之一。在很大程度上，他们对波兰天主教的狂热依恋可以解释为对保护和安全的寻求。与波兰相比，立陶宛狭小软弱。但牵涉另一个因素——这需要一部完整独立的专著，它轻视一个百分之九十九都是农民的民族。另一方面，波兰人和立陶宛人因他们共同对抗东正教及其信徒而联合起来。公愤落到白俄罗斯人身上，他们因被动、懒惰和面对命运的失败主义而闻名。

我必须承认，白俄罗斯人对我仍是一个谜——众多的居民，散布在广阔的土地上，他们不断被压迫，说的语言可以描述成波兰语和俄语的混合体，用的语法二十世纪才系统化，其民族认同感是欧洲民族主义运动的最新产物。但他们的情况让我们直面一切定义的不稳定性。华沙实施了一个荒谬的政策。除了几个例外，禁止白俄罗斯人有自己的学校，以监狱相威胁阻止基层组织的任何尝试。然而,不得不承认,波兰官员面临着一种极端困难的窘境。他们还没有为自己的任务做好任何准备,因为直到那时,白俄罗斯人的民族观念尚不存在。其语言一直被视为方言,像法国的奥克语①。即使克服他们的心理抵抗,他们真的允许建立独立的学校,在他们看来,结果也是很糟的。

这种没有定型的乡村社会缺乏那些明确的元素,这在波罗的海各国非常明显。因此,或许他们愿意从外面接受那些元素。有一点是清楚的:白俄罗斯人的日子过得从来都不好。他们总是陷入选择中:要么跳油锅要么下火坑,要么波兰化要么俄罗斯化。

在维尔诺,几乎没人对他们的问题感兴趣。穿着长羊皮大衣的农民把他们收获的水果带到集市,他们有一种说话方式,通常很难分清是波兰语还是白俄罗斯语。令他们更先进的同胞绝望的是,白俄罗斯人对民族(不像立陶宛人,他们把自己和斯拉夫人分得很清楚)毫无了解,当被问及这个问题时,他们通常回答"东正教"或"天主教"。

维尔诺周围的乡村树木丛生,丘陵遍布。在冬天市民看到完全相反的景象。小雪橇充当运输工具,被戴着羊皮帽、类似于半人半马怪物的驾驶者控制着。城市公交车也费力前行,孜孜不倦地穿过雪堆。孩子们在有坡度的街道中间滑雪橇——他们常常趴着,用脚掌舵——或滑雪。当春天来临,雪橇驾驶者给他们老式的敞篷马车套上马具。但在一九三〇年某个时候,为了不落后

① 奥克语,印欧语系罗曼语族的一种语言,主要通行于法国南部(特别是普罗旺斯及卢瓦尔河以南)和意大利的奥克山谷等。

于社会的进步,他们采用了一个新方法:把汽车轮胎套在轮子上。

然而,地方的离奇有趣不应被夸大。犹太人的商业区看起来像他们在全世界的翻版,并使用同样的广告。临街外墙被五颜六色的广告牌装饰着,艺术家在上面画了狮子和老虎——貌似直接取自"关税员"卢梭[①]风格的油画——手套、长筒袜和胸罩。电影通过一排排电灯和放在电影院入口博人眼球的男欢女爱的广告来宣传。"二战"爆发前不久,霓虹灯装饰了它们的外观。后来,当我走在纽约的第三大道,我因似曾相识的感觉突然停下;也是在这里,沉闷的墙已被色彩和灯光的表面覆盖以吸引顾客。无论怎么说,我们都属于同一个经济循环,虽然只有在经历了完全不同的体制的对比之后,我才能理解这个事实。我们也属于同样的文化循环。毕竟我成长在一个与众不同的时代;最基本的不同就是电影。多亏了电影,我的生活同步于我自己时代的法国人、荷兰人或美国人。对我和他们来说,丽莲·吉许、玛丽·碧克馥、卓别林、巴斯特·基顿、葛丽泰·嘉宝[②]几乎都一样。不过,严格来说,电影创造了它自己的幻想世界,如果这是真实的,那么,这种幻想的品质比我生活的地方更突出。在别处是日常生活一部分的细节,我倾向于把它们看作不言而喻

---

① 亨利·卢梭(Henri Julien Félix Rousseau, 1844-1910),法国原始派风格画家,做过海关官员,人称"关税员"卢梭。

② 丽莲·吉许(Lillian Gish, 1893-1993),美国女演员;玛丽·碧克馥(Mary Pickford, 1892-1979),生于加拿大的美国女演员;查理·卓别林(Charlie Chaplin, 1889-1977),英国演员、导演、编剧;巴斯特·基顿(Buster Keaton, 1895-1966),美国演员和导演;葛丽泰·嘉宝(Greta Garbo, 1905-1990),生于瑞典的美国女演员。

的虚构，只因为在我的城市它们只出现在银幕上。然而同时电影确实影响了女性的帽子形状、发型和本地妖艳妇女的笑容，并且这缩小了“梦工厂”和我们环境之间的差距。

电影被分为成年人电影和青少年电影。为了转移后者对成年人电影的注意力，使局面更容易控制，市政官员在一个大礼堂创办了市政电影院。入场费是象征性的，席位争夺战野蛮地上演起来。第一排楼座最受欢迎。一个人可以从栏杆旁边的座位向下看到银幕后面钢琴演奏者光亮的秃顶，并用脏话取笑他；也可以向那些坐在楼下的人脑袋上吐唾沫。许多次在寂静的时刻，像这样的对话会被听见：“托尼！”“哦？”“吐唾沫。”“不行，我不吐。”放映机出毛病了，影片时常中断，但至少这些公认的娱乐并不将任何人暴露在被老师抓住的危险里。

现在回想起来，波兰的剧院比许多“西方”国家组织得更好。并非演出团创作表演一部戏，而是保留剧目轮演的原则被普遍认可，导演和演员的工作被认为是对社会的服务。因此，维尔诺的大剧院（小剧院主要上演轻歌剧）和中小学、大学都紧密合作。其舞台指导和背景设计的先锋性，及其对反自然主义手法的运用，使我们早早了解到作为戏剧精髓的魔力观念。经典戏剧被演出（那个最初被我看成熙德①的演员，后来我再也不能把他和那个角色分开），也演波兰的浪漫主义戏剧（它们可以和

① 熙德（Cid，1043–1099），西班牙斗士，西班牙英雄史诗《熙德之歌》的主人公。此处当指法国剧作家高乃依（Pierre Corneille，1606–1684）的戏剧《熙德》，该作一六三六年公演时轰动了巴黎。

某些最奇幻的戏剧文学作品媲美),甚至还演德国魏玛作家那些残酷的纪实性戏剧。从童年开始,我便认为像法国国家人民剧院(TNP)这样的机构是理所当然的。许多巴黎人在“二战”后才发现它是促成进步与社会意识发展的重要因素。

除了电影和戏剧以外,书使我们与世界其他地区保持同步。国际的畅销书立即被翻译出版,尽管引导这种活动的并非品质,而是势利,以及对任何来自国外的东西都不加鉴别地赞赏。我从杰克·伦敦和吉卜林读到约瑟夫·康拉德,后来偶然发现了一堆混乱的图书封套,埃米尔·路德维希①、斯蒂芬·茨威格、伊利亚·爱伦堡(当时是个流亡者)、厄普顿·辛克莱、托马斯·曼和苏联作家,像鲍里斯·皮利尼亚克、巴别尔、卡达耶夫,在那里都是地位平等的邻居。华沙繁忙的小出版企业也用最马虎的翻译让廉价小说涌向市场。

这个城市逐渐改变,木制人行道的木板已不牢固,泥浆从下面冒出来,已被混凝土板取代;光滑的大石块慢慢替换了鹅卵石道路;大型现代巴士被引进;在冬季街道可更有效地清除雪堆;出租车的数量增加了。不过,这个城市及其附近地区仍陷于经济停滞。通常,西方政府只有在需要以某个地方土著人的流血事件为代价减少它们的自身危险时,才会显示其慷慨,但在和平时期并不常见。反对俄罗斯革命时,波兰接收了军事装备,但后来并不那么容易获得信任。波兰是一个由三个发展不均衡的地

---

① 埃米尔·路德维希(Emil Ludwig, 1881-1948),德国传记作家,代表作为《拿破仑传》等。

区形成的混合体，其结构是从奥地利、德国和俄罗斯传下来的，且不说统一政治和学制之类的问题，连保证火车准点都是很大的挑战。大概三分之一的预算投入军队。工业中心被外资控制，意在通过使用廉价劳动力创造最大的利润。由于农产品和工业产品价格悬殊，过度拥挤的乡村竟不能购买农业机械或工具。这个几乎一直存在的危机状态在维尔诺更严重，由于楔入立陶宛和苏联之间的狭窄走廊的特定困境，立陶宛边境因与波兰冷战而封闭，实际上和苏联也毫无交流。通往西方的交通路途长度增加了出口商品的价格。一个人完全可以怀疑本地的锯木厂、制革厂或手套制造厂生意是否好。手工艺品和家庭作坊盛行于全国各地，但这里的这类经济更引人注目。

总之，维尔诺是欧洲的“轨道的另一边”，而且在那个地区内它是最贫穷的边境地区之一。然而，一个人应慎重，不可把经济劣势等同于所有领域的衰弱。我上的学校就很不错，由于战争在这里持续了六年，被迫临时拼凑，其教学工作的组织能力却令人赞赏。

当然，学校对我来说是一个重大的转折点，因为直到那时我才体味到社会习俗的苦头。学习成了一种完全个人的活动。在旅途中我母亲教我阅读、写作和计算。春天里，有几个月每天穿过一扇小门进入我的家教居住的翠绿果园，足够让我准备好入学考试了。

……一所八年制男子中学。除此以外，镇上还有许多其他学校，既有公立的也有私立的，教学用波兰语或意第绪语、立陶宛语、俄语或白俄罗斯语。我们学校选择齐格蒙特·奥古斯特国王[①]作为守护神，一位本地名人，因为他属于亚盖隆王朝，也就是立陶宛王朝。我进入学校几年后，我们绘画老师画的这位君主的肖像挂在了举行典礼的“大礼堂”中。这个老师是个快乐的大汉，深受学生喜爱，因为在批改作业时他会吼脏话。他画过齐格蒙特，波兰国王，立陶宛、俄罗斯、普鲁士、萨莫吉希亚、马佐维亚和利沃尼亚等的大公，有很宽的肩膀——文艺复兴风格——和裹在紧身裤里的修长的腿。他的眼睛从他的三角脸中俯视我们，他手中握着法律的书卷——与他的使命一致。因为与其说他是个武士，不如说是摇摆于天主教徒与新教教徒之间的外交官、立法者和主宰者。我们的绘画老师是个相当出名的艺术家，对我来说他不只是画出了肖似，因为他对团块和暗淡色彩的组合构成了一个充满力量的整体。

当我适应群体生活时，我学会了应付新问题；譬如，压迫。作为班里最年幼的学生，我处于部落等级制度的最底层，它建立在尊重拳头的基础上。在顶层当政的是十五岁的霸道分子。由于战争，他们的学业被延误，但每当必须使几个鼻子流血以维持他们的权力时，他们都很能干。更糟的是，由于害羞和过分敏感，我看到我只能通过迅速成为最好的学生、获得老师的钟爱来报复我在课堂上受到的羞辱，上升到超越这个部落之上的地位。只有到高年级时我才放弃了当初傲慢和轻率的姿态。然而，体育馆对我而言一直都是刑讯室，里面有冷冰冰的单杠和梯子，口

---

① 齐格蒙特·奥古斯特（Sigismund August，1520–1572），波兰国王，立陶宛大公。

哨的命令和军队般的训练。一想到换衣服去训练体操的时间近了,我就牙齿打战,听到枪炮声我都不会这样。花费了好长时间我才学会如何逃避这些令人不快的时光。

在童子军中我对上司和同伴的含糊态度也暴露了我不合群的倾向。童子军的活动有呐喊式远足、篝火、外出野营、追踪动物足迹、小折刀和绳结。但它也有枯燥的一面,所谓"排成两队""向右报数""稍息",还有俱乐部聚会室——建在学校旁边供童子军使用的一个大礼堂。那里挂着纸质彩旗和"狼""狐""鹰"的图案。那里的突出氛围是:"我们应该干点大事,但干什么呢?"——换句话说,无聊。那些讨论和演讲,主要由口号组成,对我毫无意义。而且我感到说者和听者都没把它们当回事。

我们的大教学楼有因各种原因而出名的地方。对我来说,教师的办公室还保持着秘密的缩影,我们的成绩等级悬而未决,我们只能不时地通过半开的门瞥一眼。在厕所周围,年龄大些的男孩在抽烟,并用故作深沉的声音讲黄色笑话;那里总是有一种令人兴奋的丑闻带来的愉快氛围。实验室用曲颈瓶和化学药品的气味诱惑着我们。这是看门人老约翰先生的地盘,他从这所学校的沙皇时代就干这个差事。实验室给我们供应的酒精减少的速度和他鼻子变红的速度保持一致。

我们戴规定的帽子:深蓝色,又高又圆,平顶,就像法国警察戴的军用平顶帽。有人认为扯掉僵硬的卡纸板衬里更雅致,并把它们变成柔软的帽子。有好几年,我们也有校服;镶着褐红色边的钢灰色衣领,裤子在膝盖下面扣住。它们是由我们的另一位绘画老师设计的。我们常取笑他,因为他穿着艺术家的披肩,戴着用羽毛装饰的帽子,看起来活像一只公鸡。他被认为是这个城市的童子军的保护人,是个可怕的恋童癖患者。我对他短暂的喜爱(每周四他在家开茶话会,讲授剑术并和挑选的几个人谈艺术)结束于一个下午,当时他挨着我坐在沙发上,把手放在我的生殖器上开始发抖。从此他对我充满了憎恨。

学校,公寓楼里一间相当破旧的房,我混乱的阅读,我沉浸其中,以至心不在焉,这并非我生活中唯一的事。环绕城镇的湖泊和森林带给一个人持续接触自然的感觉。我父亲多次带我一起打猎,他对打猎的激情为他过剩的精力提供了发泄的途径。因此我很早就了解动物和鸟的习性,了解树木和植物的种类,而且作为一种补充,我拥有了关于鸟类学和植物学的课本。

我的战争冒险经历,或者说至少与战争冒险经历类似的活动,也没有结束。我母亲是造成这种情况的原因。当我试图理解那种内心的道德律令——该律令指导着她直到她在一九四五年大迁移期间斑疹伤寒爆发时平静地接受死亡——我看到我自己心中纷乱的矛盾变得更清晰。貌似虚弱无用,她用浅薄作为面具并乐于扮演那个角色,因为它能引导人们脱离常规。她的人际关系以最小的代价形成,显示的并非她真实的自己,而是别人希望她成为的样子。无疑这种模仿是怀疑她自身价值和完全无法自己做主的结果,或者也可能是出于自尊:“我了解的不适用于他们。”埋藏心底的是倔强、严肃和坚强的信念:苦难乃上帝所赐,应愉悦地承担。她的另一个特征是爱国精神,但并非忠于国家或政府——她对此类标签的反应相当冷淡。相反,她教给我一种“故土”——出生地——的爱国精神。我明显偏爱母亲的家族，偏爱外祖父库纳特和我的外祖母（娘家姓是塞鲁奇）。当我回顾过去，由于某种莫名的原因，正是我母亲的家族——当我意识到它的重要性时——充分激发了我的想象力。女人有坚韧的个性，我的外曾祖母塞鲁奇在祖庙里享有特殊的荣誉。她的丈夫在欧洲最初的一次铁路事故中丧生，大概是一八五〇年，在巴登巴登附近。独自抚养孩子，她显示了极大的管理才能和韧性，在清理遗产时她继承了所有债务。这个家族的女性因完全不顾个人需要和她们的自制才能而分外出色。

但这个故土有个奇迹，其亲密家族在“国外”。尽管它与维尔诺的距离比第戎到巴黎还近，但它属于另一个国家：立陶宛。因为波兰和立陶宛之间的外交关系已断裂，所以不可能合法地到达那里。但这种障碍，像其他政治蠢事一样，对我母亲似乎毫不重要。因此，我们俩出发了。第一个任务是走到合适的走私者的定居点，通常在森林深处。在他们的棚屋里，我们选定行动计划：要么贿赂边境卫兵，要么完全避开他们的哨所。在某段时间里，这两国共享所谓的中立区，这意味着每个人都可以枪杀别人。那些陪伴我们的人是边境过境站的行家，他们携带着枪，必要时干掉任何带来不便的人。有一次，给我们领路的农民突然单膝蹲下，用他的步枪扫射灌木丛。直到他自言自语，“一只雌兔哦”，我们一时的惊惧才消散。不过，我还有许多其他恐惧。当你十岁时，被立陶宛卫兵抓住，被迫整天坐在猪圈里做一个孤单的囚徒，这特别令人不快。然而，我们的探险也充满了成功的喜悦，而且我母亲用她对冒险的热爱感染了我。我学会更重视森林了；人在那里安全，不易被发现。

穿越边境逐渐变得越来越难了。我们发现了其他方法。我母亲,像她所有家族成员一样,是个立陶宛公民。这不妨碍她用第二个护照——波兰护照。毕竟,证件不过是官僚们设计出来荼毒人民生活的,一个人不必太守规矩。可以用波兰护照得到去拉脱维亚的入境签证,一旦到那里,只须换个护照乘车到立陶宛。这个巧妙但简单的发现实际上被许多人使用。

因此,维尔诺不是我世界的中心。在一个不同的国家消夏给了我比较的机会。立陶宛在习惯上保守得多,但它是农耕文明,为了不消失,它总是需要如今我们所说的"富农"(kulak)组织和最低限度的繁荣。民族主义者和阶级狂热可能令人遗憾,但它证明村民知道如何读和写,因此易于接受观念。无意于精神的放飞,它保留了佛兰德斯人的沉重。足够奇异的是,对物品的同样喜爱处处可见,在历史的进程中,立陶宛人的种族元素在持续缩小,但保持了它的诚实。不像贵族接受了波兰上层阶级的文化,立陶宛农民从未被波兰化。然而,他们确实经受了二度的非国有化:在东部和南部,白俄罗斯人侵蚀着立陶宛的领土,如同水慢慢吞没陆地。直到那时,村民接受了斯拉夫语以后,他们才体会到波兰的影响。对维尔诺的误解之所以产生,是因为它曾被立陶宛的移民——证据是他们取了当地的名字——包围。我自己遭遇这些纠纷并非理论上的,而是现实的。即使当时我不能解释它们,两个特别的民族群体之间的差异至少引起了我在旅途中的思考。另一方面,波兰——维尔诺所属的那个国家——对我是完全陌生的。

在某种意义上,我自认为是一个典型的东欧人。他的不同

特性可归因为内在或外在形式的缺乏,这似乎是正确的。他的好品质——渴求才智、讨论热情、反讽意识、感受新鲜、空间(或地理)的幻想——源于一个基本弱点:他总是一个少年,受控于内心混乱的突然落潮与涨潮。形式可在稳定的社会里达成。我自己的例子足以证明吸收对立的传统、规则和过多的影响并赋予它们某种秩序需要付出多少努力。童年时,环绕我们的事物无需正当理由,它们显而易见。然而,如果它们旋转如万花筒里的粒子,不停地改变位置,在牢固的大地上站稳双脚而不跌倒会耗费不小的精力。

那么什么是平常的?全是电影和书或别的某种现实?战争或和平?过去或现在?一种昔日的习俗还是擎着红旗的游行?这种或那种沙文主义观点?无疑,为了创建一种形式,一个人需要相当数量的广泛公认的确凿事实,反抗某种相似的背景,然而这产生了一个比意识更强大的框架。在我成长的地方,没有统一的姿势,没有社会礼仪,没有明确的用餐行为准则。事实上我遇到的每个人都不同,并非因为他独特的自我,而是作为某个群体、阶级或民族的代表。一个人生活在二十世纪,另一个人生活在十九世纪,第三个人生活在十四世纪。当我正值青春年少,我内心携带着一座博物馆,里面充满幻变诡异的景象:血迹斑斑的谢辽沙,持匕首的水手,穿皮夹克的人民委员,列娜,指挥管弦乐队的德国军士,来自准军事部队的立陶宛步兵,这些人夹杂在一群农民中——走私者和猎人,玛丽·碧克馥,阿拉斯加的毛皮猎人,还有我的绘画老师。据说,现代文明创造了千篇一律的无趣,摧毁了个性。如果是这样的话,那么这种疾病,我幸而未受其害。

天主教教育

在我们整个中学八年，每天始于祈祷和圣歌《当晨光升起》。为这件事，所有班级及其教导员都聚集在宽阔的长廊里。只有非天主教徒免于祈祷，他们是极少数：犹太教徒、卡拉派信徒、穆斯林、东正教徒和新教徒。无疑，他们因为从团体中被分离出来而感到有点尴尬。

蜂蜡烛和初次圣餐仪式的白色套服，香气和熏香的蓝色烟雾，金饰品在十字褡和圣体匣上的闪光，当你从教堂返回时因禁食而在胃底产生的吸力，重获美德的好感……坦白罪过的清单常引起误解，尤其是"不洁"的标题项。我曾坦白自己大声而轻率地放屁，当我透过告解室的格子框架凝视，我看见神父奇怪地弯着腰，咬着嘴唇。整个地区的礼拜仪式完全逃避理性；它独立存在，似乎是自然的一部分。它极其强烈地作用于我们，当然会留下非常持久的痕迹。

但是，我们学校的宗教学习，起初限于圣经故事，不久变成了一件严肃的事情。由监牧神父给定的分数对我们年末的升级证书有决定性的影响。他对那些他怀疑有无政府主义或反叛倾向的学生要求很高。另一方面，他教的课程——教义、教派史、护教学——很少降至早期神学院学生训练的水平之下。每当我的头脑充满三段论时，我就面对这种知识的复杂性。

天主教教义很难，因为可以说它包含了几个地质层。一个人不会马上猜出教义问答的单纯问题与回答和构成它们的基础有多少联系，就像植物寿命和地球的火热核心的联系那样。一旦拨开第一个壳，你就会发现里面的东西多复杂，有多少聪明头脑为彼此设置的陷阱。许多年轻的探索者像被困的兔子在这些陷阱里挣扎。宗教和科学（后者只从文艺复兴时期算起）这两种封闭体系的冲突让它更难把握，虽然从表面来看，它们彼此无关。

我被配备着现代显微镜的科学实验室吸引，就像被最不抽象的知识车间吸引，因为它关系到我在森林里打猎和散步的经验。在实验室里，我们切开水蛭，观察被解剖的青蛙跳动的心，我们转动测微螺旋时屏住呼吸，将显微镜对准植物或动物组织的切片。动物学、植物学，然后是生物学，由一位来自大学医学院的讲师任教。他专门研究细胞学，即细胞的科学。瘦弱，脸色蜡黄，他有那种肝病患者的刻薄性格，但他喜欢他的学科，并知道如何传授。他建立了一个自然爱好者圈子，我是其中主要的狂热者之一。不满足于手册和作业本，我找到专业的教科书。中学上到一半，在四年级，我第一次发表了报告：关于达尔文和自然选择。正是在这时我的危机开始了。报告被我的养鱼缸、玻璃缸和鸟笼或白鼠的王国等强加的大量额外杂务耽搁了。但我对一件事确定无疑：我未来博物学家的志业已确定。如果有人预言我会背叛我的志业，我听了肯定会恐惧。

这里我必须花费一点时间讨论我们喜欢和不喜欢的活动后面的人物背景。对教师来说,由于某些个性的怪癖,那些头发蓬乱、发出尖叫的孩子群中必定只有几张脸很显眼。同样,对我们学生来说,教师的奥林匹斯山被分成了一些主角和一个合唱队。很少的权威因其古怪而赢得关注。因此,例如我们称那个地理学家为大猩猩,不知怎的对我们来说他是过去的化身。他必定在沙皇的学校教过。一个黑肤色的大个子,长着黑胡子,穿着有条纹的裤子和下摆裁成圆角的礼服。他伸开四肢躺在椅子里大打哈欠,露出的腭似乎也是黑色的——在狗当中,这通常是性格刻薄的征兆。当然,他也是这种情况。他的厌倦迅速传染给每个人,引起喧闹。太懒了不想说话,他会用手指指着长凳,并在空中画个半圆。被挑出来的男孩走到教室前面,站在角落里。到下课时,几乎所有长凳都空了。但是像这样的老师,或历史学家老卡拉舍乌斯基,有浓重的白俄罗斯口音,都是次要人物,而且常被替换。

舞台的中心被两个名人支配,由于他们各自的影响力很大,他们为我们的想法彼此争斗,不管星移斗转,注定永远留在我们心里。当我在大学里阅读托马斯·曼的《魔山》时,我看到它确实是关于这两个人的一本书——也就是说,如果我们认为耶稣会士纳夫塔和人文主义者塞塔姆布里尼之间的争吵比汉斯·卡斯托尔普的故事更重要的话。这些人物描写如此具有文学性,这不是我的错;现实不时地赏玩这种貌似“书生气”的对比。我们的纳夫塔有一张圆圆的、孩子气的,不过有点失去光泽的脸,剪短的直发,以及上帝的谦逊仆人的所有动作,包括眼睛的转动。在成为神父前他身上没有什么背叛他生活的方式和地方，无论在乡村还是在城镇，无论在贵族府第还是平民之家。他绝不像我们认识的其他神父，有些神父在他们的长袍下面保留着以前的士兵和投机分子的冲动，其他神父则保持着农民的缓慢或笨拙。我们的监牧神父必定是在教堂门廊的阴影中长大。如果他是教堂司事的儿子，用合拢的双手悄悄掠过镀金的圣餐桌，那会完全适合他的表情。

他并不吸引人的身体安置着一颗狂热受苦的灵魂。通过他嘴巴周围苦涩的皱纹，以及当他抬眼皮时那种冷酷忧郁的凝视，还有因抑制的暴怒而涨得通红的脸，都可以看出这一点。首先，他是个审判者。他能从面部肌肉的颤动或头部的倾斜察觉犯罪的念头。他住在这样的世界：持续的警惕与紧张非常必要，一个人必须时刻准备抵抗恶魔的攻击。对他来说，罪恶不只是对规章的破坏；它将触须伸展到各处，表现出单纯消遣的外象。我们在校园里玩球，仓鼠[①]（我们对监牧神父名字的歪曲）很不赞成。他从中看到我们接近成年的预兆——恶魔**必定**获胜。男孩变声期的沙哑声让神父露出厌恶的表情，他把雪茄烟的气味看作罪恶存在的物质符号：性。和孩子在一起他很温和，但当我们变成少年时，从他在课堂上的行为明显看出他在应对一群堕落的家伙。一次，在课间休息时，我们中的一个人在黑板上画了一个电池和它的线路示意图解释某个物理问题。仓鼠恰好从过

① 指莱奥帕德·霍姆斯基神父（1885–1983），一九一九年至一九三一年任中学传教人。

道里经过,他出乎意料地打开门,像他喜欢做的那样。瞥了一眼用粉笔画的圆圈和椭圆,足以使他的脸红到极致,并使他奔向校长办公室,他在那里举报男孩子在黑板上画了性器官。

按照他阴郁的看法,没有精神药物能治愈人性中的恶。可以得出结论,他并不相信慈悲的效力,因为它逃避人的控制,他有时不把错误看成救赎之路上的必要之物。同时他坚信光照入黑暗的观念:被拯救者可以识别出来,通过德行的外在证据——他们对规则的服从,他们天真的语调,他们谦逊的举动;换句话说,在训练以后。但谁属于这种上帝的选民?或许只有胸前束着蓝肩带、手持细蜡烛的圣母马利亚的孩子们。无论如何,由于善难以抵达,一个人至少应对自己和他人加强修行,因为如果希望尚存,本性的变化只有从外到内完成,而不是相反。

在天主教会里,仓鼠事实上是陈旧观点的极端拥护者:人只有通过感觉的媒介才能接近上帝;个体的忠诚与德行是群体行为的函数。通过去做弥撒领圣餐,我们不知不觉地吸收某种**风格**,就像铜是电的良导体,这有助于把我们引向超自然界。由于人是虚弱的,给他们完全的行动自由,不顾环境的类型,依靠他们的能力独立去发现与上帝的联合将是疯狂的。更确切地说,应通过调整大众的状况来让这种联合成为可能,即便只是为了少数人。在强迫我们参加仪式的同时,仓鼠无疑不抱幻想。但他的前辈也没有,他们用剑使异教徒皈依。

他在学校里的位置使他能看到自己的意志被完全执行。仓鼠不停地工作,以拉紧他网中的环。出席礼拜天弥撒是必须的,但城镇的教堂并不负责监督。因此他在我们学校楼房里建了一个私人祈祷室,他信任的副手在出席名单上圈出那些缺席者的名字。副手招募自他的辅助护卫队:圣母马利亚慈善团体。每个学期我们都去告解并领圣餐。在复活节有一次时间较长的静修。为了防止谎言和借口,我们的神权政治家引进了一种检查我们灵魂清洁的可靠方法:书面证据。在告解后,你收到一张盖章的纸条,然后把它交给监牧神父。平心而论,必须说没有组织一个告密体系对他有利。如果真发生了那样的事,也是慈善团体成员谄媚或过分虔诚的结果。

他的讲课夹杂着对其他教派、时尚,或人类理性相当粗俗的嘲笑。他肆意辱骂社会主义者,尽力让我们一听见这个词就产生敌意的自动反应。无论何时谈到当代事件,他辩论的功夫就突然失灵。仅对高品位的侮辱这一点就足以使我们某些人抵制了。

他的对手,拉丁语教师阿道夫·罗哲克,完全是他的对立面,如果没有其他原因,除了简洁的、几乎无法察觉的讽刺外,他在争论中从不逾越讽刺的限度。其他方面他对神父彬彬有礼。他刮得干干净净的脸使人想到古罗马雕像,似乎他接受了古典的克制原则并加以模仿。打扮得完美,他有时在扣眼里别一朵红花,但他确实应穿托加袍[①]。不曾提高他的嗓音,他只是通过略微嘲弄的严肃把我们控制在手心。加利西亚工人的儿子,作为哈布斯堡王朝君主制时期的学生,他或许属于从早年就吸收大量拉丁语和希腊语以及关于经典作品评论的最后一代人。在

---

① 托加袍,古罗马人穿的宽松大袍。

教室里，他不仅忙于词汇和语法；在我们抛开尤利乌斯·恺撒和西塞罗及其从句的训练以后，又应付奥维德和贺拉斯，罗哲克的一学期课变成了一种词语优美组合的文艺复兴艺术。先读课文，如果学生对一首六音步诗或阿尔凯奥斯四行诗诗节的韵律标得不完美，轻蔑的嘘声就会从老师的嘴唇发出，似乎他被别针卡住了。真正的工作始于语法分析之后。然后我们一起寻找最能表达意义的独创色调的词语。"是的"——他皱皱眉——"那也不坏，但它听起来刺耳。谁能想出更好的词？"波兰语句法在句序上允许极大的自由。罗哲克小心地停留在使我们不滑入虚假的界限内，尽管有时对拉丁语的敏感使他着迷，就像过去许多波兰作家一样。"那金黄的蜂蜜渗出……"我们刚译完奥维德描写永恒春天的段落。他挥手阻止了我们。我们再次在主语、谓语、修饰语之间游移，直到最后，多次尝试以后，我们宣读集体的成果："金黄的，从绿色橡树渗出蜂蜜……"①

我们会经常在这样一行诗上花费一整个小时，整个学年总计也不过数页诗歌。但是如今我深知这些练习对我产生的效果是不能用材料的稀少来衡量的。我专心于此的时间，尽管那时自己没想到，比整天从不同领域储存无用的资料重要得多。这并非对黄金时代——或矗立在闪光圆柱上的太阳城堡、从空中降落的法厄同星、索拉克太山的雪峰、**牧歌**（*Bucolics*）中的牧羊人——的怀旧问题。也不是诗的这些片段问题，后来我会在各种环境中想起它们，尽管它们的响亮音调确实唤起了我对韵律

---

① 出自奥维德长诗《变形记》。

的爱和对过于油滑的诗歌的恨："**机械拖曳着干燥的船龙骨**"[①]（*carinas* 中有一个很长的"*i*"）。最重要的是我一劳永逸地获得的能力：不仅专注于意义，而且专注于连接词的艺术，我获得的确信：一个人说的话会变，取决于他如何说。罗哲克的倔强教导我们完美值得努力，它不可能被时钟测量；换句话说，他向我们示范如何把文学作品珍视为艰苦劳动的成果。

罗哲克向我们讲述罗马的制度，并用轶事丰富诗人的传记；例如，关于奥维德的一个轶事，他母亲因他太喜欢诗而鞭打他时，他含泪承诺（但是用诗的形式）："我以后不再写诗了 / 亲爱的母亲！"有时他冒险讨论艺术和当代戏剧。他和城里的剧院合作非常活跃——他的孩子们（一个小男孩和一个女孩）参加某些演出。为我们自己的学校剧院，我们也感激罗哲克，他成为弗雷德罗[②]喜剧的一位好导演。作为我们的顾问，他帮我们建立了班级管理机构，作为演讲者和煽动者，通过这次经历我发现了被管理的民主的某些困难。他回避政治声明，尽管众所周知他是个社会主义者。他对人类理性、团队合作和进步流露出乐观的信心。

正是这样一个纳夫塔和这样一个塞塔姆布里尼的出场给了我们选择的自由。我对神父的反叛加深了支持拉丁语学者的程度。但我的宗教危机并非最后一件事；它并未终结于一个清晰的"是"或"不"，以致当我上大学时，我根本没有摆脱它。这并

---

① 出自贺拉斯《颂歌》第一卷第四首，采用刘皓明译文。Carinas，意思是龙骨。

② 亚历山大 · 弗雷德罗（Alexander Fredro，1793-1876），波兰诗体喜剧作家。

不意味着它不再那么尖锐了。我在两个分裂的实体之间努力建设智力的桥梁。大体上,这样一种努力迥异于我的同学,他们把宗教看成一个独立的领域,服从于习俗的规则。我的极端使我在他们中间赢得了一个犹太人在**非犹太人**中间的位置。

如果自然的法则是谋杀,如果强者生存而弱者灭亡,它已持续了数百万年,那么上帝的仁慈在哪里?为什么人——悬在太空一颗小星上,并不比显微镜下的细菌有意义——必须孤立他自身的痛苦,似乎它不同于鸟因翅膀受伤或兔子被狐狸吃掉的痛苦?为什么只有人的痛苦必须值得注意和救赎?如果人是一个例外,那么为什么死亡的残酷、疾病和人与人彼此造成的折磨,也成了自然的法则扩展到这个物种的证据?除了基本的人类本能反应更复杂以外,街上的人群如何不同于成群的变形虫?这些问题有时数星期使我陷入身体近乎患病的状态。在自然科学中,时间是空间性的;除非作为一条前后延展到无限的线,否则它是不可想象的。进化论纯粹是空间性的:要么永恒被看成一条线,要么它完全不可理喻。并不易于得出这种观念:永恒是超越时间的,因此,从神的某种角度来看,尼尼微的毁灭,耶稣的诞生,写在一个人的学校笔记本上的日期,是同时发生的,最终从这个角度看,空间性也消失了,以致银河的“巨大”可能等同于原子的大小。

我在教科书中寻找答案,我的大部分教育应归功于它:我们的基督教派史手册。波兰和我了解甚少的其他国家的历史,这些类似编年史的信息碎片填满了我们的脑袋。另一方面,这本手册包含着完整的欧洲史。因此现在我认为读过天主教学校对那些希望在心中保持鲜活的“欧洲意识”的人非常有用。

这本书的几章包括各种小号印刷字体章节，它们对各种异教做了相当准确的描写。我特别喜欢的是诺斯替教派、摩尼教派和阿比尔教派。他们至少没有为了证明残酷是正当的而避难于上帝某种模糊的意志后面。他们把反对上帝的邪恶造物主的工作称作必然性，它统治着存在于时间中的一切。上帝用这种方式从世俗秩序中分离出来，生活在一个适合他自己的球体里，免于责任，成为我们欲望的目标。那些欲望变得愈纯粹，他们就愈反对肉体；也就是，天地万物。我还不懂摩尼教的说法："一颗灵魂被撕碎，分成碎片，被钉在空间像钉在十字架上"——对我们的时空世界进行明确的攻击。不过，我从小号印刷字体里发现的信息是思想的富足养料。

二元论的痛苦，以这种代价保存的绝对存在，使我激动不已，就像触摸不可能抓住的光滑平面后再触摸粗糙的平面。手册的作者严厉谴责了由某种摩尼教派推行"与肉体搏斗"的方式导致的道德败坏，但他们的观点似乎从未让我信服。我理解那种心灵的跳跃：如果我们处于恶的统治中，我们应出于怨恨而犯罪，使我们尽可能深地沉浸于其中，为了更鄙视我们自己。后来我意识到二元要素在天主教徒中是强大的——例如，那些整夜和某人寻欢作乐的女孩，知道她们第二天早晨必须按时醒来做弥撒；这里面有某种比平常的伪善更多的东西。同样，把与女人非法同居的神父叫作伪君子是不够的。而天主教义以某种平静对待肉体的不幸与精神渴望的并存，这种平静反对青年心灵的极端主义。青年渴望最终下定决心：让它成为非此即彼。因此我表现出摩尼教倾向。

相当奇怪的是，我的异端倾向孕育于我对生物学的兴趣，它并不使我倾向于人文主义者，而是——由于我的反叛——倾向于那位监牧神父。我对他的感受至少和我对诺斯替派大师的态度一样复杂和反常。如果自然是恶的住所，那么监牧神父扮演了反自然的支持者的角色。他赞扬另一种法则，和敌人——这个世界的王子——作斗争。像我们班的其他人一样，我窃笑仓鼠有时愚蠢的表现，窃笑他的多疑。然而他陈旧的长袍，他饱受折磨的脸和他内心的紧张令我同情，并产生了类似于亲人的感受。对此，罗哲克会反对什么？他凭什么让我们信任**自然**理性，事实上它受制于必然性，并使我们从生理上作为动物物种的成员可能陷入为自己设置的圈套？他的信念"动物在此结束人类在此开始"建立在什么基础上？基督教会的教学更清楚。因此我和罗哲克的关系可以描述成被嘲笑腐蚀了的同情，而我和监牧神父的关系则可描述为被同情腐蚀了的嘲笑。

我还发现了另一个不信任人性的理由。我常常体验到强烈的宗教感情；同时我的另一半在反省感觉。我没有得出非常合意的结论。以行善或在告解中宽恕的罪为例。在做一件好事时，抵制诱惑，或以告解为出发点，我们认为我们是善的。换句话说，我们犯了傲慢的罪，把自己置于他人之上，因为我们不能放弃比较。我们同情比我们更糟的罪人。那么美德到底有什么价值？没有意识到我在走圣奥古斯丁的道路，我偶然发现了基督教的一个关键问题。我可以和那个监牧神父联系起来，因为他把重点放在被罪污染的人性上。同时，他迫使我们参加仪式，让我反感。而在课本里我渴望读到那种把一切建立在主的恩典上的人和那些为人类意志留下一些余地的人之间的争吵,我独自培养新教的倾向。

仓鼠听到男孩子变声就厌恶得面部肌肉抽搐,在烟草的烟雾中嗅到罪恶味,但必须承认,他的观点并没有什么大错。“我”一出现,无辜就结束了,堕落的古老骄傲:“你将像神,能知善恶。”在礼拜天清晨从没有什么使我如此清晰地明白这一点。由于多种情况,高年级的学生不去学校教堂做礼拜天弥撒。而是去了城里的圣乔治教堂。圣乔治教堂常有“上流社会”光临,弥撒结束后,他们会招摇地走过前面的人行道:受尊敬的军官,接受鞠躬的律师和医生,展现微笑、裘皮大衣和礼帽的妇女。当我随这群人走出来或看着他们离开附近的广场时,我感到极为厌恶。在我看来,一个人只值得为自然、打猎、文学,或无论什么付出激情,只要他把所有的一切投入其中。但这些人是猿。他们有什么意义?他们为什么活着?我翱翔在某种神圣的高度,盘旋在他们之上,似乎他们是显微镜下的标本,他们生下来,仅延续一秒钟就死去,不留一点痕迹。只须看看他们的卖弄风情、他们的小诡计、他们的炫耀、他们彼此的好感、他们为金钱的奔忙:没有这些东西,他们什么都不是。我仍把注意力集中在我自己身上,相信我受到了伟大使命的召唤。换句话说,我把这些人看成了物件。

对我来说,我的感受似乎是不可传达的,因为它只是我的。如果有人解释它不像我想的那么个人化,并把它叫作“对资产阶级的厌恶”,我将会惊奇。那种蔑视,尽管在智力上有益,却使我后来陷入许多错误,因此如今我对关于革命慷慨陈词的知识分子相当怀疑。对被压迫者的爱给他们提供了托词,但他们在玩他们自己的游戏。从根本上说,更宽泛的理解(例如,对“历史进程”的理解)也是托词。他们真正追求的是把别人推进客体的位置,为了把自己看成主体。早在童年期间,我就已经从对死亡的普遍性的沉思中获得了一种优越感:我身边的那些人并不考虑这一点,我考虑它,并且只有这一点使我处于上风。它不同于一个在脑子里脱下走过大街的女人的衣服的男人吗?比性更吸引他的是权力。

恐怕我是个潜在的行刑者。每个人的“我”都是用一种科学的思维方式奠基的。在社会上运用进化论的诱惑很快变得几乎不可抗拒。所有其他人一起流入从属于“进化的伟大行列”的“大多数”,而他理性地控制着那些“伟大的行列”。他是个自由人;他们是奴隶。

如果我应坦白罪,这就是。但像往常一样,事情太复杂了。我十五岁虐待狂式的想象力增强了天然的骄傲,它倾向于使每个人把自己与他人隔离开来。有罪的是我自己,还是我心中的老亚当?无论如何,我充满了抗争精神,我准备公开作战。

和猿一起参加仪式让我蒙羞。宗教乃神圣之事;他们的上帝怎么会同时是我的上帝?他们有什么权利崇拜他?“但是当你祈祷时,走进你的房间,关上你的房门,秘密地向你的神父祈祷。”①

面对明显低等的人时,为了把自己从无价值的圈子区分开

---

① 出自《圣经·马太福音》:“你祷告的时候,要进你的内屋,关上门,祷告你在暗中的父。”

来，最好宣告自己是个无神论者。宗教，作为一种社会习俗和约束，就应被毁掉。在我和仓鼠的斗争中，很显然最好和最坏的动机聚集在一起。独立的尝试、对所有伪善的厌恶、对融合了智力的傲慢的良心自由的保护、对纯洁的痴迷，以及我比别的任何人理解得更多的信念。因小争论而展开的战争：在班里我会问监牧神父关于教义的微妙之处的含蓄问题。当我因盖印章的纸条制度而公开拒绝不再去告解时，我的斗争呈现出全面战争的紧张态势。仓鼠开始给我们讲课时，内心一定在颤抖。确实，全班学生表现得太消极了，只是偶尔哼一下鼻子，以显示对一个急性子和学校权威发生冲突的奇观的狂热满足。然而，这位害群之马以其傲慢腐蚀了其余学生。仓鼠很快变得如此易怒，以至于即使我安静地坐着，他也会在一句话中间打断自己，冲我喊："你脸上有一种不礼貌的表情，离开这个教室！"如果事情只依他而定，他很可能把我从学校开除，但一群教师，可以称他们为"罗哲克派"，把我作为一个"有才能的学生"保护起来。

这种冲突引人注目的部分和波兰天主教的特色有关，这是由波兰作为罗马天主教欧洲边缘的一个国家的历史状况造成的。这意味着，尤其在十九世纪，对新教的普鲁士和东正教的俄罗斯的抵抗。波兰文化完全在罗马教廷的势力范围内发展。甚至宗教改革的短暂动荡也不例外。因为那次大争论——绝非使任何人永久疏远罗马天主教教会制度——唤醒了对它的兴趣。在波兰作为一个国家被解体、在受伤的民族主义出现以后，"波兰人"和"天主教徒"的概念开始等同起来。在沙皇统治下，皈依东正教被排除在社团之外；那种潜在或真正的通敌者就会招致不信任。因此宗教变成了一个维护民族身份的机构;在这方面,波兰人就像罗马帝国里的犹太人。为了使这个类比更完整,可以说弥赛亚倾向颇受波兰人欢迎,就像其受以色列人欢迎一样。如此牢固的联盟使俄罗斯陷入绝望,因为她不能理解波兰人。然而,后者在面对外部压力时为他们的坚持付出了很高的代价:当民族与宗教行为之间的界线被清除时,宗教变成一种社会力量;它变成保守者和顺从者。同样,摆脱由环境强加于我们的约束的任何企图必定是对宗教的攻击。鉴于这种区别,我反对伤感的神话和民族道义,反对老一代缺乏任何顾虑——换句话说,反对那些优雅的教区居民炫耀地走过前面的人行道——变得易于理解。但是动力从哪里来呢?有人可能谈论我对时代精神潮流的敏感,但这解释不了太多。

尽管波兰的天主教已深入波兰人的心灵,并在俄罗斯人中激起了对罗马教廷的可怕厌恶,但首要的是它仍保持着对礼拜仪式的忠诚。它的圣经传统很弱;《启示录》在时间中旅行的细节很少被提到,它不赞成外部形式的任何进化观点。仓鼠从未和我们翻开《旧约》。他认为它不适合我们阅读。然而,如果他拿出那位人文主义者花在贺拉斯一首诗上的哪怕一小部分时间去阅读并评论,例如,《约伯记》的话,这将会比他对先知的简短描述对我们有益得多,他却把先知只限定在他们预示基督的范围内。他本可以教我们尊敬神秘的价值,它禁止说出至尊的名字。他还可以向我们表明,犹太教与它在古代的敌对信仰相反,凭借循环的世界观,以一种动态的方式想象天地万物,作为一种对话,不断修改的问题和不断修改的答案持续涌现,基督教也继承了这一特征。如果他用这种方法讲下去,他本会给我们接种抵抗现实——人不仅是事物,而且变成事物——的疫苗。换句话说:他本会让我们习惯历史。但这位神父缺乏想象力,他用僵化观念的盾牌抵挡现代社会的冲击。

波兰的天主教还有一种强烈的倾向,把罪几乎视为对罗马法的冒犯,仓鼠也不例外。这并不太符合他更深刻的信念:人性基本上是堕落的,因此不能希望在任何箴言里得到救赎。但他提出了一个又一个诡辩的对比,似乎在运用犯罪法典的一个原理:没有法律就没有犯罪。当你计划第二天早上去参加圣餐仪式时,午夜钟声敲响时吃东西是不是罪过?开斋何时是重罪,何时是轻罪?礼拜天允许你做什么?因为不能进入炼狱或天堂,未受洗礼的孩子死时会发生什么?这种吹毛求疵本可以永远继续下去。在这方面,仓鼠属于旧约的祭司派系。由于我过于审慎的良心,我承受着持续的罪感。可以猜测,这种感受尤其扩展到性的问题。天主教对这种问题相当宽容,但我怀疑监牧神父的许多学生不是从诱惑中解放出来,而是在性行为上被神父注入了持续的罪感。每个性行为,甚至被教会认可的性行为,都是罪恶的。他们只能从摩尼教中找到出路:通过故意的纵情声色战胜自我,因为行为上的理想是难以实现的。

仓鼠不能向我们阐明我们真正的道德责任针对的是另一个人。他的奖惩制度,就像一部奖惩条款完备的法典的段落,适合个人灵魂的救赎。在"给予别人正当权利"时,一个人只是达到消极的状态;可以说,当一个人赶走令人讨厌的虫子后关闭窗户时,完善自我的工作才真正开始。不过,他鼓励的并非沉思,而是我们自己个人的仪式的净化。我把这一点也看成波兰天主教的特点,它在把重点放在对集体机体(例如,对教会和祖国,这在很大程度上彼此等同)的责任上,忽略了对具体的、活生生的人的责任。它培养多种理想主义,并从行动中产生绝对真理,它应一直瞄准高目标。或许这是波兰人英勇活力的源头,也是他和另一个人关系随便或淡漠的源头,甚至面对另一个人受苦也很冷淡。他穿着紧身胸衣——罗马紧身胸衣。喝了一些酒以后,它突然敞开,显示出在西欧国家不常遇到的混乱。对他来说,宗教很少是一种内心体验;它通常是建立在习惯和种族偏见基础上的禁忌的集合,以致他仍是柏拉图的社会动物的奴隶。他的文学作品充满了对集体(教会、国家、社会、阶级)的责任问题和它引起的冲突。并不奇怪,在某些波兰人那里,他们否定的力量与这种传统的力量直接成正比。

这位神父以为我是个无神论者,但他弄错了。确实,我让他因妒忌而陷入错误:我们不断隐藏的东西比我们公开谈论的东西对我们更珍贵。后来我在秘密的天主教徒——他们已成为国家的政治机关的一部分——中注意到类似的倾向。他们比那些公开实践他们信仰的人更热心于宗教。

我没有成为无神论者,因为我生活在一种不断疑惑的状态中,似乎在一面我知道有朝一日必定升起的帷幕前。我的气质是沉思的,不适合活跃的生活。我的自然主义者的笔记,我在显微镜上或后来通过阅读文学度过的时刻,都是同一内在法则在起作用,它使我的注意力集中于单个一点。

而且,家里没有什么能引起宗教反感。我父亲态度中立,但这并不像通常那样引起我母亲虔诚的热情。她是一个信奉天主教的人,没有小题大做。另一方面,在她眼里,所有事物皆相互联系,并预先注定。她对隐藏在事件下的神秘的崇拜表明,在立陶宛经常遇到的那种略带异教色彩的神秘主义依然存在。对她来说,世界乃神圣之地,尽管打开其谜底的钥匙只有死后才能找到。她的宽容表达在警句"每个人都以他自己的方式赞美上帝"里,我认为,肯定地接受天主教是唯一正确的宗教对她来说会很困难。天堂与地狱的严格分类随着一耸肩被打发了:"我们知道什么?"我和学校当局的争吵一点也不让她不安。

一个人如何应对宇宙之美同时应对宇宙的绝对残酷?在这里什么是虚幻的现象,什么是真实的内容?过去我在路上常踩毛虫,似乎犯了性侵罪:可能很不愿,但我们做了,因为我们生活在地球上,赶上了它无情的循环运行。我问自己,是偶尔踩在毛虫上,还是看到我的鞋子已触到它后,我是否随后一脚踩下去发泄我的本性?如果上帝是恶的,什么会为我的祈祷辩护?当仓鼠把我赶出教室时,我像个新教徒,摸索我自己个人的道路。我寻求帮助,去读两本书:圣奥古斯丁的《忏悔录》和威廉·詹姆斯的《宗教经验之种种》。

这些书是如何被解释的,或它们本身是什么并不太重要。我从它们中获得了我需要的东西。如果一个人把死后奖惩的观念拒斥为离谱(那是什么样的肤浅交易?),如果基督教的历史引起怀疑不仅因为它常被用作压迫的面具,而且因为最初的基督徒欺骗他们自己,预期世界的末日;如果教义与科学思想不协调——那么一个人必须揭示一种不同的维度,在那里矛盾可以变成钥匙,并发现新的有效性。这种维度与生物学或物理学平行存在;它并不抑制它们。圣奥古斯丁的经验的错综复杂和丰富多样是个事实,就像诸多普通男女的宗教狂喜——正如詹姆斯描述的——是个事实一样。

好像那时我没有从此得出实际结论:只要一个事物确保幸福和活力,真假标准是无用的。我宁愿确保我的需要并不例外,我离开时相信那样一种普遍的饥饿并非不能得到满足。换句话说,我意识到现实比我碰巧考虑到的情况深邃得多,它允许多种认识。在这方面,我忠于我的母亲,忠于立陶宛——被斯威登堡的幽灵萦绕的立陶宛。什么都不能扼杀我内心的确定性,一个闪光点存在于所有线的相交处。如果取消它,我将失去专注的能力,事物以及渴望将会变成尘土。这种确定性也牵涉我和那个点的关系。我非常强烈地感到没有什么取决于我的意志,感到生命中可能完成的任何事情将不是由我自身的努力获得,而是作为礼物被给予。时间像雾一样在我面前展开。如果我足够优秀,我会洞悉它,然后我会理解。

青年人的出丑、歇斯底里和愚蠢通常与头脑的较真密不可分。对同龄的姑娘来说,这些肮脏喧闹的人——他们把羞怯隐藏在傲慢的面具下面——必定是费解的。很可能教师也不容易区分他们中哪些人在未来某个领域成为有用的角色,哪些人却注定要失败。头脑冷静的罗哲克以比神父更大的信心围绕这个心理迷宫摸索着行走。在同黄色笑话或稍微提到人体解剖学某些细节而引起的哄堂大笑的斗争中,他同样很成功。面对罗哲克冷酷的讽刺时,肇事者脸红不安,不得不承认这个不会弄错的真理：他是个蠢人。仓鼠阻碍我们在自知之明中成长，因为他监视禁区，而且注意不到在这个化学过程中每个元素跟其他元素发生化学反应，而不是独立地存在。

然而我感到我必须设法适应他。此外，连续的斗争开始烦扰我。通过怀疑宇宙（漂亮的成就但一无所成）的机械论观点，我允许自己奢侈地迷信。如果我祭祀小林神，这会与我的本性完全保持一致。我会意识到我的行为是荒唐的，但它更是对的，因为与那些我们知道存在但不能命名的力量的统一感需要象征性的表示。或许我在夸大，但在观察飞鸟中度过的所有那些黎明和黄昏与我对战争危险的所有童年记忆并不使我相信运气。

由于我的感情专注于一个更大的整体，如他们所说，我有很深的所谓宗教个性。天主教会在其广大方面令人敬畏，而且她在向我演讲，只不过是请求服从她的纪律，同时悬置我的判断。作为一个教会史的勤奋读者，不管怎样，我同意纪律是必要的，因为我不能独自发明一个。这是顺从吗？我仍希望解开那个谜，为了用一种新方法把碎片再组成整体。仓鼠变得越来越小；他的身体从前景后退。他是个可怜的人，但教会毕竟是人的机构，数代男人的蜂巢；它能避免依赖像仓鼠这样的人吗？在我毕业前的最后一年，一种冷静的客气出现在我们之间。无疑，他认识到力量绝不会使我屈服。当他停止向我施加压力时，我就去告解。但因为在存在面前贬低自己的行为应该是完全自愿的个人的事情，超越社会习俗，我发誓永不和波兰天主教结盟——我不必用那些术语。换句话说，我不会屈从于猿。

此刻我看到他们俩在我前面。当我们坐在他前面的长凳上时,罗哲克淡褐色的眼睛快速地扫视我们。有时一张农民孩子警觉的脸,来自塔特拉山村居民的孩子,从罗马参议员的面具下向外张望。他双手背在身后,来回踱步,向我们讲到奥古斯都的宫廷时,斟酌着自己的话语。仓鼠伸进他长袍的褶缝掏出一张手帕。因为它不太干净,他小心地使用它,把它藏在手心。他眼下面有黑眼圈,不眠之夜的迹象显示在他脸部的疲倦皱纹里。在我的生活中,这两个人有点像爆炸得比预期更晚的炸弹。我最初尝试文学时困扰我的厌恶都归功于罗哲克。浪漫的折磨或灵感的自动主义只是掩饰我对明晰的逻辑结构的需要;它们不能代替它。应该感谢仓鼠,让我如此敏感于硫黄的气味,我基本的二元论,我在和我们中的"他者"交朋友时遇到的困难,我们无法控制他,但必须为他吞下我们的耻辱。

和仓鼠的战争增加了我天生的隐匿性、我的叛逆和我对虚假姿态的偏爱,这促成了自欺或让我们在别人面前更巧妙地演戏。无疑这种教学的结果不值得赞扬。然而我从未切断已在我们之间建立的不友好的兄弟情谊的联系。当我获悉仓鼠"二战"期间在被苏联接管后拒绝离开我们的城市,我感到和他很近。可怕而不屈,他宁愿守着教区。

一个人无法摆脱成为天主教会的一员。这是他的教义教导的东西,也是接受与反对这两种态度证实的东西。减轻的或严重的,核心问题持续存在,我想说对所有被天主教培育的人而言,无论他们喜欢与否,哲学将总是**神学的婢女**。或许没有别的存在。如果是这样,当那些反对宗教的人把所有哲学指责为可疑对象时,必须承认他们是对的。

天主教的力量存在于多方面，它不仅在历史过程中显示出来，而且在个人生活的连续阶段中显示出来。尽管大众出现了信仰危机，天主教与“科学”观之间数世纪之久的冲突相当有利于对立的双方。毕竟，现代科学是犹太教与基督教共有的产物，无疑它因此能达成宇宙的观念，它不能被转化成任何清晰或明显的形象，只有借助于符号才能得到表达。无论谁有机会在自己的灵魂里体验那种争论，都会同意，矛盾是可以带来丰硕成果的。

民　族

我们在院子里玩儿童游戏,从院子里你可以看到长满树木的住宅区横跨河流,夏天来自皮革厂的臭气会让你恶心得反胃,这里总包括萨什卡和松卡。他们在我们的群体里拥有完全的公民权,只是大家都明白,你不会去他们家里看望他们。捉迷藏或爬树时他们就像其他人一样。但当他们的妈妈靠在阳台栏杆上叫他们回去吃晚饭时,这种相似就结束了,因为她用俄语叫他们。他们是犹太人,在家里不像其他孩子说同样的语言。

欧洲的犹太人过去常把维尔诺称为北方的耶路撒冷,并恰当地把它视为他们的文化中心。这里有学习的机构(后来转到了纽约);犹太复国主义运动在这里发展成了一个强大的中心;当地希伯来语学校的学生为以色列的圣经语言的复兴做出了或许比其他任何人都多的贡献。在我过去常买邮票的小商店里,总会有个上面有一颗大卫之星的募捐箱,用于犹太复国主义事业。有多种思潮、目标和奋斗的完整社区已在这个城市里形成,该城以《塔木德》的评注家以及拉比和虔诚派犹太教徒之间的激烈争论而出名——换句话说,这是犹太人的老家,很难把他们称为新来者。

但萨什卡和松卡怎么样?他们为什么说俄语?俄罗斯,在它吞并乌克兰、立陶宛和波兰之前,并没有犹太人。他们被禁止定居在俄罗斯的领土上,这一限制令被强制执行了很久。所以“俄罗斯犹太人”这个术语意味着(几乎没有例外)那些已成为沙皇国民的联邦居民的后裔。对维尔诺的犹太法学博士们来说,俄罗斯对立陶宛大公国的吞并是一场灾难,他们在公告中向忠实信徒表达了很多。然而,在十九世纪的历史进程中调整这种新的国家地位渐渐取得了一些进展。

在我们的城市里,这两个群体之间没有桥梁。天主教和犹太教的社区(有些地区几乎全是犹太教)生活在同样的墙内,却像在各自的星球上。联系被限制在日常商业事务;在家里则须奉行不同的风俗,阅读不同的报纸,使用不同的话语交谈——绝大多数犹太人说意第绪语,获得解放的少数人说俄语,还有很小的比例用波兰语。由于这个原因,在犹太教的两个分支中,我们学校的卡拉派信徒比犹太教徒多。对共同经验来说,一个比歧视——有些老师易于歧视——更大的障碍是各自圈子互不接触。维尔诺的每个人都去了他“自己”的学校。只有在大学我们才都聚集在同一个大讲堂里,甚至学生组织也被分成了波兰人的、犹太人的、立陶宛人的和白俄罗斯人的。因此这些障碍仍会与不成文的法律保持一致。

犹太人在这个地区的孤立是个老故事。究其原因必须从职业(犹太人是农村人中的商人)和宗教(天主教和犹太教习俗的节奏并不一致)的差异中寻找。然而,政治的反犹主义出现得很晚。它是沙皇官员在君主政体已经衰退的情况下设计出来用以分而治之的一个工具。在那以前,很少有群众在宗教狂热的背景中失控的情况,但是基督徒中的争论——例如天主教徒和加尔文教徒之间用石头和棍棒的斗争，在我们的城市弥漫于十七世纪——吸引了更多关注。当然还有“犹太主义者”——激进的反三位一体主义者，他们与拉比们友好探讨，并把《旧约》放在《新约》前面。但这些突破被限制在非常狭隘的精英阶层，以至于他们未能引起基督徒的愤怒。

政治改变了这一点。天主教徒居民在激烈抵抗俄罗斯时，渐渐把犹太人看作一个并非同盟的独立民族，因为他们和当局玩的游戏不是波兰人的游戏。因此犹太人作为基督之敌的旧形象就被一种新形象取代了：穿着高领俄罗斯衬衫的青年人，一致支持外来文明。这场社会主义运动变得越来越强大，分成两股潮流：反俄罗斯（那些被帝国占领的国家的独立）和亲俄罗斯（由君主国的所有土地形成的一个革命的国家）。讲俄语的犹太人（被称为立陶宛犹太人）是第二股潮流的柱石，只是在革命的俄罗斯却变成了各种异教的煽动者。

基督徒在世界的这个地区的情感态度带有多种分层的痕迹。从古老的**共和国**，连同它父权制的乡村习俗，那里还保持着“我们犹太人”的观念，没有他们生活是难以想象的，他们是人文景观不可或缺的组成部分，如果没有政治因素，谁都不会去打扰他们练习古老的商业功能或内部事务的秩序。一个较新的认识是，犹太人是穿、吃和住和其他人一样但使用另一种语言的人。对他的敌意无疑包含着突破等级隔阂时的怨恨：他违反了每个人都应“知道自己的位置”这个准则。但它主要牵涉一次前所未有的冲突，这场冲突在第一次世界大战后推动了主要源于华沙（那里情况不一样）的种族或经济的争论。犹太人出身的波兰人在波兰民族中相当多,但在维尔诺,这样的个体仍被看作例外。对我们镇拥有的如此软弱的中产阶级来说,这个常被店主和小制造商珍视的口号有些大,不太适用于实际情况。

作家们喜欢描绘反犹分子的心理,却很少触及问题的核心,因为他们忽略了那些属于地理和历史而不属于心理学的特性。住在波兰立陶宛共和国的犹太民众在反对宗教禁忌和犹太人区的运动中感受到了启蒙运动时代。这次运动显示,就在那时共和国正在失去它的独立性。三个首都成为新的吸引中心:圣彼得堡、维也纳和柏林。弗洛伊德家族的历史表明这些中心是怎样吸收能量、天才和技巧的:西格蒙德·弗洛伊德的父亲从加利西亚移居到维也纳。但中世纪团体的迁徙也开辟了另一个方向,由波兰的学校和大学提供,这为波兰文学和科学孕育了许多杰出的代表。得到启蒙的人之间的这种分裂就像把它们俩与流散犹太人的封闭小细胞分开的距离一样大。犹太复国主义行动引发了一场新动乱,或许其领导者来自以前共和国的西部并非偶然,在那里民族的多样性禁止与任何一个集体融合。

用法国或德国类比将是个错误;也很难正式接纳其城市的少数民族成员从百分之三十到百分之七十变化的任何团体。每个团体内部的复杂区别和一个不确定的中等社会阶层的存在(犹太人出身的教授、医生、演员和作家究竟属于哪里?)在人际关系的多种类型中反映出来,当然这也根据地区而改变。通常,波兰人特别意识到犹太人和反犹太人。但是如果他们异常矛盾地感受的对象莫名其妙地消失了,他们将会被忧郁压倒:“没有犹太人太无聊了。”许多政治活动和期刊发现了他们反犹主义存在的理由,因为他们珍视这样一个方便煽动群众的主题的幸运机会——没有它生活会空虚。没有犹太人的笑话,卡巴莱就表演不下去,这种辛辣的黑色幽默是像华沙这样的城市特有的,它带有犹太人普遍幽默的清晰印记。这种合作关系预防了冷漠。在另一个极端,它产生了爱犹太主义的范例,对他们来说,甚至非犹太女人也没有吸引力,因为她们被认为智力低下。

犹太人有助于形成我心中的一个情结,由于它,早年我已讨厌右派。民族主义党——"有正义感的人民"的党;也就是,刚产生的小资产阶级的党——形成于上个世纪末,主要活动于维斯瓦河流域,在那里与社会主义者斗争。其主要魅力是环绕**民族**这个词的那种模糊但积极的氛围。这将成为一种语言的、文化的、宗教的(指天主教),以及迅速的种族联合,尽管从它最有活力的宣传者中可以发现不止一个拉比的后裔。这个党的报刊和口号很早就进入我的视野。我对一切带有"民族"味道的东西的反感和对那些传播这种信号的人的近乎生理上的厌恶,对我的命运影响很大。很可能某个似乎恰恰预示相反趣味的特定事件导致了突破。

在我们的城市里,人们把五月一日称为"犹太人的节日"。有举着横幅和旗帜的大游行。实际上在人群中,他们代表各种左派,青年犹太人是主力。这是无疑的,因为基督徒工人阶级主要由属于圣徒保护下的行会的工匠组成,或由仍保持着农民心态的工人组成。

此刻我眼前出现了这个场景:五月的第一天,春日的阳光照进我们教室的窗户,麻雀叽叽喳喳地叫着。我们的法语老师(我们叫他“袜子”,因为有一次他从口袋里掏出一只脏袜子,而不是手帕)怀疑地看着我。他用手指向我示意。我起身到他桌边,我的头发蓬乱,我十二岁。“你那里是什么?”露出我口袋的是弹弓。“你想用这个干什么?”我试图赋予我的嗓音一种冷酷、有男子气概的清晰响声,“打犹太人”。他本能地眯起冷漠的眼睛,就像盯着一头野兽。我感到发烧,满脸通红。他没收了武器。

我真的想用那个弹弓对付萨什卡和松卡吗?根本不是。我没有具体的敌人。我内心携带着一个抽象词语,一个没有脸的人,一种带负号的观念的融合。而且,我意识到它不是我自己的,不是某种天生的东西,而是外来的。在我和老师的冲突中,我感到的羞愧因突然发现了真正的煽动者而变得更痛苦。那是我的一个亲戚,我鄙视他。我突然看出我的态度和他在餐桌边激情的政治演说——当时我似乎没有谈论,但实际在听——之间的联系。从那时起,每个民族主义的口号都让我想到他这个可怜的人。

我对那种较轻发作的狂热具有免疫力,这在不久之后让步于一种对民族主义传教士近乎强迫性的憎恨。但似乎还有别的更复杂的因素。我不信奉国教基于一种模糊的社会主义冲动,但尤其基于某种当时我不能命名的东西,它如此沉潜于我的潜意识。我的根被滋养在不适宜新栽培的土壤里;很多提倡容忍的戒律已经渗透了我,而它们与我的世纪步调不一致。但最终使天平倾斜的东西是我对“纯正”波兰人的不信任。我的家人狂热崇拜分离主义——比苏格兰人、威尔士人或布列塔尼人更甚。我们的立陶宛大公国是“更好的”,而波兰是“更糟的”,没有我们的国王、诗人和政治家,她会完成什么呢？在我们这个角落很普遍的自豪感里,对过去很久的名望的记忆依然存在。从那边来(也就是,从种族中心来)的波兰人有一种肤浅、不负责任甚至是骗子的名声。我那位来自华沙的反犹太人的亲戚为这个观点付出了代价：在我眼里变成一个“波兰人”的象征。我的家人将美德定义为倔强和韧性,“他们”短暂热情的反面。提及波兰人时这种或多或少令人不快的语调几乎不能在我心中唤醒对这个神圣民族的波兰意识形态的任何反应。

虽然我已长大,不再需要紧身衣般的家庭原则,但有些东西确实留在我的记忆中,抵消了学校的影响。我们的几个历史和文学老师会惊讶,听说他们的教科书是片面的,因为它们是被民族主义者凑合起来的。他们大多是被严厉谴责为过分沙文主义的好人。但他们无意中激发了我们一种特殊的观看方式：联邦的过去被变成了波兰的过去。例如,亚盖洛国王[①],他发起了两个国家的联合,被认为气质高贵,而他的哥哥维托尔德国王[②],尽力保持立陶宛的自主权,被视为一个恶意的捣乱者。在附近的立陶宛学校里,学生被教导完全相反的事实;对他们来说,维托尔德国王以高贵气质出现,而他的弟弟是波兰人手中的一个工具。两个版本同样不符合事实。

类似的事也发生在文学史上。值得关注的唯一著作是用

---

① 亚盖洛(Jagiełło, 1352 或 1362–1434),一三三七年即位立陶宛大公,娶波兰女王雅德维加后,于一三八六年即位波兰国王,立陶宛并入波兰。

② 维托尔德(Witold, 1350–1430),立陶宛大公国的统治者。

波兰语写的。没有什么作品提及丰富优美的立陶宛民间传说，尽管以前的异教徒保存在里面；或提及名叫多涅莱狄斯[①]的十八世纪新教牧师，他用立陶宛语六音步格创作了一首诗，《一年四季》，把它和他的同代人詹姆斯·汤姆森[②]写的《四季》比较是很有趣的。没有一本教科书收入曾被用于大公国司法写作的方言范文，虽然我们会完全理解它。

这样一个学校，根据最新时尚用民族主义态度的捷径替代多元文化遗产，必定也在其学生中为反犹主义打下了基础。起源于欧洲这部分的犹太宗教文学被译成多种语言，并赢得了全世界的赞誉。一个人只要拿起手边第一本好的宗教思想选集，就能看到哈西德派[③]格言，并开始怀着敬意想起那些偏僻小镇的智者——巴尔-谢姆·托夫[④]一家、布拉茨瓦夫省的纳曼拉比、卢布林市的吉茨克拉比和高勒兹市的平卡斯拉比，那些人明显已抵达福音派爱的顶点。后来，意第绪语世俗的散文和诗歌也诞生在这里，那种悲剧和无法仿效的幽默的独特结合。而我们，就在这些书被印刷的城市，简直对它们一无所知。多年以后有几本落到我手里，被我从纽约带来——为了和触手可及的事物保持联系，我不得不学习英语。

① 多涅莱狄斯(Donelaïtis, 1714-1780)，立陶宛诗人。

② 詹姆斯·汤姆森(James Thomson, 1700-1748)，英格兰诗人。著有五千零五十多行的长诗《四季》。

③ 哈西德派(Hasidic)，犹太教的分支。

④ 巴尔-谢姆·托夫 (Baal-Shem Tov, 1700-1760)，波兰犹太教领袖，哈西德派的创始人。

如果熟悉犹太文学作品,这本会消除许多偏见,实际上并非如此,犹太出身的进步和左派知识分子必须对此承担主要责任。从人人平等的一般观念出发,他们得出过去并不重要的结论。渴望一切新东西,他们迎合波兰的文化势利行为,一种显然有用同时具有破坏性的力量。像作家 H. G. 威尔斯、弗洛伊德和阿道司·赫胥黎的出版商和极其热情的读者都是从犹太知识阶层中征募的。他们的杂志开展“自觉的母性”和性自由论战。但他们不愿关心意第绪语文学作品,或把它译成波兰语,因为他们认为那是粗野低劣的,是犹太区的残余物,连提到它都是不得体的错误。只有当一本书在国外成为畅销书时他们才会引进,确信他们一定会称赞它,因为它在巴黎或魏玛德国已得到赞许。如果谁在他们面前提到犹太人,他们就动怒,马上把这种谈论当成种族主义。他们不惜任何代价努力忘记自己是谁,流露出一种毫无根据的自卑感。

无论如何,整个国家弥漫着一种不健康的气氛。当基督徒说某人是个犹太人时,他们会压低嗓音,似乎被提及的是一种可耻的疾病,或补充道,“他是个犹太人,但他相当不错”。更糟的是,同样的价值尺度或多或少被“同化了的”犹太人接受,他们竭力清除自身的痕迹。在这种情况下,每次个人交往都避开友谊和兄弟情谊的规律,结果陷入无法逃离的处境。一人想:“他认为我是一个犹太人。”另一人想:“他认为我认为他是一个犹太人。”或金字塔式增长。一人想:“他认为我怀疑他认为我是个犹太人。”另一人想:“他认为我认为他怀疑我认为他是一个犹太人。”简直没办法摆脱这种处境。

然而,这些模棱两可在维尔诺——一个实际上没有中间阶层的城市——很罕见。中学时我们班每个人都是基督徒(一些穆斯林教徒短期和我们待在一起)。没有种族歧视。我把犹太人看作外人,作为一个少年,我对他们毫无兴趣。读完中学时,我朦胧的政治观只在一点上是完全确定的:我不能忍受波兰的民族主义者。正是这种感觉常为我对童子军以及后来对监牧神父和其他权威的所有反抗提供一个出口。

上大学以后,我开始意识到波兰左派和右派的划分与"犹太人问题"密切相关。我注意到,我的同学依据出身选择了完全不同的道路。犹太男孩和女孩很早就迷恋进步精神,他们反对父辈和宗教的心态远比基督徒强烈。他们嘲笑迷信,阅读列宁,通常宣称自己是马克思主义者。他们是国家的公民,却对国家持一种相当黯淡的看法,确实如此,因为他们从中看不到自己的机会。通向政府职位的道路对他们是关闭的,极少例外;在军队谋职几乎不可能;商贸和自由职业仍然存在,但由于犹太应试者大量涌入,例如,医学领域,大学对他们的申请更苛刻。难怪他们向往提供活动自由的庞大国家机构,或有时承认和德国与俄罗斯相比,波兰对他们似乎是个微不足道的造物。智力上热情奔放,比天主教徒更富于人的温情,他们在社会上也更精明。他们的社团以犹太复国主义或社会主义为导向(通常两者都有,尽管比例不同)——佩利-锡安、佩利-锡安左派、同盟和共产主义者。共产主义运动很弱,并受到警察打击,它主要从犹太青年人中征募激进分子和支持者,由于酷爱俄罗斯,我们城市里的那些犹太青年人尤其易于接受共产主义。

至于被各种仓鼠训练的学生，他们通常是狂热的爱国者、保守者，喜欢在波罗的海国家模仿德国大学的仪式。大学生联谊会的人戴着特别的帽子，胸前系着丝带，假期到来时佩着长剑，在喝啤酒和击剑中度过晚上的时光。他们的组织迎合了社会势利眼或右派人士的政治观点，他们的风格是自大骄傲和军事荣誉的结合。在所有这些方面，他们都类似于军官阶层。在智力上他们发展得很慢。他们的解放与激进立场伴随着巨大的痛苦和内心的动荡。

我们的大学提供了一个舞台，两种世界观的冲突在那里演出，但现在对我来说它更像木偶剧院。似乎一个恶毒的魔术师按了一下按钮，这场表演的参战英雄全都从暗门掉下来。从那以后，对他们的差异提供的解释对我来说似乎太肤浅。阶级差别是常见的解释，这是真实的：很小比例的基督徒学生来自农民或工人家庭，而许多他们的犹太人对手有非常看重学问的无产阶级的父母。然而在金钱的基础上权衡各方就会忽略更大的差异。非犹太人医生、律师或店主的孩子倾向于右派，而相似职业的犹太人是自由主义者或左派人士。例外只是证明了规律。研究波兰知识分子发展的历史学家通常回避这个谜，要是能避开湿滑的地面就好了。为了阐明这个情况，或许应该运用文化模式而不是借用都市文明很早形成的国家的范畴。庄园-村庄模式被移植到城市，自主地发展，为什么这个模式从十九世纪的自由主义和社会主义演变为下一世纪右派的极权主义口号，我不会详论这个问题。这个都市模式，几乎专由犹太人传播，根据完全不同的规律运行。由于这个或其他的原因，右派用抗议

“犹太人的狗腿子”的口号与少数左派人士在我们大学里斗争。

左派对“有正义感的人”造成了真正的威胁，因为它正阔步粉碎障碍。例如，它组织了“革命诗歌之夜”，朗诵波兰语、立陶宛语和白俄罗斯语的诗歌；通过将恩斯特·托勒[1]的一首意第绪语诗歌变成一段有节奏的舞蹈，一个小裁缝真正吸引了整个大厅——此前从未这样拥挤。驱使我转向左派——它很不稳定，而且成分混杂——的因素并非马克思主义，而是我对故弄玄虚的民族主义者的反抗，或许是对隐藏在我身体细胞里的命运的反抗：那些被从环境中切断一切出路的个体（在这种情况下，遗传意味着超出了一个人的想象）不得不使他们的冲突普遍化，因为当这个问题不仅是他们的，而且是一个普遍问题时，它就不再是有辱人格的。同样，我的朋友们做出的选择源于愤恨的背景和偏离了公认的行为标准的个人环境，以致我们的左派有点像受难者的社团。

大学生活一开始我就发表诗歌和文章，由此我进入一个新环境，成为那个特殊的文学艺术共济会的会员——它在每个国家都一样，都是异见分子。我们持续观察彼此的优点，这些吸引了我们太多注意力，不会被某人鼻子的形状分心。那算得上完美，或至少被认为如此的东西才是重要的。此外，不知怎的我和犹太出身的波兰作家更容易交流。当然，考虑到这个城市的语言结构，他们并非来自维尔诺，但我们的共济会覆盖了波兰中部和加利西亚。我们交换一卷卷诗歌和期刊（资金短缺通常预示

---

① 恩斯特·托勒（Ernst Toller, 1893–1939），德国左翼剧作家。

着迅速消亡)。至少一半我们看重的名字不会创作“雅利安的祖母”,这个所有幽默杂志特别喜欢嘲弄的对象。但我进入新的文学联盟并非没有摩擦。

透过隔音的窗户看,演员的动作奇怪而荒谬。我无法进入那个上演种族和民族之谜的内圈。但或许这是因为我对这些而非那些形状和颜色敏感,还因为我自己最深的社会阶层,多亏了我的母亲,它形成于立陶宛的乡村。这种局外人的身份允许我进入犹太人出身的作家的心里,他们也站在紧闭的门前。我们有一个共同的祖国:波兰语。但他们努力推门,赋予他们的作品一种极端的斯拉夫人的味道;他们中几乎无人透露他们的分裂;他们戴着坚硬的面具,而那些面具压碎了他们。他们拉我和他们在一起;我强迫自己模仿他们,但我真正想要的是让他们站起来反抗,也允许我以自己的方式站起来反抗。以什么名义?我不知道。在内心深处的某个地方闪烁着这种思想:我和他们的左派观点是我们相异性的伪装。因为他们拒绝与犹太区来往,所以我把立陶宛大公国隐藏在落满灰尘的纪念品中间。但我比他们更骄傲,只要我有灵敏的听力——我认为纯正波兰人的听力对隐藏在迷惑性的简单下的复杂韵律并不敏感,只有像密茨凯维奇那样的大诗人才能在我们的地方找到他的恰当形式。

我以浓缩的形式描述一下两次大战之间的时期。或许这是不公平的,因为一切都在运动中。起初,右派强调民主的合法性,但是渐渐地,在无望的经济萧条和从德国借用的观念影响下,它具有了极权色彩。民众高喊“民族革命”,政界挤满了小暴君,必须承认,其野心类似于阿拉伯后期那些独裁者,而不是希特勒和墨索里尼。煽动活动把它的利刃对准外资和“犹太富豪”,学生和小镇的**流氓无产阶级**把这些看作袭击小贩货摊的信号。不幸的人打击不幸的人。

在一九三四年春季的维尔诺,这种骚乱持续了三天。它们是由一次关于尸体的争论引起的。大学的“激进民族主义者”小组获得了重要胜利,因为在解剖实验室工作的学生宣布罢工,要求用于解剖的犹太人尸体的供应与医学系犹太人的数量相称。这次罢工发展成上街示威游行,朝以前的犹太区行进,一路打碎窗户毒打行人。然而,它遭到强壮的犹太屠夫和货物装运工的抵抗。一块从石板路剥落的鹅卵石击中了一个学生的头部,几小时后他就死了。这个城市发现自己任凭狂怒的暴徒摆布。商店关门了,人们躲起来,从他们百叶窗的缝隙窥视危险,此时暴民涌向大街中央寻找牺牲品。警察犹豫不决。他们试图闯入游行的领导者住的学生宿舍,但被围困的人从楼上用消防水管朝警察喷水,最后他们散去了。他们的犹豫是“上校们”的政府内部争执的结果,在那里支持奉承的一群人不是左派而是右派反对派,他们正稳步获得声望。对这群人来说,“激进的民族主义”出现如同未来的浪潮,它是不应被阻挡的。

为波兰人辩护,必须说,尽管欧洲这部分也有流氓行为,但他们流露出打击他们邻居的生命和健康的冲动比预期的要少。反犹事件通常止步于财物破坏。尽管容易激动,并呈现无政府主义倾向,这个国家的人民似乎并未失去道德约束力,即使在人群中，一种仇恨的冲动也会很快让位于羞愧。他们艰难地服从纪律，而且只有纪律才能证明冷酷地犯下的残忍行为是正当的。因此试图理解波兰政治的外国人时常遇到意外。党派划分不太清楚；他们团结起来与其说是借助一致的纲领，不如说是通过个人之间精神上的亲缘关系。暗杀对手——这种二十世纪普遍接受的手段——波兰人却不愿使用，因为它是在公众注视下对行凶者的妥协。几乎每种波兰体制都难以定义。在“上校们”的独裁下，国会形同虚设，一个集中营被建造（以便波兰不落后于邻国），然而公开的法西斯主义者，即使政府争取其支持，他们还是一种反对力量。共产党是非法的，然而许多杂志提出它的观念，政府高官与革命诗人过从甚密，从上面来的一个电话就能免除他们坐牢。这些相同的限制，当然是相关的，后来在抵抗活动中起作用，比如说，它的各种小派别以比在南斯拉夫少很多的热情消灭了彼此。最终共产主义者——他们大多不满于清除政敌的角色，这已由俄罗斯人分派给他们——忙于某种巧妙的逃避，以避免一场类似于拉伊克[①]审判的哥穆尔卡[②]特大审判秀。某种过滤器缓和了波兰的极端政策。或许它来自在共和国时代形成的习惯，那时对手会被加入拉丁引语的演说征服，那时人们

---

① 拉伊克·拉斯洛（Rajk László，1906-1949），匈牙利共产党领导人，匈牙利人民共和国的主要缔造者。一九四九年被苏联人以铁托分子、间谍特务等罪名判处死刑。拉伊克审判是战后东欧第一起“完美”的公开审判，在东欧大清洗中起到了示范效应。后来，波兰的瓦迪斯瓦夫·哥穆尔卡等东欧社会主义国家的领导人同样被指控为“右倾民族主义”和“铁托分子”的罪名。

② 瓦迪斯瓦夫·哥穆尔卡（Wladysław Gomułka，1905-1982），波兰共产党中央委员会第一书记。

宁愿使用诉讼和密谋，而不是其他更极端的政治手段。

写犹太人对我来说很难，因为如果一个人要从历史的最大悲剧之一——大约三百万“非雅利安人”的波兰公民被纳粹屠杀——中辨认出这些战前的紧张局势需要不小的努力。作为一个种族灭绝罪行的目击者，因此被剥夺了奢侈的清白，我很容易赞同对我自己或他人的指责。然而，事实上这不太容易判断，因为援助恐怖的受害者，其代价是死刑。个人的行为取决于太多能与战前反犹倾向建立确切联系的环境和动机。宗教动机（修女在救援行动中表现尤其突出）、个人勇气、邻里关系或贪财与身体上的无能为力、恐惧或冷漠发生冲突。从市民中的人渣征募的勒索者，是对犹太人区的难民的严重威胁，他们为轻易的抢劫提供了机会。如果波兰的某些政治机构已公开通敌，就像他们在希特勒征服的其他国家所做的那样，形势就会更清晰。但波兰通敌卖国者只是被杀死。所以任何纳粹的支持者（这里有一些）至少不得不装作非通敌者的样子。当然，极端的右派并未灭绝；它养着地下的救国军和国家武装部队（一支数量不很大的法西斯队伍）的士兵。如果救国军允许不止一次残杀隐藏在丛林里的犹太人，那也是个别军官或士兵的决定，取决于个人的态度。另一方面，国家武装部队正式计划多次突袭。至于左派，社会党和共产党弱势而分裂地参战，为抵抗运动定下基调的并不是他们。

犹太人被大多数民众视为一个不同的民族，首先是民族主义作家和记者的责任。然而，在模拟的法庭审判中，他们会投诉学校、教科书和历史状况,因为毕竟正是历史状况阻止了波兰城市的这两个“民族”融为一个整体。一个人必须指控那些作家不负责任地屈从荒谬的冲动,指控他们愚蠢。同样,救国军的领导者表现得像莫里哀的乔丹恩先生①,他不知道自己说的话多么乏味。他们谴责纳粹的整个意识形态,但同时拒绝让犹太人进入他们的林区;这对他们似乎很自然。如果他们中有人今天还活着,听到自己被指责为种族歧视,他们肯定会吃惊。

一个国家或政府应比一个人持续得更久。至少这似乎符合事理。然而,今天,一个人不断遇到各种亚特兰蒂斯②的幸存者。他们的土地渐渐在记忆里被改变,并呈现出不再能证实的轮廓。同样,两次大战之间的波兰已陷入地面之下。在她的旧地,一个新的有机体出现在地图上,具有相同的名字,但在不同的边界内,民族主义梦想的一种讽刺性实现了,此刻其少数民族被清除,或只有微不足道的数目。火焰烧毁了原来的犹太教堂;在这个城市的郊区,某位过路人的脚会被一座刻着希伯来字母的墓碑残骸绊倒——所有这些都是以前的墓地留下的。

虽然我目睹了许多欧洲宁愿忘掉的东西,因为它害怕幽灵的复仇,当德国人屠杀我的城市里的犹太人时,我已经离开了那里。为了屠杀他们选择了波纳利,山里的一片橡树林,这个地方我们在中学和大学远足时去过。他们用光了大量传单纸,说明大屠杀的细节,他们的工作人员——监督运送数万男人、女人和

---

① 莫里哀因债务入狱,乔丹恩先生帮他脱身,其目的是拜他为师。

② 亚特兰蒂斯,一座美丽富饶的海岛,据说已沉入海底。

孩子到偏僻的林中空地,以躲避不速之客的眼睛——花了很多工时,为机关枪配了很多弹药。一个犹太战斗者组织在犹太区抵抗。我认识一个人,他从没想到他会成为那场战斗的领导人之一,但他战斗只是为了求死不求饶。他是一个体格健壮的律师,喝伏特加时他喜欢背诵马雅可夫斯基的诗。虽然他不是共产党员,但他崇拜这位革命诗人,或许记住了他一半的作品。直到今天,我还能看见他戴着金表带的多毛的手腕,在缓慢而有节奏的动作中为这些诗行的韵律打着拍子。

马克思主义

从大学入学考试提供给我们的几个题目中，我选择了上世纪一位诗人的一首诗，并以它为由头写了一篇关于“时间之河”的论文，因此我的论文获得最高分。我因宇宙运动的神秘而激动，在那里一切事物被联系在一起，相互依赖，彼此相生，彼此超越，在那里没有什么遵循死板的定义。如今很难说我的阐述是否透露出我无意中成了柏格森[①]的学生，或者它是否显示出所谓辩证推理的微光。

在校时我几乎没有接触过马克思主义。我确实读过克鲁泡特金[②]关于法国大革命的书，它与教科书并不完全一致，因为它将那场伟大剧变视为资产阶级领导者对人民做出的一系列背叛行为。更直接的因素是，在我期末考试前不久，我被拉进了一个密谋团体。

---

① 柏格森（Henri Bergson，1859–1941），法国哲学家。获一九二七年诺贝尔文学奖。著有《创造进化论》等。他认为人的生命是意识之绵延或意识之流，是一个整体，不可分割成因果关系的小单位。

② 克鲁泡特金（Pyotr Alexeyevich Kropotkin，1842–1921），俄国地理学家，无政府主义运动的精神领袖和理论家。

密谋并不意味着革命。自由主义者,惊愕于民族主义者在校内的影响程度,纷纷寻求抵制它的方法,而学校当局认可的社团几乎对他们没有用。开明人士(主要是大学教授)急切关心的是对自由主义精英分子的维护,所以他们采取措施至少建立一个小型培训班。因此,我们的小组对它没有任何破坏性;秘密状态增加了它的魅力,但它隐藏的不过是自由讨论和朋友情义。它当然没有导向马克思主义。爱国的波兰自由主义者,无论支持毕苏斯基与否,都不会相信。我们的长辈从远处谨慎地关注着我们,却不介入我们的事务。他们唯一的愿望就是筹备一个反对他们的敌人民族主义者的政治核心。波兰几所中学高年级的男孩和女孩,以及大学新生都属于这个圈子。我的入会仪式是课间休息时伴随着脚步声以及学校走廊木地板的嘎吱声举行的。我自豪属于被选中的少数人,一个兄弟会,自豪于保密的誓言。

我们的活动限于在某个成员的家中聚会,然后在“那个本子”上留言。“那个本子”是一个厚厚的黑色活页夹,由我们每个人轮流保管几天。每个人都有权利阅读那些以前来过的人写的东西,并记下想表达的任何想法——个人的坦白,批评感兴趣的作品或理论,或与“那个本子”中的某个观点争论。朋友之间的对话因此建立起来。而我,由于自身的羞怯和家教,完全被剥夺了与同龄女孩的交往,得到一个非凡的发现——女孩也会感受和思考。这种想法让我很难习惯。

然而必须承认,这个团体男性成员的冒险经历证明了令人更清晰地铭记在心的个性。约翰尼,一张孩子气的红润脸庞,六英尺高,一个篮球明星球员,在维尔诺学习数理逻辑,后来拿奖学金去了剑桥,在他的领域里大有前途。一九三九年,作为一名步兵军官,他死于莫洛托夫-里宾特洛甫条约[1]划归苏联的领土上,情况不明;或许他拒绝放下武器。小斯坦尼斯拉斯,律师和神学家,成为一名记者和天主教政治家,忠于罗马教廷而不是右派。约瑟夫也成为一名律师和记者;我们叫他铅——无疑因为他肥胖的身材。如今,苏联北部的苔藓已经覆盖了这位集中营囚犯的无名坟墓。一种特殊的命运等待着那个爱笑、活泼、幽默的风趣诗人特奥多尔。苏联当局接管我们的城市时,特奥多尔用笔为他们工作,因此他被一个地下组织的成员枪杀了。黑发的托尼奥,长着靡菲斯特式的眉毛,在战争中幸存下来,移民到波兰人民共和国,在那里他因非常成功的小说而出名。审查机构找不到什么理由指责他,因为他谨慎地选择中世纪时期作为他的题材。

从这批人中显而易见,我们是一个没有经验的知识分子团体,被一种共同意识——我们都反对我们的环境并用我们的精神影响它——团结起来。我们不可避免的宗派意识——后来我一再从每个团体、小集团,或我碰巧有联系的编辑委员会中发现这一点——比我们相当模糊的观念重要得多。

进入大学以后不久,我获得一顶缀着红穗的黑色宽贝雷帽——我的大学生流浪者俱乐部的会员标志。这个俱乐部存在

---

① 莫洛托夫-里宾特洛甫条约,即苏德互不侵犯条约,前者为苏方代表,后者为德方代表。

的理由之一,以及其成员自豪的最大根源,就是蔑视联谊会中自命高雅的佩剑者、酒鬼和傻瓜。这个俱乐部是民主的,藐视社会礼节。它支持无序状态,对过分的严肃嗤之以鼻。在大学游行中,当联谊会举着他们的旗帜时,我们携带着自己的标志——一根旅行者的巨大手杖——前进。一个狂热信奉行动和青春的兄弟会,我们选择泛舟、滑雪、远足,以及在谷仓或森林中露营。我们的旅行遍及维尔诺附近的森林河流与湖区(我多么熟悉把一艘加拿大独木舟从一条河运到另一条河时的重量)。但这并非全部:有一次将近六百公里穿越波兰的旅行和一次泛舟旅行,沿多瑙河北部的支流而下,然后沿多瑙河而下,一直到黑海和君士坦丁堡。流浪者俱乐部非常积极地参加大学演出活动,给这座城市增添快乐。例如,他们舞着一条由艺术系学生制作的巨龙穿过街道,他们是年度**扫普卡**[①]的主要筹办者,由大学生木偶剧社举办的一种讽刺性的牵线木偶表演。他们不给自己强加任何约束,不忌酒,但常喝牛奶,并长期与联谊会斗智斗谋,联谊会的成员无力对抗那些既不认可决斗也不认可荣誉问题的同行。

当某些成员的纯粹生命冲动、他们的冒险感和自由自在与知识分子甚至是其他人的政治热情相冲突时,关于领导才能的内部争吵有时干扰了我们的田园生活。第一种倾向的主要代表是身材高大的“千米”(我们每个人都有绰号),他总是不经意地保持着少年的勇猛与冷静。巴西战争的爆发引诱着他作为随船

① 扫普卡(Szopka),一种源于波兰克拉科夫的圣诞节传统,可追溯到十九世纪。其特色是以克拉科夫的历史建筑作为耶稣诞生的背景。

医生前往。他留在那里并加入一支考察队,为里约热内卢的动物博物馆搜集马托格罗索丛林中的珍稀鸟类。后来他在中非行医。很难找到比他和知识分子派别的领袖罗伯斯庇尔[①]之间更大的差异了,罗伯斯庇尔注定成为共产党的中央委员会委员与波兰人民共和国的经济主导者之一。

事实上,我们很快就开始突破俱乐部的思想框架,它只不过意味着崇拜冒险,无视顽固市民的单调世界。主要得益于罗伯斯庇尔巧妙讽刺的智慧,我们的团体成为左派运动的萌芽,它将引发一场远远超出大学校园的轰动。

其他几个流浪者俱乐部成员后来的历史就不那么容易预测了。我从未看出安静的胖子巴克斯会作为一位天才作家出现。另一个成员的职业生涯远远超出较少受到历史剧变影响的世人的想象。他是一个训练有素的学生,教会的忠诚仆人。他花在宣传公教进行会[②]上的时间远超出准备考试的时间。"二战"后,他作为安全局的高官出现在华沙。据说在开始每天的工作前他仍参加早弥撒。我不知道他是否会用香烟烫他怀疑的少年犯的身体,也不知道他是否与捏造供词有什么联系。毫无疑问他把这留给了他那些不那么过分拘谨的同事去处理。

尽力重现我们自己观点的发展过程使我们遇到一个现代物

---

① 作者一个朋友的绰号,原名斯特凡·岩德列霍夫斯基(Stefan Jędrychowski,1910–1996),波兰经济学家,二战后成为华沙政治局成员。

② 公教进行会,简称共进会。一八六八年教皇国行将解体前夕,教皇庇护九世号召意大利天主教徒组织起来采取行动保护"教会",时称"天主教行动"。一九〇二年,教皇利奥十三世正式把它称为"公教进行会"。

理学非常熟悉的难题：工具——在这种情况下它就是我们自己，连同在我们心中形成的一切累积物——会改变研究对象。尽管我们接近我们自身，能在内心感觉到我们的旧我，但我们已很难回到我们自身。因此，当我追踪我与马克思主义相遇的脚步时，我必须考虑到误差。

尽管有文学意向，但我学习了法律。如果我正确地理解自己选择的动机，我就会被一种夸大的恐惧引导——如果我过早显示我想成为什么样的人，我就会招致自身的失败。这也是对成为官僚主义者的警惕和禁欲的需要，因为没有什么比罗马成文法更枯燥，我们当然从它们开始。同时，某种本能在低语，文学不应以它自身为食粮，而应由社会知识来支撑。我们大学四年学习的课程极其广泛。罗马法、波兰和立陶宛大公国政治制度史、基督教教会法规和经济学，与之匹配的科目实际上是教授有时做的讲座，它们并不全是法律方面的。因此刑法课变成了人类学和社会学，法律哲学史变成了哲学，统计学变成了高等数学，它折磨着我反数学的大脑。这些领域有的确实吸引我，但我开始确信（现在依然确信）无论谁进入法律系都是浪费时间。我通过期末考试全靠忍耐力和大量的黑咖啡。后来我收起了我印刷精美、有“法学硕士”头衔的毕业文凭，再也没有用过它。然而，我已经显出一种能力，或者说不定甚至是一种魅力，吞下难以下咽的东西，只因为它们难以下咽。这种艰苦的训练，它反复教诲尊重规则和思想的精确，终究会派上用场的。

我的同代人通过耳濡目染吸收了马克思主义，马克思主义者不无理由地看重作为十九世纪科学世界观的必然结果的那些学说,这符合它的逻辑结论。这种情形就像一个自然的陡坡:放在它上面的任何球都会滚下来,在前进时加快速度,不管从斜坡的哪个位置开始,它总会在同一个障碍物前停止。因此马克思主义者将进步人士视为仍然等待真正入会仪式的不成熟的马克思主义者,而保守派警告不要信任民主主义者或自由主义者,似乎任何摆脱盲从"上帝和国家"的口号都一定归于无意识的马克思主义。在这个背景中,不习惯智力劳动的联谊会反对我们在沙质河岸上的友好聚会,我们在岸边停下船,聚在一起公开发表我们的观点,这非常合乎情理。

某些观念的活力或贫瘠——它们与**时代精神**一致或不合——都表现在人们的表情里。我常常很好奇,为什么观众在演说家生动地讲解民主制度时昏昏欲睡,而一谈到经济,或需要通过暴力手段消除不公平时立刻就活跃起来。我们的小集团,在罗伯斯庇尔带领下从流浪者俱乐部成长起来,在大学独领风骚。我们的成功源于我们提出的尖锐问题粉碎了傲慢的措辞。马克思主义依然不可触及,但我们已用它的嘲讽作为一种方法。

当我变成一个赤色分子时,我怀疑我是否理解什么让革命理论如此诱人。当然,我确实有过瞬间的直觉。如今,我会说一切拥有相似启迪的欧洲青年人首先都在寻求一种工具,以允许他们与运动的现象达成协议;也就是说,与时间达成协议。自然的时间,被认为是直线的,或多或少包含进化的规则:从无生命的物质到最早的脊椎动物,到鱼、鸟、动物,最后到人类的变迁,是不断前进的。随着自然科学的发展,这条线甚至进一步延伸到人类社会的历史中。这里也存在着不断的进步,但在马克思之前,除了相当模糊的信念之外并没有保证。无限的过去,由储存在编年史中的一个接一个事件构成,压倒理智,引起我常常在大学演讲厅中看到的那种厌倦;它也引起焦虑,面对混乱的无力感。一个事件与另一个事件之间的联系并不明晰。他们不那么明确从鱼到鱼龙的转变,但至少一个人可以了解某种情况,或更确切地说,理论的助记符缩写。然后,出现了一种发展的辩证法,它随着相同的必然性在社会和自然中运转,而且它提供了一个可以解释一切的要诀。从那时起,孤立的事实并不存在;每个事实都在"背景"的衬托中被看到,那是它生长的土壤,同时,似乎有人按下按钮,信号从意识中闪过:"封建主义""资本主义",等等。

在我们的世纪,关于信仰的需要已经写得够多了。或许应该在这里强调一下对简化的生活观——那可能包含在教义问答或宣传册里——的需要一直存在。马克思主义之所以有这么大的吸引力,可能因为它出现在一个无论从科学还是人文上世界已变得难以理解的时代;心理越原始,就越喜欢把不规则的不同类的量简化为一个公分母。一个人经常听到这种评论:"如果马克思主义被抛弃,那么历史毫无意义。"在尽力赋予它意义时,一个人不得不做出不合情理的飞跃:从自然到历史的飞跃(但历史的"法则"不能像自然的法则那样在实验室中确立,因为它不可能做实验,而人类渴望色彩甚至数据的选择都能得到测验);从过去多少有些学术性的调研到披着学术外衣的预言的飞跃。

甚至在通俗化的马克思主义中也有"神秘之物",这是那些信奉它的人和那些诋毁它的人理解不了的。它似乎是一种非常伟大的现象被禁锢在不完美的象征里，这歪曲了它的内容。或者如同一头大象被简化成了象鼻的形状……

在大学时，出于谦逊我没有自称为马克思主义者。因为我没有读过《资本论》。比起理性，我更多地被嗅觉支配（但我不能说它是我自己的还是我的时代的），并且这反过来使我警惕任何主义，就像带有十九世纪印记的临时建筑工程。高中时对达尔文的学习即让我更容易进入这个迷宫，一旦进入，它又像阿里阿德涅之线①一样保护了我。因为它已经使我的思想习惯于绝缘某种整体（例如：自然），并允许它与其他思想共存而不打扰它们。我谴责资本主义制度，但我怀疑自己逐渐陷入哲学的错综复杂中。神圣的文献，例如费尔巴哈的《基督教的本质》、恩格斯的《反杜林论》、列宁的《唯物主义与经验批判主义》，我作为文学作品来读，无法阻止胡须、八字胡和双排扣长礼服的幽默形象潜入我的思想。然而，我的"马克思主义者经历"——事实上非常复杂——对我是必要的，而且我很少能和那些没有接受过它的人找到共同语言。保守分子和进步分子没有准确的定义，但这种划分并非杜撰。可以说，在我们世纪的前半期，考验就是一个人的耳朵是否熟悉马克思主义。

年代很重要。一九三〇至一九三五年。普遍失业。小麦与咖啡被毁坏。希特勒夺取政权。所有这些都引起每一个不甘于接受这种荒诞情形的人的激烈反对。当时我写的诗并未呼吁革

---

① 阿里阿德涅之线（Ariadne's thread），据古希腊神话，阿里阿德涅给其情人忒修斯一个线团，帮他走出迷宫。

命行动，诗中只有恐惧和山雨欲来之感。我们所谓的“灾变派”（我被那个时代的历史学家认为是其领袖之一）的黑暗前景使我们急剧地与老一代诗人分离开来。我们的视野有历史的维度，其中所有现象和所有规律都是赫拉克利特的河流[1]的一部分。如果责备我们预示大灾变的恐惧和悲观，那是他们没有看到我们发现这个新维度的重要意义，他们至少欣赏我们否定的讽刺语调，这和他们对事物现存秩序的无常看法是一致的。然而，我的作品并不承载许诺一个快乐幸福的未来社会，这表明我接受的只是对流动多变的制度的批评，但止步于门槛上，门槛之外，一个人必须同意千禧年是所有时间的实现。

与所有国家的政治一样，我们的大学政治也经历了两极分化：右派变得越来越法西斯化，左派越来越斯大林化。我们渐渐放弃流浪者俱乐部转向 I. C. [2]——知识分子俱乐部——它类似于一个雅各宾派组织，谋划在战争中反对极右派的战略行动。即使后者在我们大学的影响已弱于波兰任何地方，它常常胜过左派和自由联盟（犹太学生有单独的学生会）在学生会中赢得选举。“该联盟”的主要支持者是有马克思主义倾向的天主教徒。他们的领袖，一个很有个人魅力的男人、一个杰出的演说家，不久之后成为共产党员。考虑到他卓越的能力和活力，如果他在一九四一年没有被德国人处死的话，他以后可能会在波兰

---

① 古希腊哲学家赫拉克利特（Heraclitus，前535–前475）说过：“人不能两次踏入同一条河流。”

② Intellectuals Club 的简称。

扮演重要角色(也可能身陷囹圄)。

有大量文学作品以个人走向共产主义——或者用准确的名字称呼它,斯大林主义——为题材。只有血管里流着无产阶级血液的人才能热情地投身于阶级斗争,这种完全没有根据的看法必须从一开始就被抛弃。我也不认为我的财产状况影响了我,因为大学期间的大多时候我都靠奖学金和偶尔的稿费生活。

我认为,我的思维就像艺术家的思维一样运转,具有它包含的一切优点和缺点。它在不断否定中发展,事实上以它试图解决的矛盾为乐。我的文学游戏之一是把读者带入某个方向一会,然后让他无法跟踪,因此他迷了路,当然这引起了许多误解。我也怀疑我的思想比我同行的更复杂,更容易进行隐秘的讽刺。与监牧神父长年的神学争论使我养成了回避自我的喜好。如果我被动地接受天主教训练,然后像无用的饰品一样抛弃它,那么我将会成为一块干净的石板,另一种信仰的话语可能被刻在上面。但我没有。由于我的异端倾向,我本质上仍是天主教徒,从这个意义上说,我记忆里承载了整个教会史。例如,对我而言,尼西亚公会议[①]——它审判了诺斯替派和阿里乌斯教——召开的三二五年并非一个抽象的年代。对于通常相当肤浅的进步的无神论者的争论,我就像棋手蔑视纸牌一样不为所动。而且,由于往昔生动地向我倾诉我的家庭记忆,它几乎不让我服从俄罗斯。显然那时我不知道如何筛出这些思想的特征,我也常常因

① 尼西亚公会议,在小亚细亚的尼西亚召开的两次世界性主教会议(325 年,787 年),对基督教的发展影响深远。

让我震惊的渴望而战栗。

羞怯，一种自卑感，以及与之结合的一种野心，使我沉思我性格中的分歧。至今我仍不能肯定所有知识人才是否都像兰花一样，靠腐败之树的朽木来滋养自己。我很早就学着将我的文学成功看作一种补偿，既是理所应得又有些许尴尬。因为对我来说它是我在其他领域低人一等的证据。全无行动能力，不适合组织或领导，甚至不适合盲从，我把自己和同学比较：他们从阅读列宁中得出结论；他们勇敢诚恳。一个茅草屋顶的国家的嗜睡和被动呼唤着一场革命和第内普罗斯乔伊[①]。随着我们的团体进一步趋于左派，我对它的态度越来越缄默不满。但我不愿切断与它的联系，因为这会使我完全孤立，并使我在具有法西斯倾向的右派面前无法自卫。尽管我特别欣赏法国诗歌，我还是感到一个公民避开紧急任务的内疚。我不能用无知庇护自己，只因为我已经学习了法律和经济学，并参加了无数政治讨论。在魔鬼和深渊之间左右为难，我反应很冲动，出于友谊的习惯，我从那些我视为密友的人中寻找一席之地——只是他们变得越来越不亲密了。

我记得那湖岸。一边是冰河期后覆盖着田野和村庄的丘陵；另一边，是森林。一条小河就发源于那些沼泽林中。它很隐蔽，以至于我在立于水中的树丛里划了一个小时的船才发现它。我们的帐篷搭在高地上。当我们去游泳时，我看到一个朋友将红头巾系在头上，一副海盗打扮，就在我面前。游泳比赛，篝火——一

---

① 第内普罗斯乔伊，大坝和发电站，布尔什维克"一五计划"期间最大的建设项目之一，二十世纪三十年代欧洲最大的土坝，美苏合作的里程碑。

切似乎还处于流浪者俱乐部无忧无虑的日子里;但区区几年已足以抑制那些精神了。在灌木丛中他们阅读并评论所谓的马克思主义经典作品;脸上浮现出世故的假笑;等级制度已形成,这可以从一个突然低垂的眼神、一句中断的话里感到。他们唱革命歌曲,后来我才清楚那种甜腻的魔鬼崇拜气氛是刻意营造的。我感到被遗忘、被背叛,绝望而悲伤——但我认为别人也在心中的某个角落里哀悼真正的友谊,甚至是青春过早的结束,尽管他们摆出快乐的面孔,而且自己也不承认。怀着对圣奥古斯丁的喜爱,我在这里做什么?当思想和印象的纵情交流被进步与革命的确定事实取代时,我还能说什么?但是比我能表达的任何观点更强烈的是一种模糊的厌恶,因所谓的问心有愧变得复杂。因此"二战"后巴黎作家的痛苦和遁词我很熟悉,后来我怀着恶意观察他们,就像一个人回顾已成过去却存留于心的时期。

一九三六年我在朋友出版的杂志(我们较早的杂志,充满了青春的口吃和活力,已停刊了)上发表的一篇文章仍使我惊讶,与其说是由于我的才智,不如说是因为我的辨别力(归功于中学训练的一种能力)。捍卫文化的各种"行动"正被组织起来,而且作为加强人民阵线的行动的一部分,年轻作家被要求表态。我宣布我的忠诚,但同时表达了忧虑:许多所谓的文化捍卫者还打算把它开膛剖肚。这样一种对东方之光的明确攻击居然在宽容的冷笑中被接受了。

如果一个人是正确的,只是因为一个人整体的"我"拒绝冒失地投入,拒绝完全屈服于某种事业,那又会怎样呢?一个人应强迫自己,强行接受自我克制的行为以证明自身的价值吗?那些能避开极端选择的人是幸福的。我在历史方面发挥的想象深知没有约束——刺激它的事物将在本书的其他部分出现。我敏锐地感觉到未来。一边是德国人——希特勒和末日四骑士[①]。另一边是俄罗斯。中间是令人厌恶的波兰右派,从时间的角度看,它注定失败。中间派——因共产党的支持逐渐削弱了的民粹派和社会主义者——难成气候。议会制度在我这一代人眼中已名誉扫地。我并未宣称我清晰地预见欧洲这部分将不得不面对的困境:不是希特勒胜利,就是斯大林胜利。这暗示我比现实情况更能摆脱各种情感禁忌。但不知为什么,在一九三九年,我确实大声发出了这样一个声明。在那些日子里,我的心态可以被描述成反复出现的同一个梦:我们想奔跑却不能,因为我们的双腿灌满了铅。我遭遇了个体的无力,被卷入独立于人的意志而运转的机械装置里。

在拒绝东方之光方面我是正确的,但共产主义者也是正确的。多亏了红军,他们不久夺取政权,随后我不得不为他们服务。任何一个宣称暴力不足以成为理由的人都忽视了政治的特性,胜败取决于各种历史因素。如果可能从政治中抽身而退,那么真理和道德的价值将保持不变。但退出政治是不可能的,所以一个人能做的只是尽力保存这些价值,或在政治中把它们体现出来。

我在此处谈及的基本问题如此困难,以至于我的同代人试图解决它却徒劳无益。如果他们足够冷静深入地分析波兰战前

---

① 末日四骑士(Four Horses of the Apocalypse),即天启四骑士,象征着战争、饥荒、瘟疫和死亡。

的现实,他们就会发现他们意识到的症结是永远解不开的。没有人会完全投身于事先知道他将失败的活动,由于这个原因,权宜之计并不吸引他们。对失败的预见打开了各种宿命论的大门。既然这样一种评价是在社会生活内部做出的,它就永远不会客观,因为它源于特定时刻的集体氛围并强化那种氛围。任何一个针对赤裸事实的所谓声明本质上都是政治决定。一个人被卡在齿轮恶魔般的啮合里,在那里充满个人小轨道的"是"和"否"都被轧成了碎片。我的文学同代人到处走动,屈服于恐惧和徒劳。它越想为失败辩解,就越感到痛苦,似乎在逃避责任。什么责任呢?出门上街朝那些每天使自己更接近灾难的人呼喊吗?

我用诗歌和学业把自己封闭起来,但那些形象令我心痛——农民的赤脚;西里西亚[①]的贫民区;日拉尔多夫的纺织厂,其厂主是一个叫布萨克的法国资本家;作为一个不发达地区,波兰分成少数富人——至多几万——和数百万穷人。但我写它的尝试以失败告终。从憎恨这个制度的我朋友的掌声判断,他们是成功的;但我知道它和文学没什么共同之处。对我来说,这种所谓的社会抗议诗歌(我出版过一部它的选集)与艺术的活泉毫不相关;它是新闻报道,因为没有参加工人与警察的冲突,我写它是为了救赎自己。

---

① 西里西亚,位于波兰西南部。一九三九年九月,德国发动波兰战役占领该地,并引起"二战"。一九四〇年,德国人在上西里西亚建造了奥斯威辛集中营,这是屠杀犹太人的主要场地。

有时我的理论文章让我看起来有点像青年日丹诺夫,但实际上我的狂怒使我陷入强烈的反感当中。我还不能自由使用工具,以足够精确地揭开我思想的更深层面:即集体想象是通过形式本身的规训来塑造的,那种诗歌是政治的,和这个词的传统用法意义完全不同。我敏锐地意识到艺术有其限度,在第一次错误以后,我对这种信念表现得极其坚定。但我被一种基本的二元论折磨着,其中我的意志和我的成就互相否定。随着与我已改变信仰的朋友的关系冷却,我的不安至少在这个领域减轻了。他们的标准完全是功利主义的。只有一个主题对他们有分量:革命,这个地球上从出现人类以来最伟大的事件。

或许除了谈到传奇般的五年计划之外,他们没有反思过俄罗斯;过去,连同它所有的(据他们所说)偏见,他们都准备抛弃。至于我自己,我不能避免与俄罗斯诗歌的相遇。在这种特殊的语言中有一种基本的"差异性",一种对人和物完全不同的情感态度,一种特殊的"差异性",这确实是一种自足的文明的"差异性"。没有什么比波兰和俄罗斯语言之间的表面相似更有迷惑性了。不同的人从各种语言背后向外看,它们的对峙就像西西里人遇到中国人。我对俄语的了解只限于口语交谈;字母表,是我跟父亲学的,在阅读时造成某种困难。我的学校已用法语或德语代替了俄语,试图洗雪可恨的前统治者留下的耻辱。所以我全靠自己发现了普希金。我被他迷住了。我的母语没有这么强的表现力,这么精彩的抑扬格,我不得不认可它。对那些诗行的记忆永远也不会消失。然而,渐渐地,我开始怀疑抒情,它似乎从那些唯一的声音本身展开它自身,即使对普希金这样的大师来说，它也是自觉努力的结果。

那种诗歌就像有魔力的咒语；一切皆可简化为声音。它完全可以是无意义的，因为创作它的创造性材料并非世界，而是词语。圣歌的陶醉，韵律的陶醉。诗歌作为一种文学体裁很晚（在十七世纪）才从波兰漫游到俄罗斯；反过来，我同代的一些波兰诗人从俄语中借鉴技巧。我的个人试验让我明白了俄语音乐性的影响总是有害的：当耳朵对一种充满重音的语言敏感时，那种竞争的本能欲望对弱重音的语言像波兰语或捷克语将是很糟糕的。在这些语言中可达致的诗行的精确性和智识上的微妙差异会被写一首部落之歌的狂热冲动或一种有韵律的节拍破坏——如果是这样的话，所有诗歌的完美韵律必定是埃德加·爱伦·坡的《乌鸦》。当然并非如此。

这些沉思与政治之间的联系不易解释。对我来说，俄罗斯的革命不是由列宁而是由弗拉基米尔·马雅可夫斯基体现出来的。我认为，肯定是因为他的作品将革命理论与古老梦想融为一体——俄罗斯人一直梦想自己成为被选中的民族，这两种对弥赛亚主义的信念互相滋养：作为救世主的阶级和作为救世主的国家。马雅可夫斯基自杀后不久，我模仿我的同行，向前伸着下巴，朗诵或者干脆说是狂吠他最吵闹的几首诗。我们踮高了几英寸，绷紧我们的肌肉，拍打着胸膛，以显示我们对颓废文化的大猩猩似的轻蔑。在我心里这种冲动很快就变成了羞愧。马雅可夫斯基是个巨人，但是个中空的巨人，受到轻敲时他会发出空洞的回声。托马斯·阿奎那的一个三段论彻底击败了他。无论一个人接受还是拒绝那个三段论并不重要;受过这方面训练的头脑不禁怀疑那些被用于表达不受束缚的生命力的文字。但是马雅可夫斯基对我来说象征着俄罗斯人的革命,或许象征着——谁知道呢?——他们整个永远含混不清的文明,在文学上那么强大、富于人性、渴望公正,而在尘世事务中却那么卑鄙残忍。似乎他们把所有力量都花在了非凡功业上,无暇顾及和谐幸福的朴素愿望,他们谴责这些为叛国和软弱。或许这句谚语有些道理,俄罗斯人"能做得更多,不能做得更少"。对马雅可夫斯基这个如此引人注目的巨人的狂热,这花费了他一颗自杀的子弹——因为没有人吹捧他自己或逃离他的中心,他内心的支点,而不为此付出代价——这种狂热像谎言一样让我厌恶。同样,俄罗斯也不再坚持承诺的价值。

尽管我没有理由怀疑我的反应,它们是我了解一个领域的结果,而我的同事忽略了它,他们的轻蔑比我愿意承认的切入得更深。同样地,物质以残忍、血腥和肮脏的方式嘲弄着精神。一个青年批评我诗集的一篇文章激起了我的愤怒,正如有人揭露我们痛苦的秘密时常常发生的。他指责我想保持双手干净。但据他所说,只有将思想推进到逻辑结论的人才能免于这种罪过:如果他们是进步的,他们就是唯物主义者,因此是马克思主义者,因此是苏联的拥护者。这是隐含在字里行间的等号。但这一枪已击中了目标;它击中了我这颗纷乱矛盾的心。即使在当时,填满我生命许多年时光的冲突的轮廓也清晰可见。我的推理如下:思想和话语不应屈从于物质的压力,既然不能与它抗争,只能把自己转变为行动,这将意味着超越它们合法界限。另一方面，我很有理由担心非物质化，话语和思想的虚幻性。只有牢牢抓住不断变化的有形物质，也就是说，控制社会中推动它们前进的发动机，即政治，才可能阻止这种情况发生。马克思主义者把其对手全体看成“唯心主义者”而打发了他们。尽管这样一种控告包括了太多元素而不能算在哲学上正确，但它确实包含着真理的微粒。因此，我被绷紧在两个极端之间：对一个静止点的沉思和积极参与历史的命令；换句话说，在超越和成为之间。我不能使这些极端变成一个整体，但我不想放弃它们任何一个。

我提到的那篇文章可以作为一个确凿的证据，反驳所有逻辑推理最终都必须抵达马克思主义——正如它当时被设想的——的信念。它也可以作为一个证据，反驳所谓的历史进程的必然性。那个评论家不必写它；它是一种未预见到后果的意志行为。一个人永远也不知道什么卵石会使天平倾斜。通过增强我对“拥有干净双手”的恐惧，他可能提供了一个主要的刺激因素，后来可能说服我忠于波兰人民共和国。但是战后我发现自己置身于精英之中，遗憾的是，我对尘世和物质的鉴赏力已大大提高，以至于数百万被剥削和被恐吓的人使我更强烈地沮丧。我再次体验了早年所有的挣扎，只是更剧烈。在某处，在意识的某个褶缝里，那篇评论家的文章搅动着，但这次它产生了一种完全阻碍其意图的效果。我可以这样概括这个事件：他这个接受生活残酷现实的建议已经包含了它自身矛盾的萌芽。

任何意识形态最好的盟友当然是负罪感；它在现代人中发展程度如此之高，以至于削弱了他们对自身观念和判断的价值的信念。我自己过于谨慎的先天倾向八年来得到监牧神父相当有效的培养。从那以后,各种个人难题(我故意避免提及它们)恶化了这种状况。在大学里,每当因为政治被动责备自己时,我就不禁注意到我对沉思的生活——像猫一样在阳光下蜷缩着身子做梦——的嗜好非常强烈,无法打破。“在阳光下蜷缩着身子”或许是夸张之词,因为我每天都在努力工作。但只有那张摆满论文和书本的桌子真正让我感兴趣。如果不经一番内心斗争,我甚至不外出划船或远足。我盯着每一个崭新的日子,似乎它会带来答案。什么的答案?存在的秘密,一行诗的秘密,它们存在于最高天,却被吸引到大地。我需要安静,像一个数学家,他已经为他的问题工作了很多年,并感到真正的发现正在临近;它总是明天将要出现。但我不知道如何问心无愧地接受这种生活方式,在一九三六年我的一群同事受到审判后,我的愧疚情结加深了;几个负责人——罗伯斯庇尔也在其中——被监禁一年或两年。我被认为不值得坐在被告的长凳上,尽管我的记录很糟糕。我的同学——且不论我们观点的分歧——对我来说似乎是智慧、勇敢以及和这个国家愚蠢当权者的斗争中自我牺牲能力的化身。

尽管波兰-俄罗斯关系特殊,在这些年里我们的共产主义者和同路人类似于他们的西方同仁。只是在战后,因为获得的直接经验,问题才从情感政治领域转向哲学领域,这使它更加远离西方的支持者那种幼稚的观点,任何一种和他们对话的可能多半消失了。一种秘密教义被创造出来,这赋予宣传口号不同的意义,不是表面上被理解的东西。在许多方面它就像斯多葛学派的教义。如果斯多葛学派沉思人类面对不可改变的自然秩序——反抗它将是徒劳的——应如何表现,我的同代人看到他们自己面对着不可改变的历史秩序,并同样排除了反抗的任何可能。俄罗斯的制度被**世界精神**(*Weltgeist*)选中并受膏,成为一名共产主义者即对隐性的比个人好恶更强的“成为”法则的一种服从。因此,从十九世纪的社会主义者讲述的关于完美社会的梦中,事实上什么也没有得到挽救。相反,前景受控于黑格尔的某些阶段①必然会战胜其他阶段的理念:万物一如既往,我们不必负责。

但我恐怕言之过早。当我揭示我和马克思主义最初联系的同时,有必要证实我并未让人产生这样的印象:我更多的沉浮坎坷完全类似于西方的同路人。

我的命运将是专门研究秘密教义,试图发现它的谬误在哪,在哪个部分,以及一个人在遇到人类创造但似乎基本摆脱了其理性和意志的障碍时,他的职责是什么。对许多人来说,答案可能很容易,就像那些从没碰到过鲸的人捕鲸一样容易。然而,对我们来说,从一九三九年开始,这个问题不再抽象了;它已经成为需要日常决定的具体现象。就像原始狩猎者和神秘的自然面对面一样,我们痛苦地认识到,如果一个人希望征服那个在二十世纪取代大自然的同样神秘的元素,不是靠武力,而是用诡计。

① 黑格尔认为理念的矛盾运动分为三个阶段,由低至高分别是逻辑阶段-自然阶段-精神阶段。

俄罗斯

假装我自己与众不同,并隐瞒所有波兰人特有的执念,那将毫无意义。我宁愿坦白承认它,并尽可能冷静地分析它。波兰人和俄罗斯人互不喜欢,或更确切地说,他们对彼此心怀各种贬抑的感情,从蔑视到厌恶,乃至仇恨。无论他们之间存在什么模糊的相互吸引力,总带有某种怀疑的色彩。障碍似乎产生于约瑟夫·康拉德所谓的"性情不合"。或许所有民族,作为整体而不是作为个体的混合物来看,都是可憎的,他们的邻国从他们中发现的大体上只是关于人类社会不愉快的真相。很可能波兰人了解俄罗斯人心知肚明却不愿承认的一切,反之亦然。也许民族主义者陀思妥耶夫斯基用掩藏在敌意下的防御本能看待波兰人。只是在《死屋手记》中,他怀着敬意谈到他们。即使这样,那些狱友——用爱国主义和天主教庇护自己,一有机会就强调自己与众不同,对周围的人显示其优越性——也不能在他心中唤起任何温暖的感情。同样对波兰人来说,每次遇到俄罗斯人都会使他们处于防御状态,因为每次相遇都在他们眼里揭下了自己的面具。

这种争执的混杂背景就像住在同一条街上的两家人之间世

仇的缘由一样难以描述。如果不是预示着全球规模事件发生的话,它将依然是地方事务。只有通过清算波兰-立陶宛共和国(它在东南部与土耳其接壤),俄罗斯才有可能变成过去的她,从一八三九年开始,通过皈依正教,领土得以极大扩展,其居民主要是希腊天主教徒,通过与波兰教会的联盟,服从罗马教廷。像哈布斯堡王朝统治下的加利西亚地区,一些地方的希腊天主教会得以幸存,在“二战”后被强行皈依正教——如果脱离过去的背景,这一事实将是不可理解的。

波兰人和俄罗斯人之间敌意的成因通常归于前者声称遭受后者之手的伤害。这话只对了一半。根源比十九世纪或二十世纪更深远。欧洲所有的剧变证明,在变化的表面下有一个不变的连续性。法国文化的连续性并未被法国大革命摧毁,俄罗斯的也未被十月革命摧毁,波兰的也未被一九四四至一九四五年的夺权而摧毁。无疑每种文明都会从对它至关重要的一个时期获得持久的影响。例如,法国把一切归功于资产阶级,在革命前两个世纪它已是一种强大的创造性力量。在这个时期的波兰,贵族成为统治力量,正是现今波兰农民和工人行为中“贵族文化”的残留部分特别激怒俄罗斯人,俄罗斯人嘲弄地称他为“主人”。

十六世纪和十七世纪是最重要的时期。如今很难想象波兰如远东的波洛茨克或基辅曾是优雅和精致的象征。莫斯科人,像鞑靼人,是那些周边的野蛮人,为了反对他们,发动战争,没有人对他们特别感兴趣。在当代波兰文学里,有许多对匈牙利人、德国人、法国人、意大利人的描写,但很少触及沙皇题材,除非就他们面对专制统治时那种不可理解的谦逊和违背诺言的倾向发表意见，或嘲弄他们的奸诈和他们风俗的野蛮（反过来，法国人认为波兰的风俗野蛮）。观念的流动，像对原始林地和干草原的殖民，是一次自西向东的运动。实际上，人们看重的一切——手工技艺、建筑设计、文学、关于人文主义和宗教改革的讨论——都来自佛兰德斯、德国或意大利。如果说从东方也多有借鉴，那么它来自土耳其，多亏那条伟大的通商路线，尤其是时装和马具，它们保留着土耳其名。另一方面，当莫斯科公国缓慢变成俄罗斯，除了作为一种新兴的力量并未体现什么魅力。俄罗斯从十九世纪获得其文化特征，就像波兰从十六世纪和十七世纪获得其文化特征一样，在那个时代，东方似乎一片空白，这让波兰人认为俄罗斯是某个**外邦**，处于文明世界的范围之外。因此，败于俄罗斯人手上让他们震惊，就好像被鞑靼人征服一样：如果它有意义的话，这一定意味着对他们罪过的惩罚。但他们真正的罪过是对他们的罪过数世纪之久的讨论——在文学作品中，在地方议会中，在国会中——几乎没有产生任何成效。

被征服者通过对胜利者的优点——除了盲目服从秩序的本性——视而不见显示他的轻蔑，这让胜利者厌恶，因为他提醒胜利者付出的巨大代价。因此俄罗斯和波兰作家（通常是在巴黎的移民）坚持争论，双方都不放过对方。在普希金反波兰的诗中有一种对失败者盲目自尊的愤怒，失败者决不承认他们失败了，他们梦想复仇，他们密谋并挑动欧洲的每位大臣反对俄罗斯。这些诗确实不只是对试图恢复独立的民族的非难。剧烈对抗的记忆仍然存于他们心中：波兰的复活将再次提出波洛茨克和基辅的归属问题;这将是对帝国根基的沉重一击。因此普希金预见“所有斯拉夫人的河流都将汇入俄罗斯的大海”。

密茨凯维奇,波兰诗人和革命家,烧炭党的支持者,比他的同事(和朋友,直到他们之间出现政治矛盾)处于更好的道德地位,他是沙皇宫廷的半囚。密茨凯维奇关于俄罗斯的那本无情的小册子,用诗歌写成,是精炼文风的典范,之所以如此切中要害,是因为作者对绝对君主制的憎恶与他对其受害者俄罗斯人民的同情密切相连。它包含的观察与果戈理在其讽刺作品中所用的素材全然无异,尽管事实上密茨凯维奇是个外国人,其批评并未因依恋那个国家而缓和,这确实增加了某些新东西。使密茨凯维奇震惊的是野蛮的景象、人际关系的残酷无情、被奴役的人民的忍受与淡漠。居住在那片土地上的人之部落让他不安,像某种无形的大石头还没有被历史这位雕刻家加工:

我遇见那些人:宽肩膀
宽胸膛,厚脑壳
像北方的动物和树木,
精力旺盛、健壮而强悍。
但每张脸都像他们的国土
闲置、空旷、荒凉的平原:
从他们的心,就像从地下的火山,
激情还没有高涨照亮他们的脸,
不在兴奋的嘴唇上闪光,
也不在额头黑暗的皱纹中熄灭

正如东方和西方人的脸,
在它上面那么多生活的烦恼已过去
传说和事件,悲伤和希望,
每张脸都是这个民族的纪念碑。
这里,人民的眼睛就像这个国家的城市
大而明亮;心灵的骚动从不
用特别的一瞥转动瞳孔,
悲怆从不笼罩他们过久。
从远处看他们壮观、非凡;
一旦触及内心,他们空虚而荒芜。
这种人的肉体就像肥胖的茧,
它里面睡着毛毛虫的灵魂,
为了飞翔调整它的胸脯
打开它的翅膀,扑闪着美化自己——
但是当自由的太阳升起,
何种昆虫会从那裹尸布中飞出?[1]

密茨凯维奇的诗是一个综合体,体现了所有波兰人对俄罗斯的态度。几十年以后,约瑟夫·康拉德在他的小说《在西方的目光下》中对无形的道德混乱表达了同样的恐惧。尽管康拉德不承认,那本书似乎成为反对陀思妥耶夫斯基的俄罗斯弥赛亚主义的争论。

---

① 引自《先人祭》。

如今纳粹主义已成过去,但或许斯拉夫人是“劣等人种”的观点并没有。这种看法,在德国民众中广为传播,尤其用于他们最近的邻居波兰人,并使纳粹分子更容易贯彻他们骇人听闻的罪行。说波兰人没有意识到这些缺点——混乱、控制物体的无能(自从中世纪以来,摇晃的桥和泥泞的路在欧洲文学中已成为波兰的标准形象之一)、鲁莽、醉酒、缺少使生活从容的能力——而正是这些缺点让德国人获得了自身优越性的愉快感,那就是夸大其词了。然而,同时波兰人意识到他们的良好品质,在德国人中间很少发现:想象力,讽刺意识,即兴创作的天赋,嘲弄一切权力的倾向,这使他们能从内部溶解各种政治体系(就像意大利人通过把法西斯主义变成一种化装舞会而使其人性化)。他们认为德国人头脑迟钝、沉闷。当弗里德里希·尼采强调他的波兰血统时,他知道他在做什么。

但这两种刻板印象之间的对比可以为波兰人在判断与俄罗斯的关系方面提供一个借鉴。因为在俄罗斯不能调整一个人的直接环境——换句话说,对“从容”的轻视,加上政府基金的贪污和挪用——达到了闻所未闻的比例,只有当国家权力直接受益时,组织的努力才能带来结果。波兰人在他们自己的国家之外通常很能干,事实上,在俄罗斯的波兰人,无论是自愿或不自愿的移民,都担当着教化的力量。俄罗斯人对波兰人的印象通常比波兰人对德国人的印象更复杂;不过总是添加了同情的轻蔑阴影。波兰人因他们的传统、他们的天主教道德原则、他们属于西方的意识而感到优越。俄罗斯人性格深处某种沉重的安静对他们起的作用像一记耳光;对一个习惯于智力妥协的民族来说,这种耐心、这种冷静、这种在观念问题上的极端主义是难以捉摸的。所有这些感情使战败的记忆尤其令人羞愧。

对俄罗斯人来说,波兰人的屈膝礼、微笑、常规的礼貌和奉承都是虚文缛节和假情假义。他们说服自己他们优越于这种浅薄的、自我满足的社会闲人,伴随他们恼人的荣誉感和英勇但无意义的冲动倾向。敏锐得足够区分一种古老的文化形态,因自卑于一切西方事物而痛苦,因为为专制服务而良心不安,俄罗斯人猜中了那个悬空的未说出口的词:野蛮人。他们恰恰被那些排斥他们的事物迷住:诗歌,讽刺,从容,拉丁仪式。

在他们对西方——尤其是法国——的迷恋中,波兰人欺骗了自己。因为他们只是通过借来的东西才与蒙田的国家发生联系,无论经过多少代。这可能值得考虑。但法国的整个社会结构是不同的。一个彻底的贵族(或其文化的继承人)怎么能和一个彻底的资产阶级交往呢?波兰的社会结构使她更接近俄罗斯:在两个国家里资本主义出现得晚,在心理上并未留下持久印痕。波兰希望赢得欧洲的帮助,通常建立在无意义的承诺的信任上,不断证明是寄托错了。拿破仑被打败了,但被打败前他设法用波兰的兵团镇压了海地起义。如今你可以在那里遇到具有波兰名字的黑皮肤人,那些不能返回欧洲的士兵的后代。尽管这样,拿破仑的传奇决定了波兰人的政治习惯,他们一直确信自由是“从西方吹来的风”。他们把下一个赌注押在民主革命上,希望推翻所有国王和暴君。但是革命逐渐消失了,却没有实质结果。克里米亚战争算不上神圣战争。

在十九世纪，波兰人形成了一种可以称为卡珊德拉[1]情结的东西。除了通常是夸张的愤怒的周期性爆发，或少数激烈地厌恶俄国的作家如卡尔·马克思或德·屈斯纳蒂男爵[2]之外，波兰人发现西欧人对俄罗斯及其象征沙皇有一种无法解释的爱。波兰人大声抗议它在广阔欧亚大陆的无限野心与无限可能。但是盟国，在礼貌地听完他们的话后，径直前往沙皇大使馆获得那些可疑的革命者的详情。因此波兰人对西方的感情至少是矛盾的，在内心深处或许是恶意的。

波兰和俄罗斯的革命者在共同与独裁国家斗争时本应成为兄弟。无论如今的教科书说什么，正是源于他们各自历史形态之间悬殊的“性情不合”阻碍了这些民族之间的牢固联盟，他们同样是自我牺牲和开明的（都来自受过教育的阶层）。即使非常激进的波兰人对变化也有巨大的内心抵制，因为他们对过去的爱。所以他们总是不知不觉地把革命看成将波兰绅士的旧议会特权授予所有公民的一种方式，而不是看成某种从不存在的事物的开端。如果革命会带来公正，它必须首先废除一个民族被另一个民族的统治；在这种情况下，波兰必须恢复她完全独立的国家地位。争取社会正义与争取独立联系在一起，但由于保守派和改革派在后者上意见一致（尽管并非总是如此），激进的方案便失去了优势。

---

① 卡珊德拉（Cassandra），希腊罗马神话中特洛伊的公主。一个有预言能力却不被听信的女先知形象。

② 屈斯纳蒂男爵（Marquis de Custine，1790–1857），法国贵族、作家，以旅行写作著称，著有一八三九年访俄之作《沙皇帝国：穿越永恒的俄罗斯的一次旅行》。

同时俄罗斯人还有其他问题。他们会苦涩地想起他们的主权(哦,多么至高无上)国。没有什么控制他们的思想：宗教不能,尽管它是王权最可靠的支持;早期的政府体制也不能,因为它们是沙皇权力和镇压的对应物,因而遭到普遍憎恨。他们一心关注未来;他们渴望破坏,把土地变成**白板**(*tabula rasa*),然后开始重建。民粹主义运动产生了巨大影响,但并未在波兰流行。而且即使这两个民族的革命者一直表现出彼此共有的宽宏大量,他们也不可能遗忘争论的核心：白俄罗斯和乌克兰。波兰人希望成为那相同共和国的继承人,因为这些领土已逐渐波兰化了,并支持那里的东仪天主教会或希腊天主教会,但俄罗斯人斥责了他们的同行,他们说了实话。但那些波兰同行也是对的,他们指责俄罗斯人承认这些国家有意俄罗斯化是合理适当的,并指责俄罗斯人模仿官方法令的语言,把它们说成“西方的俄罗斯”。由于双方都把白俄罗斯语和乌克兰语看成方言,这个无主之地的整体情况是模糊不定的。

本世纪初,许多波兰的马克思主义者认识到,民族主义若借助阶级之间的联盟会削弱革命的推动力;因此他们反对独立,把推翻整个沙皇帝国的专制统治作为主要目标。罗莎·卢森堡就是一个支持这种错误的人,致使其支持者和继任者事与愿违。这就像在二十世纪五十年代一个人向北非人民宣讲革命,但同时提出一个条件：不要摆脱法国的统治。因此那些“具有独立意识”的社会主义者——毕苏斯基是其中之一——处于上风。多亏东方邻国的混乱,波兰主权独立形成于第一次世界大战后;一九二〇年波俄战争是一次大众化的战争,受到工农的支持。

如今我们事后得知,在不同的大陆,尤其是在阿拉伯国家,所有刚建立的国家都具有某些共同特征:民族情感的暴力,知识分子的优势地位(在波兰,不像波罗的海各国的农民,知识分子在社会学上和绅士联系在一起,随后陷入经济衰退的剧痛中),军队的地位。在波兰,另一个元素是左翼人士对右翼国家民主党的仇恨。这产生了诸多悖论。国家民主党过去谋求与沙俄帝国和解,因为它保证"秩序",而左翼源于造反者,反俄罗斯传统。左翼宣扬毕苏斯基是天选之子这一传说;当他借助军队接管了政府,左翼人士把这看成较小的恶——为了反对来自右翼压力的一种保护性缓冲。但随着议会制度和不同政治力量自由互动的机制被废除,社会民主党和各种层面的进步分子看到他们的政党逐步破裂。罗莎·卢森堡的继任者们违反了全国性的禁忌,这些共产党员的悲剧是在一个死胡同里暴跳如雷。他们成功的可能性相当于一个支持墨西哥被美国吞并的墨西哥党派成功的可能性。他们被波兰警察和斯大林枪杀。斯大林最终在一九三八年解散了波共,将其领袖传唤到莫斯科,并将他们处死。于是,马克思的预言反过来实现了:《共产党宣言》发表时,他把东方帝国的崩溃和波兰根据一七七二年分界线的重建作为欧洲革命的先决条件。

无论我们是否喜欢,马克思谈到了"欧洲文明"。他还把民族分成"好的"和"坏的"。在那个文明的东部边缘,他评价了他喜欢的三个民族——波兰人、匈牙利人和塞尔维亚人——因为在他看来,他们有创造力且热爱自由。他不能忍受泛斯拉夫主义,并对斯拉夫人强烈反感——上述两个[1]属于例外——他宣称,他们总是甘于充当暴政的盲目工具。由于这个原因,他论述国际政治的文章对波兰读者有一种奇怪的语调。大概一个十九世纪的波兰人也会写出这样的作品。渗透其间的感情多么强烈,如今还可以看出。对地球上所有民族来说,波兰人只和匈牙利人及塞尔维亚人具有真正友好的相互关系。

对我这一代人来说,这些一团糟的局面似乎模糊远去了。我们成长在一个正常的国家里,其光辉与苦难都是国内的事;决定由华沙而非别的任何地方做出。出现在我们教科书里的殉难、密谋、驱逐到西伯利亚引起的只是同情;常识告诉我们过去时代的浪漫凄楚可一笑置之。在我的想象里,俄罗斯的存在可以说是被抑制的。不知怎的争吵已停息。我们被边界的哨所彼此分离;一种自然禁忌在站岗,警惕把他们的制度引入我们国家的任何想法。革命,只要不是**他们的**,就可以接受。让他们在国内为所欲为吧;这不关我们的事。一个人可能觉得这种观点愚蠢。但在这里我是有代表性的:那种禁止性的门槛确实存在,任何忽视它的政治家都会犯错。

而且,在德国和俄罗斯之间的区域里,态度并非处处由相同的决定因素形成。在西北和南部诸省,先前是普鲁士和奥地利帝国的一部分,主要号召是为了抵抗德国的**东进**。除了十字军骑士的残酷神话以外,德国人对毫无意义;我不懂他们的语言。而且,德国皇帝威廉的军队并未留下任何特别令人不快的记忆。

① 波兰人与塞尔维亚人属于斯拉夫人。

就像我的许多同代人看到希特勒主义疯狂的成熟时,我用手指轻敲前额,完全被卷入整个时代的戏剧中,而不是由那些火星人所演的角色,我无法从内心想象他们。我把政治变成了一种秘密写作,变成了宇宙的形象。

然而,俄罗斯是相对具体的,但只是相对,像从童年记得的一片混沌和一种无穷,尤其是,一种语言。在我们破旧而可怜的(像我现在了解的)家中晚餐桌上,俄语成为开玩笑的语言,其野蛮亲切的细微差别是不可翻译的。例如,当你翻译这样一个句子——我相信,在谢德林作品里——关于两个权贵当着张口结舌地观看而且被逗乐的人群彼此大声辱骂,它确实并没有太多意思:“他们彼此骂得如此难听,以至于每时每刻衣着破烂、心情快乐的流浪儿童都会高喊:‘好哇!’”波兰人似乎能主要通过那种语言获得一种“俄罗斯性”的直觉,这吸引他们,因为它释放了他们斯拉夫灵魂的另一半;这种语言里包含着了解俄罗斯的一切。吸引他们的那种东西同时是威胁性的。我过去常做某种练习,它让我思考良多。一个人必须深呼吸,用深沉的低音首先读出俄语“用铁锹掘出的一个深坑”,然后快速用高音说出其波兰语,“用铁锹掘出的一个深坑”。在第一句里重音和元音的排列隐含着忧郁、黑暗和力量;在第二句里,则是轻快、明晰和虚弱。换句话说,这是自嘲和警告的练习。

然而,我那一代人抑制着对危险的意识,在各种伪装下掩盖政治的僵局,思想和词语都染上了它的色彩。殉教史已被摆进博物馆里休息,很快会重新开始,那时是不可预见的。尽管我经常感到即将发生的灾难,但那是全球范围的,不只是我的国家。

这种感觉为我与环境的另一种冲突提供了动机。早在第二次世界大战的第一个月，大多数波兰人就后退了一步，回到以前的熟悉状态中无拘无束。二十年独立自主的国家地位跨度很短，在此期间无论获得什么习惯都会像蝴蝶翅膀上的粉末那样被清除。在这种情况下太多相似性使他们陷入回忆：这个国家被两个敌国的划分，监禁，流放，西伯利亚，依赖法国和英国，西方的波兰"军团"。这种状态也可以解释流亡政治家的基本理论：如果德国和俄罗斯被打败，解放应随之而来，因为在第一次世界大战中就是这样发生的。然而，正如某人正确指出的，每部戏剧在历史舞台上只演出一次；如果它被再次表演，悲剧就会被血腥闹剧的元素污染。我们许多已达到智力成熟的人，在使我们相当怀疑民族主义激情的状态下承受了战争岁月里非常痛苦的内心撕裂：我们承认，不仅我们的理性而且我们的观察力都看到了返回旧姿态的错误几乎是可怕的，如果这些姿态由一个受侮辱被迫害的民族呈现出来的话。

可以说，我们不时陷入提炼我们有些模糊的感情的处境中；它们从一切多余的东西中净化自己，简化成几条基本线索。同时它们仍很复杂，足以起到隐喻的作用，这常常比任何理论更接近现实。因此，并非尽力准确记录我的青春期情绪，我想向前跑，甚至超越"二战"，描述某种发生在人类尽头的东西。那些形象，它的每个细节在我的记忆中仍然清晰，日期是一九四五年一月。

在一所乡下房子的最大房间里，大约十二个苏联士兵和士官坐在靠墙的长凳上。在我膝盖上，双膝紧顶我穿旧的平民裤，我拿着一罐烟叶，将一撮疏松的烟叶卷进卷烟纸里。因为长凳上没有足够的空间，那些人用胳膊从两边撞我，他们与迷思中的俄罗斯毫无区别。或许对一个此前从未和俄罗斯人打过交道、不能区分嗓音的语调和手势含义的完全局外人来说，他们可能看起来像一个新鲜未知的人种。然而对我来说，他们是那些孕育陀思妥耶夫斯基和托尔斯泰相同的人类天赋的合法继承人。就像他们的祖先打败了拿破仑一样，他们同样打败了希特勒。我们的凝视集中到房屋中心，一个男人站在那里，他可能不超过三十岁。他穿着一个白色的长羊皮袄，长着在莱茵河国家常遇到的那种迷人的脸。这个男人是德国战俘；一个征服者，如今被他们控制。

躺在冬日田野中穿绿色军服的尸体，闪光的牙齿，既不激发喜悦也不激发悔恨。冷漠如石，他们是被惩罚的傲慢场面的一部分；他们刻着“上帝与我们同在”①的皮带搭扣，此刻被踩进雪里。我走过，啼笑皆非地沉思着。这些人中的一个此刻站在我们面前。他丢下整齐的房屋、浴室、点缀着彩色装饰物的圣诞树、耕作数代的葡萄园和约翰·塞巴斯蒂安·巴赫的音乐。被自己的团体抛弃，此刻在他们中间，没有浴室或放在箱子里的桌布，没有用格言刺绣的毛巾和枕套，没有玫瑰花坛；这些人只有伏特加酒，治疗痛苦、无聊和不幸的良药。他在那里看上去很愚蠢，或者你也可以说是幼稚。因为他不只是独自站在他们所有人前面，一对多；而且他没有武器，而他们全副武装。不，是那安

---

① 原文为德语：Gott mit uns。

静的阿勒奥普格斯山①的精神浓度压垮了他。和自己的人在一起时，他从未如此紧张；这几乎是一种心灵感应，无须运用词语或符号，就能将无数个体结合成一个比他们自身更大的整体。他总想说话、大喊或歌唱。但这些人，或许是半文盲，散发出某种顺从的特殊信息。正因为这样，他不能从转向他的眼睛里看出任何东西，这把他吓傻了。

或许我应该恨他，首先是因为他的愚蠢，再加上像他这样数以百万计的蠢人，把权力授予希特勒，并使这个年轻的德国人成为杀戮的盲目工具。但我发现我心中没有恨，由于某种原因，我想象他在一个阳光照耀的山坡，穿着粗斜纹布衣，推着装满果树幼苗的独轮手推车。他们也不恨他。因为，像一头笼中兽，他恐惧未知的事物，他们中的一个人站起来递给他一支烟；手的这个动作意味着和解。另一个拍拍他的背。然后一位军官走向他，缓慢地，清楚地，讲了一长段话。这根本没用，因为那个德国人什么也不懂，但他的眼睛牢牢盯着那个说话人的嘴唇，像一条狗尽力猜测他主人的话的意思。不过从那友好的语调中他得出结论，他们并不想报复，不想伤害他。"别害怕，"那位军官反复强调，"没有什么坏事会发生在你身上，战争已经结束了，你不再是一个敌人，而是一个普通人。你会为和平工作，马上会被送到后方。"嗓音中的那种同情，甚至是热诚，权威的那种温和、庄重的语调使这个战俘安静下来，他胆怯地微笑：感谢。尽管没有发出命令，一个士兵疲倦地从长凳上慢慢站起来带那个战俘离

① 阿勒奥普格斯山，雅典最高法院所在地，后成为"最高法院"的统称。

开了房间。其他人则又回到先前的状态,疲惫不堪之人的冷漠状态。过了几分钟,那个士兵独自返回,拖着一个白色的羊皮袄,把它扔到帆布包旁边。他坐下来卷烟。他吸烟和在地板上吐痰的那种忧郁方式表达了在那间房子里他们所有人在生命脆弱时的思想:“这就是命。”

残酷吗?但一个人不得不把这件事放在战争的背景上。德国人已消灭了数千苏联战俘,把他们关在铁丝网后面,把他们饿死。关于此事的传闻传播得如此之快,以至于人人处于那种命运的影响下,宁愿苦战到底。在波兰被德国人屠杀的手无寸铁的人比瑞士的全部人口还多。至于盟军士兵,他们曾不止一次悄悄干掉战俘。仇恨和蔑视通常伴随单独或多次这类谋杀;也就是说,在一个人的心里,受害者首先必须被剥夺人性,必须将他们变成丑陋的傀儡;随后,人们便可对这些物化的对象采取报复。

这种心理作用得到纳粹分子有组织的支持,他们把它用于犹太人和波兰人。但这些俄罗斯士兵杀戮德国人不是出于仇恨,而是出于对必然性的尊重。那种必然性表现的形式要么是将战俘转移到后方的困难,要么是白色羊皮袄。据他们估计,很可能,拿去一个人的外衣并让他那样走进冰冷里将是一件不方便或难看的事。因为我们自己规定了必然性是什么,我们在“必然的”和“可能的”之间画一条线。如果它没有非常清晰地回答他们的内心需要,他们演出的人道主义喜剧可能被称为犯罪。这个行动应该用极度的快乐与平静完成,这种信念伴随着他们真诚的感情。

在这里我们是否抵达了波兰人执念的核心,谁知道呢?任何集体从历史的因果链得到锻造,延伸到遥远的过去,而顺应其压力的个体并不停下来考虑自己身上打的是什么标记。当我坐在长凳上沉思我刚目睹的这件事时,对我来说那个链条的最后环节——也就是政治体制——可能并非决定性的。毕竟,体制不会从空白中生长。即使作为成品它可以被输出,但其特色是由它本地的土壤决定的。我想起上个世纪俄罗斯文学的某个片段;我不轻视波兰人的陈词老调,据说一个俄罗斯人割了某人的咽喉,却能面对其受害者流出痛苦的泪水。但异常清晰地返回我心里的是我读过的东方基督教的教派。由于我心里的“东方”成分,对这些教派分子我感到某种亲近,他们从自然和人类社会的冷酷中得出结论:这个世界完全被撒旦掌控。只有上帝的王国能废除它残忍的法则,他们把它等同于创世的法则。由于这个原因,俄罗斯的神秘主义作家相信上帝王国的实现将不仅拯救人而且拯救苍蝇和蚂蚁。然而,实际上,这种接近超人的同情切断了行为与意图的联系。在基督降临之前,我们完全服从令人羞愧的法则;因此我们心灵的反叛是无力的。后来,当上帝的王国被命名为共产主义时,一个人至少获得了安慰:尘世的“残酷必然性”导致了它。通过服从它,人们离那个伟大的日子更近了。

这些士兵不再需要和基督徒有任何关系;他们不必成为共产主义者。然而由于童年的环境他们在二元性方面获得了如此先进的训练,以至于在其他任何国家都没有匹敌者。他们崇高的政体、他们的教育和他们以兄弟情谊为理想的文学。这种

“新人”是高尚纯洁的。但只是在理论上,理论发展缓慢、自律,像珊瑚礁从海中升起。如果不曾被“反对真理的密谋”撑住,礁就会坍塌。他们的喜剧——与其说士兵们为战俘表演,不如说为他们自己表演——是一种理所应当的献礼,因为他们始终知道现实奔跑在完全相反的轨道上。

当你切断意图与行为之间的联系,那么,高尚的话语、友好的拥抱、真诚忏悔的泪水——所有这些诱人的洋溢的热情如此具有俄罗斯特色——只是一次短途旅行,进入摆脱尘世法则压制的净土,进入人人皆兄弟的净土。他们的情感具有真正的深度,完全默认自己和他人的所作所为——同时我们存在的某个层次不会受骗,因为我们知道这只是默许而已。如果一个人随后告发或杀死另一个人,也并非言行不一,因为应受谴责的不是我们,而是这个罪恶的世界。只有在上帝的王国里狮子才会和小羊同居。这样一种逃避责任的行为很容易变成嗜好;于是所谓的必要性开始的门槛就变得很低。犯罪无需热情,却不能避免。而且,每个自由行为开始可疑,因为它似乎掩盖了对世俗强迫的服从。

波兰人与俄罗斯人关系非常密切,而且由于其自身个人主义伦理的弱点而受到来自内部的威胁,因此他们会感到恐惧。但他们的历史,形成了他们的身份,大体上被剥夺了末世论。激进的新教教派,后来民主运动的酵母和预示,并没有相信正义完全不可能在这个世界上实现。尽管他们多次禁止其成员任职(因为所有权力都利用剑),他们认真地讨论如何把福音书的命令用于当前的社会;也就是说,如何组织它。在波兰文学作品中,并没有像陀思妥耶夫斯基的阿辽沙或梅什金公爵这样的角色,他们象征了困境:“要么一切皆善,要么根本无善”;也没有那种令人绝望不安的“多余人”,渴望目标,上帝,几乎一个世纪以来,这在俄罗斯预示了追求绝对目标的革命。波兰文学中这部最重要的作品[①],它被波兰人高度评价,正如《浮士德》在德国一样,其主题是以团结不幸者的名义对上帝(“你并非世界的父亲,而是它的——沙皇!”)的一次普罗米修斯式的反抗。然而,这次反抗被基督徒的谦逊和谋求人类之善的政治活动征服了(一个俄罗斯人会选择二者中的一个:要么是谦逊和圣徒身份,要么是行动)。因此如果更贴近地细察,崇高的波兰浪漫主义比俄罗斯弥漫着无限欲望的现实主义更切合实际,在抱负上更谦逊。

尽管我从中学寄宿时就着迷于许多二元元素——或许因此我比别人更容易理解俄罗斯人——但它们被别的影响抵消了。这些是什么类型的影响,最好由十六世纪作品(我们在课堂上分析过)的题目表明:“论共和国的改良”。立陶宛人对我的吸引力也相当有意义。把他们与波兰人相比,我不得不承认,他们更稳定更务实。他们的合作社堪称全欧洲的典范。无论如何,物质对他们重要,对我也重要。

在这里无论我是否公平,但至少我在公开我的执念。对我来说,俄罗斯文学的“深度”总是可疑的。如果以太高的代价获得,深度有什么用?假如我们有体面的住宅、充足的营养、勤劳

① 即亚当·密茨凯维奇的《先人祭》。

的人民，我们是否宁愿从两种恶中选择“肤浅”？权力有什么意义，如果它总是中央集权，而果戈理《钦差大臣》的故事总是处于破旧的外省城镇的现实中？一条线穿越我青年时期的波兰。一边是由普鲁士或奥地利以前管理的地区；另一边是俄罗斯人炫耀他们管理才能的那些地区。这种对比是强烈的。但俄罗斯的革命者，梦想着**白板**，欺骗他们自己。一旦他们在克里姆林宫确立他们的领袖，他们只能用他们手头找到的民族、习惯、风俗的材料去建造；更糟的是，他们自身是由他们国家的精神塑造的那种人的肉体的一部分。苏联的历史学家宣称恐怖的伊凡雷帝、彼得大帝和叶卡捷琳娜二世是“进步的”，因为他们为未来的革命而工作。尽管这样的“进步主义”观念很可笑，但他们揭示了许多关于俄罗斯人狂热崇拜的能量，它们总是发源于最高权力的中心，突破障碍，而完全无视自发的增长。

我对俄罗斯的态度包含着我后来和我的法国或美国朋友误会的萌芽，他们不止一次指责我的民族主义，尽管他们很清楚，我不依据人们属于任何团体——语言的、种族的或宗教的——而把他们分成好坏，而且我抵制集体责任的观念。他们奇怪于我对个别俄罗斯人近乎夸张的同情。所有这些态度似乎不能结合在一起。我不得不遗憾地说，我不拥有一种允许我进行必然区分的语言。但这种术语的缺乏并非只是**我的**缺乏。二十世纪，面对民族主义者和种族主义者的疯话造成的恐慌，尽力用生产数字或一些政治经济体系的名字填充时间的裂缝；同时它宣布放弃对既成事实的精细组织进行调查，那里的线索不应被忽略——甚至包括被遗忘的俄罗斯教派的观念。事实上，表面上永远消失的事物不知不觉地被转化了,如古罗马的特色这样遥远的现象还活着,只是因为天主教形成在那里,而非别的任何地方。或者,用另一个例子,法国在中世纪征服卢瓦尔河南部的领土后,事实上陷入当地居民的集体无意识,在新教徒中,以及后来在革新者中和奠定倾向方面不止一次产生影响。

当对国家和文明的描述尚未被许多源于知识划分的禁忌禁止时,作者,通常是旅行者,并不鄙视连续性,它被写在倾斜的屋顶上、犁把手的弧线上,写在姿势或格言里。记者、社会学家和历史学家过去常集于一身。他们彼此分开了,对各方都不利。如今关于国家如何相处的某些格言会激怒我们,因为它们试图表达某种不能被理性捕获的真理。德米特里·梅列日科夫斯基和他的一个波兰对话者说:“俄罗斯是个女人,但她从没有丈夫。她只是被鞑靼人、沙皇等强奸了。可能只有波兰才能成为俄罗斯的丈夫。但波兰太弱了。”无论是否这样,我们发现考虑这个观点的有效性很难,什么也阻止不了我们至少从古老的民间信仰中看到决定因素,民间信仰并不总是那么愚蠢。

我们的知识并非在所有领域以同等步调发展;它在某些领域进步,在其他领域却拖延不动,乃至后退。现在害怕对种族或地方团体一概而论是一种可敬的冲动,因为它保护我们不为那些对真理不太感兴趣却热衷于政治斗争的人所用。只有这种害怕的原因消失之后,善于追踪相互依存关系的头脑才会洞察对如今的聪明人来说相当尴尬的话题,它只适合在乡村酒馆的席间闲谈。直到对任何文明的评价不再成为反对在其中长大的人的武器时,它们才会消失——换句话说,不会很快。那时候——因为俄罗斯的命运是和邻国竞争中被迫在第聂伯河岸以战争解决的——我在这里谈论的这些感情冲突,现在只对那些直接卷入的人至关重要,到那时必将成为激动人心的题材。

西方之行

这事发生在一九三一年。我们三个人，年龄的总和等于六十岁。就像流浪者俱乐部大多数会员一样，我们心照不宣地承认罗伯斯庇尔是领导者，他前行时，手臂像风车一样挥舞，弯曲多节的体形在背包的重压下向前倾。他从不屈服于疲倦，为了表明对它的轻蔑，他将自己的身体变成了一台英里吞噬器。他长着弓形鼻的严峻脸庞酷似古老德国木版画中的修士面孔。大象[①]摇摇摆摆地走，像一只高大肥胖的公鸭。在黑暗中仅凭触觉我就能认出他。他多毛的身体抓捏起来很舒服。因为我们的友谊可以追溯到很久以前，当我们在学校走廊里摔跤时，他满头像羊毛的黑发常常很容易被手指揪住。他具有**犹太母性**的温顺和关怀，这可能源于他的犹太母亲。他正在蓄络腮胡，不断抚摸着刺激它生长；除此之外，他的裤子总是往下掉。罗伯斯庇尔和我常说只有上帝的意志才能把它们提上去。我看起来最多十五岁，孩子气的圆脸没少让我尴尬。

---

① 大象，作者朋友的绰号，本名斯泰凡·扎古尔斯基（Stefan Zagórski），波兰诗人，因参加地下抵抗运动被盖世太保逮捕，后来跳窗自杀。

我们体现了三种幽默：罗伯斯庇尔不露声色地嘲讽，大象讽刺但温和，我则是聒噪。当我们想辱骂在交流中不诚实的人时，我们的幽默随口就来。如果一辆轿车（在我们地区很罕见）驶过我们身边，扬起遮天的尘土，我们就追着它唱我们的诅咒歌，愿它很快遇到车祸（“她坏掉了，噢那辆骄傲的汽车”，反复地唱）。

然而，在一九三一年六月期间，在春季的法律考试结束后，我们动身去自己国家以外的地区，我们不得不利用一种同样不可靠的旅行方式：火车。我们的计划是乘火车从维尔诺到布拉格；在那里买个二手的加拿大划艇（因为捷克斯洛伐克的体育用品价格只有波兰的一半），从博登湖将划艇运到巴伐利亚的林道市，从那里沿莱茵河及其尽可能接近巴黎的支流往下划。我们被那里的殖民博览会吸引。我们对地图的热爱促成了这个计划。尽管瓦斯科·达·伽马开启他的印度之行时确实对他将要航行的大海比我们对我们的路线了解得更多。

碰巧我们考察的第一个西欧特色的小镇是捷克斯洛伐克的利托米什尔（Litomyšl），在那里我们受到一位偶然结识的男装经销商的热情款待。在波兰西部我本会遇到类似的小镇，但在东部，我出生的地方，像这样的一簇簇房子和街道通常至多是庄园和村庄的“交易点”，守旧的犹太人在那里进行交易。他们糟糕的石板路、灰尘、泥土、稻草、马粪被较大的城镇或乡村居民蔑视。我赞赏捷克的整洁，赞赏我们的朋友即那位男装经销商的生活水平，这是从所有东方人中都可以发现的“西方情结”的楷模。当然，并非处处都能达到这种程度。一九四〇年，在一列俄罗斯火车上我又想起利托米什尔，假装睡着了，这时我偷听到两个政委正在谈论苏联从莫洛托夫-里宾特洛甫条约中获得的领土。甚至谈到最穷的县，他们也像身处仙境的两个爱丽丝。但他们的惊讶并不友好。其中充满了妒忌和愤怒。

布拉格，我见到的第一个西欧的首都，使我们陶醉，用它充满笑声和音乐的沸腾气氛，城堡附近狭窄街道里的酒馆，穿着拔佳[①]网球鞋的民众，星期天在城外漫游、散步或骑马，带着棒球、标枪、铁饼。我最初见到的现代人群。到处都是预告《旅行者和情人》的海报，我不清楚它是电影还是戏剧；换句话说，旅游作为一项体育运动（尚未机动化）已成为大众文化的一部分。

我在捷克斯洛伐克度过了两周，罗伯斯庇尔和大象则继续行进，翻越巴伐利亚的阿尔卑斯山脉。我留下来购买和运输我们已在伏尔塔瓦河上试航过的划艇。在布拉格公园，一种熟悉的饥饿感袭击了我。那种感觉好比身体的饥饿，只是它难以满足。两旁绿树成行的砾石小路在我脚下发出吱吱嘎嘎的摩擦声；我走过正在接吻的情侣；音乐、私语穿过枝叶——一场热烈地拥挤着、拥抱人性的狂欢节。我是个局外人，但同时如此渴望他们的现实，我愿意把他们都吞下去，囫囵的整体。如果我和我自己的女友坐在长凳上，我就会成为他们的一部分，但我只有欺骗我的饥饿感。我的羞怯使我陷入孤独，但又不止如此。我的性欲比任何物体走得更远，我的泛性恋包含了整个世界，不能成为神或恶魔吞下这个世界，用他的舌头品尝它、咬它，我只能用

---

① 拔佳（Bata），一八九四年创办于捷克的鞋业集团及品牌。

我的目光拥抱它。而且,像所有饥饿感一样,这种饥饿感也散布在话语的限度里。

(那时我怎么也不能想到我下次游览布拉格将是什么样子——命中注定,在那些高墙内等候。时光流逝,风流韵事,没有什么能滞缓我作为一个吞噬者——泛性恋的形象——追逐那可望不可及的盛宴。我从伦敦乘坐的飞机降落在一个空荡荡的白色机场。正在飘雪。那是一九五〇年十二月。一个满脸流氓相的高大家伙,穿着捷克秘密警察的制服,打开机舱的门查我的护照。候机室空荡荡的。我的脚步声在我耳畔回响。在一个角落里,几个穿着不合身的黑色西装的人站着相互窃窃私语——应该是等待某位高官的代表团。候机室的前入口处有三辆白雪覆盖的汽车和一个沉闷的空寂广场。我乘上一辆出租车。出租车司机这类人都有一种天赋,可以觉察出能否与对方坦率地交谈;半个小时里我的司机倾诉他的牢骚,并责备“他们”。我没有答话。我从布拉格乘火车到华沙,发福的罗伯斯庇尔如今在这里已是斯大林官僚系统的一位高官。暮光中苍白的街道。从某个高出整个城市的建筑物中闪烁着一颗巨大的红星。行人步履匆匆,眼睛低垂。)

夏天。在皮尔森[1],我从带我去巴伐利亚的列车跳下来。要扼杀一种超肉体的饥饿感,最好是去远足。所以我徒步旅行,只从村子里买了一点香肠和面包。出于节俭,我拒绝在饭店吃

---

① 皮尔森(Pilsen),捷克的西捷克州中心都市,以汽车工业和啤酒制造业闻名。

饭,最多允许自己喝杯啤酒。从这次远足中我记得的是:白色的高速公路,我嘴里灰尘的味道,里程数,我在地里帮忙干活的农场和那个可爱的乡村姑娘——她缺了几颗牙。然后我又乘火车,越过德国边境时,一种陌生感油然而生——我周围的所有人都在说一种我不理解的语言。和自己怄气,我下定决心,平生第一次走进餐车。映入眼帘的那个场景至今让我试图想出一个解释。我身边坐着一个瘦骨嶙峋的男人,看起来像是穿着平民衣服的官员。他点了一份牛排,然后专心地在颔下系餐巾;他眼睛紧盯着牛排,搓了搓手。他并非真的在吃盘子里的食物,而是吞下它们;一面大声咀嚼一面向自己咕哝着,他立刻又点了一份新的。相同的流程又来了一遍:搓手的仪式,在快乐的期盼中全神贯注地紧盯着盘子和同样的速度。最令人吃惊的是,他的速度并未因每一份后续的牛排而减慢。他是谁?他从哪里来?我不清楚,但他似乎从战壕返回,或从最后一次战争的战俘营返回,或者他在某地的巨大冰块中被冷藏了十三年。

凌晨四点,我抵达林道市。一场蒙蒙细雨正在飘落。由于湖上波涛汹涌,在车站附近的码头中停泊的帆船来回摇晃,它们的船桅彼此触碰。当我站在岸上时,被波浪打湿,根本看不见对岸的阿尔卑斯山脉。每种形态,甚至空气的感觉,都是新的,令我惊讶。我接下来的举动表明我是个真正的野蛮人:我调整好背包的肩带,穿过空空的街道,一匹乳马在那里的柏油路上发出哒哒声,到达一个“安全的地方”。那就是森林。我在山坡的灌木丛中闯荡了很长时间,寻找一个尽可能远离山路的地方。我砍了一些树枝,在一棵低垂的云杉树下准备了一个睡觉的窝,然后把自己卷进毛毯里。身处异国,我可以像在自己家里一样安眠。

下午,我跟罗伯斯庇尔和大象会合。他们讲述他们的冒险经历,同时泡着他们起了老茧的脚。我们选择在德国青年旅馆过夜,翌日清晨就开始旅行。计划必须完成;等待天气放晴将有损我们的尊严。我们在车站取走加拿大划艇,把它运到湖边。那里已响起警报,但我们在彼此面前装作若无其事。码头上的一群人盯着这几个疯子;无疑他们在打赌:他们会不会起航呢?风,雨,拍打着水泥的浪。我们拼命划了一刻钟,像软木塞一样浮浮沉沉,几乎还在原地。终于港口开始渐渐远了。大象坐在划艇中央,因寒冷和倾泻进他衣领的雨流而打战。这就是我们的开始。并非魅力十足。但我们对被动的快乐不感兴趣。在地图上我们把路线分成了几段,每一段都有限定的日期。那天晚上我们应抵达湖对岸的康斯坦茨。

对我来说,这座湖滨小镇的狭窄街道,柏油路,安静,洁净,酒馆里服务员的绿围裙,穿雨衣的孩子,路过的**已婚女性**的方格图案购物袋,这一切都笼罩在梦幻般的庄严里。我确实相信那些参与这种秩序和财富的人应比其余人类——已被轻微败坏,比较任性——在精神上更高傲,也更容易理解。他们应懂得一种更高尚的爱,并进行本性更高尚的对话。街上的一堆马粪引起了内心的感叹:甚至这里也如此!……让我自己接受这样的事实太难了:在这里,阿尔卑斯山脚下(多么浪漫啊!),波浪与所有地方的波浪一样遵循完全相同的规则,划桨人努力驾驶船头迎向它带来了相同的结果。

我们途经腓特烈港，水上滑行艇基地。傍晚时分，湖面平静下来，当黄昏降临，我们紧握着船桨，在黑暗中划船。一艘迎面而来的轮船本会撞碎我们，但它从旁边开过去了，船舱的灯闪闪发光。我们的目标就要完成了。我们欣慰地听着湖水轻轻拍打长长河湾边缘的木板人行道，河湾旁边就是康斯坦茨镇。我们的靴子轻叩着广场的石板路，站在教会的历史前：我们眼前赫然耸立着一座恢宏的木建筑物，一四一四至一四一八年间的康斯坦茨会议就在这里召开。从这里我们发现了与西欧的联系，而不是通过各地相同的自然元素。我们只须回想学校时光和课本上专门讲解康斯坦茨会议的篇章，这次会议非常重要，因为它声讨了扬·胡斯[①]的教义。

旅程中随后的日子让我们经历了一次次狂喜。随着湖面变窄，它变成了一条绷紧的床单，在莱茵河的水流压力下几乎又膨胀起来。随着桨的每一次推力，我们的划艇几乎跃入空中。我们的身体快乐并未因几乎不断的暴雨而减少。而且莱茵河紧紧裹挟着我们，以至于我们所能做的只有掌舵。从船头到船尾不断传来树桩或岩石的警告。然而我们的快乐不仅是身体的。河流的每个拐弯都隐藏着秘密，每当它暴露出来时，我们都会屏住呼吸。如果有什么地方可以让我们说我们踏入了极乐之地，那一定是这里。树枝越过绿水从陡峭的山坡伸出，形成的岩洞必

---

① 扬·胡斯（Jan Hus，1369–1415），捷克宗教改革家，布拉格查理大学首任校长。宗教改革运动的先驱。因反对教权专制，一四一四年被康斯坦茨宗教会议宣判有罪，次年被处以火刑。他的死导致了胡斯战争（1419–1434）的爆发。

定是仙女的套房。费尼莫尔·库柏[1]小说中的特拉华勇士本应蹲在这些树枝中。山坡更高处的葡萄园一闪而逝,还有城堡。我们的目光更贪婪,因为我们只能从脸上擦汗时用眼角瞥见所有这些华美。有时,当河流暗藏的危险对我们注意力的要求降低时,我们就会把桨歇放在膝上,深知眼前掠过的美景不会再赐予我们——永远不会。

我们从木廊桥下飞驰,那桥看似海报上的隧道。一个传统版画般的世界,我像个孩子欣喜地打量着它。发现的热情促使我们向前,如果水流很给力,我们就会下船选个小镇过夜。有一次水流竟给力到这种程度,以至于我们发现自己以特快列车的速度向前俯冲。某种隐隐的不安在我们心中低语,我们最好想想这意味着什么。长久以来,沙夫豪森瀑布被视为大自然的奇迹,我的外祖父,像其他游客一样,一定参观过它——他在巴登巴登附近因一次火车相撞事故而罹难,他的版画相册遗留在立陶宛我出生的房子里。我们的反应来得很及时,因为我们停了下来,距那个吸进泡沫翻腾的白色水柱的深渊不超过六百英尺。在沙夫豪森没有廉价的德国青年旅馆,所以我们就在当地救世军[2]的百衲被下熬了一夜。第二天早晨,我们租了一辆汽车把划艇运到欧洲的尼亚加拉附近。

灾难接踵而至。在瑞士小城科布伦茨附近,莱茵河有几英

---

① 费尼莫尔·库柏(Fenimore Cooper, 1789–1851),美国小说家,著有《最后一个莫希干人》等。被誉为“美国小说的鼻祖”。

② 救世军,基督教传教及公益组织,仿部队编制。由英国人威廉·布斯(William Booth, 1829–1912)创立于一八六五年,分布在七十多个国家。

里急流,一个人需要熟悉水流。但即使这样也没什么用,事故经常发生。莱茵河的德国岸上有一支特警巡逻队,其工作就是打捞那些翻船的人。但这一切我们发现得太晚了。罗伯斯庇尔负责地图,他指导我们沿莱茵河向前,但他忽视了障碍物,很少观察。我们甚至没有系背包。在泡沫翻腾的水中很难集中注意力,因为我们只能在河水翻涌后才能划桨。我们撞在一块水下的岩石上,却没意识到,它把划艇底部戳破了一个拳头大小的洞。也可能只是我们这艘二手船上的某块补丁松掉了。无论如何,我怎么也不理解为什么划艇的船头翘那么高,变得越来越高,最后有个东西把我像青蛙一样抛出来,头先入水。然后一切都变了。我在吐水,而运动本身由两种关系系统组成:我同伴的头彼此离得越来越远,划艇的绿色船底离他们越来越远,而河岸向后飞速运动。那一刻,我们进入一个不同于我们前一秒所处的宇宙,感官对象变得无比清晰。那时我的游泳技术很差,伴随一种宗教的意志努力,我感到惊讶,此处这个自我,在莱茵河中,就是过去那个自我。我伸手去够岸上的草丛,渴望,被旋涡冲刷着。当我与水流抗争时,草丛变得像教堂一样巨大。

换上瓦尔茨胡特小镇的德国巡河警察借给我们的训练服以后,我们起草了一份说明我们情况的道歉报告。德国人从莱茵河中距我们落水的地方下游几英里捞出了我们的划艇。他们还救回来两个背包——但都不是存放护照和钱的那个。我们的旅行结束了吗?绝对没有。首先,我们必须设法到达最近的领事馆得到新护照;然后我们会走着瞧。和善慷慨的警察借给我们一些马克作为去苏黎世的路费。休息充足,东道主提供的咖啡温暖了我们的身子,我们乘船越境进入瑞士。瑞士电力火车的隔间,类似于有轨电车的内部,这给我们留下的印象比沙尔豪森瀑布还深。

我们讲述的经历在领事馆受到一些质疑。他们承诺等电报核实后,几天内给我们答复。然而,同时我们的胃在咆哮。我们坐在公园长椅上,摸遍口袋找零钱,盘算着能买多少东西。只够买最便宜的食物——奶酪;我们用捷克刀把它细分成每天的分量,惦记着后面的日子。我们还有一个重要发现:在广场上,非常好喝的水从青铜兽头的嘴里喷出来。锁链上的青灰色杯子供行人饮用。

我们在救世军基地度过的那夜结束得很糟糕。黎明时分我被人踢醒了;一个胖警察盯着我要查看证件。随后是几小时的拘留,直到领事馆打来电话,我们才被释放。但我们不会再相信这个整洁的国家了。第二天,我们决定离开这个城市,这是我们不懂文明的证据。沿湖数英里绵延的只有配备着私人花园和私人码头的私人别墅;但对我们来说,湖仍是自然的同义词。我们饿得极其虚弱,大笑和狂怒交替发作。把你自己关在房子里,把你自己和别人隔开,并说"这是我的",这样的人无疑是头猪。在这个地方我们非常强烈地感到所有权是无情的,它与那些被排除在外的人作对。所以我们走向大山,接下来的几天,每夜我们都会回到同一片森林空地。早晨我们被寒冷烦扰,但从雾中传来牛颈铃铛的声音,我们不敢燃火,唯恐招来手持棍棒的男人,并从我们来的地方听到"这是我的"的尖叫声。没有人关心森林属于谁。它属于动物、猎人和流浪者。

领事馆终于给我们发了新护照，并借给我们一笔钱以到达最近一个位于法国的领事馆，在斯特拉斯堡，因为我们不想放弃巴黎。所以我们重新出发去瓦尔茨胡特。然而，到了那里我们发现修理那条划艇会花费很长时间，卖掉它耗时更长。另一方面，如果我们用口袋里的钱偿还那些警察的债务，那我们在剩下的旅途中就会一无所有。破晓时分我们逃跑了，告别我们的划艇，我们把它放在警察局外面作为抵押品。我们的新计划是徒步穿越黑森林去巴塞尔。

山坡长满及膝的野草。黑压压的云杉。攀登，攀登，然后看见山谷，以及锋利的教堂尖塔。我们心情极好，在笑话和歌唱中旅行。在第三天的下午，走了大约六十英里山路后，我们踏上了巴塞尔的土地。

莱茵河上游的河岸肯定是西欧的中心，我们就从那里开始了解西欧。我们的了解是从中世纪砍下的橡木做成的梁的侧面开始体验的；它属于“野人”客栈，外面用彩塑装饰；翘起的屋檐，穿着皮围裙的铁匠就像童话里的土地神。

我们并非唯一懂得这种趣味的人。“德国青年运动”当时正在兴起，滥用与过去的联系，把它变成“血与土”①的神话。可以把这个时代称为**候鸟**时代。我们到处遇见他们。三两成群，步行或骑自行车。他们会成群地聚集在德国青年旅社前唱歌，他们中的一个总是领唱。我们接触他们的努力失败了。他们很有礼貌、很安静，但同时蔑视并敌视外国人。在集体宿舍，我们

---

① “血与土”(Blut and Boden)，德国纳粹分子的口号。

把自己裹在毯子里,听着熟睡者的呼吸。未来已来到这里,就在这些床铺之间。现在我有时想,睡在离大象最近床铺上的人可能是后来在审讯时拷打他的盖世太保军官。作为一名秘密组织成员,大象并不适合坐牢,或承受肢体捆绑和打脸,或最终在他断了腿后用残留的一点意识跳窗自杀,欣慰地知悉他可怜的身体正在死去。没有人适合此事。但快乐的大象被温和的幽默与边喝酒边友好交谈的生活召唤去了。他的思想是自由主义的怀疑论,抵抗英雄主义的诱惑。他的死,以及像他这样的人的死比狂热青年人的死使我们这些**候鸟**的同代人愧疚更深重。

我不禁把我们睡过的那些集体宿舍看作德国的缩影。出于某种原因,我深信如果那些熟睡者中无人会杀害大象(根据欧洲临时统治者的说法,他是一个“伦敦特工”),那么他们中间至少有一个人,坐在东部前线的战壕里,一定会听到罗伯斯庇尔通过莫斯科电台讲话的尖锐声音。

然而,当我们站在巴塞尔附近的桥上时,大象正在向上提他已滑到肚脐下面的裤子。这座桥通往法国边境小镇圣路易,我们正在浏览指示牌上的文字。法国——我们的精神姐妹——欢迎我们。那个指示牌禁止吉卜赛人、波兰人、罗马尼亚人和保加利亚人进入该国。我们交换了一下轻蔑的眼神:当心我们的西方盟国。我们穿越了那座桥。

法国对我们是什么?是我们推小酒店的门把手找啤酒时出现的东西吗?那扇门通向一个电影的片段。就像你以为你正走入自己的房间,却拜见了红衣主教。一个大房间。空气中热浪滚滚,烟雾缭绕。工人们手握酒杯;女孩坐在他们的大腿上,张着嘴歌唱;许多目光惊奇地投向我们。我们突然胆怯,退了出来,羞于我们缺乏世俗经验。

但我们在法国首先遇到的是受苦人。火车载着我们穿越阿尔萨斯,顺着孚日山脉前行,伫立在车窗前,我们试图查清每英里死者墓地的数目。一排排小十字架投在它们后面的光影之翼组成的几何图案覆盖了这里的风景直到天空与山峦的交界线。我们并非对这幅美景毫不在意,只因为无名士兵是那时我们阅读的诗歌中最看重的主题之一。

黝黑粗糙,我们的脸颊长满了胡茬,看起来与那些艰难度日的受苦人相去不远,于是他们待我们如同自己人。我们发现自己处在一群说着多种语言的工人中间,他们主要是波兰人,辗转寻找工作。当时在法国的波兰人所处的地位相当于后来的北非人——从事最繁重的工作,获得最少薪水的劳动力。他们意味深长地朝我们使眼色,用胳膊肘捅我们的肋部:“在流浪,嗯?”在斯特拉斯堡我们毫不费力地找到了领事馆:头戴钢盔的警察,荷枪实弹,驻扎在附近的街区。领事馆前一群吵闹着指指点点的人熙来攘往;其他人坐在人行道上,或成群地挤在一起。

青年人学东西快。在自由和革命的发源地,我们没花多少工夫就看到了它的阴暗面。罗伯斯庇尔的绰号来自高中时期,他因一篇谈论雅各宾派的激情洋溢的作文而出名;在我心中留下深刻印象的是克鲁泡特金。我们对不幸和残忍的气味很敏感。跟可悲的人群摩肩接踵时,我们各自形成了对法国的看法,它接近(尽管不是在每个阴影面)我现在所持的看法。法国的美唤起了极大的亲切感。她作为欧洲中心的象征性角色永远不会允许受到谴责,因为从她的灰烬中生出了凤凰。在这里自由是可能的,它不在别的任何地方,因为社会习俗的压力止步于私人壁炉的门口,没有人被迫像邻人一样生活。但是这种自由的代价通常是对沉默者和受辱者的命运漠不关心:活着或死去,随你的便。罗伯斯庇尔、大象和我彼此所说的话——法国的本质在资本主义里表现出来,或资本主义在法国中表现出来,直到这二者变成一个——并不愚蠢。但我们没能考虑到过去世纪的影响,而且我们并不熟悉其他西方国家,在那些国家,邻居会伸出援助之手,会关心你,而作为交换,要求你从众。

特权地位的蠕虫啃啮着我们的良心,因为我们终于见到了领事;他亲切地接待了我们,邀请我们用餐,并给了我们去巴黎的火车费。作为学生,我们处于他的势力范围。当然是游览吸引着我们,而不是社会调查。对我来说,斯特拉斯堡大教堂的内部,及其浩瀚的黑暗,始终胜过我后来见到的所有教堂。在科尔马狭隘的街道里,当我们问路时,过路人听不懂法语,罗伯斯庇尔的德语派上了用场。带着阿尔萨斯留给我们的瞬间印象,我们上了火车,在三等车厢的硬座上迅速进入梦乡。

那是夏日的一个清晨。四点或五点。灰粉色、彩虹色的天空就像一枚贝壳中瓷质的内壁。我们张开鼻孔呼吸巴黎,抄近路步行穿过它,从北部沿对角线走向塞纳河。湿润的花朵,蔬菜,咖啡树,潮湿的人行道,昼与夜相混合的气味。在宽阔的人行道变成市场的地方,我们高兴地扎进人流中。它的颜色、运动、手势、眼神。我们记不清街道数,我们忘了自身的存在,我们的身体只是记录印象的仪器;承诺是无限的,那是生命的承诺。

在空寂的协和广场上,凯旋门和公园里的树木之间的珍珠灰的广阔景象让我们想深呼吸。树木的枝条像巨大的羽毛从雾中浮现出来。杜乐丽花园[①]中除了石椅上的一对情侣之外没有一个人影。她被他吻得头向后弯。他扣眼里别着一朵花。再往前走,穿过迷雾,河水在曙光下泛起粼粼波光。我们穿过艺术桥,朝圣米歇尔大道走去,我们只须亲自看看这里,不用带给这些名字什么;这就足够了。

如今,关于巴黎最让我惊奇的是它仍然存在。在永恒的自然的背景上,人的短暂性提供了一个无穷无尽的沉思主题;但如果背景是人类自身创造的,这种对比就会更强烈。人类眼眸的整个汪洋(我们词不达意地掩饰不可抗拒的放纵欲望只是徒劳,我们因琐事将自己与那些比我们自己更深邃的事物隔离开来只是徒劳)年复一年地淹没巴黎的建筑:某些眼眸和脸庞枯萎凋亡,但洪水从未停歇。那些眼眸,当时我试图猜测其秘密,已布满皱纹,它们失去了光彩,但这个城市依旧,现在我可以沿着巴黎的街道行走,像过去一样渴望某种胜过风流情事的东西。同时,不知何故,在古老的石头和相继的一代代人之间的那种联系在我心中唤醒了一个画面,国王们沉睡在一堆海百合化石中,像冬季干枯的昆虫。

我们走在圣米歇尔大道的人行道上,舔着从卢森堡公园喷泉喷进嘴唇里的清凉水花,孩子们在那个公园里漂流小帆船,并用长棍戳它们。孩子如今也在这里:同样的孩子,变成了永生

---

① 杜乐丽花园,位于卢浮宫与协和广场之间。

的小精灵，还是别的孩子？

我们在巴黎的情绪不能被简单地描述为青年的狂喜。抵达一个似乎难以到达的中心的抱负有时会变成爱；这类似于东欧人。在这个著名城市的经历使他们更加势利。他们有一种个人成就感："我，斯特什或杰克，终于成功了！"他们喃喃自语，在人行道上跺跺脚，以证实他们不是在做梦。此外，他们背负着对家园的思念，而这里并非从出生就指派给他们的那个国。波兰压在我们身上很沉重。生活在那里如履薄冰，一百万张令人毛骨悚然的畸形面孔在冰下做鬼脸。缺乏统一标准使我们不可能"按其本来的样子"看待一个人——他的地位总是处于画面的前景：白领，农民，犹太人。在我们的童年，导致这种事态的并非政治管理，而是自古而来的历史传统。这种逃避无法解决的问题的愿望是好是坏，我在这里不作评判；我只声明它存在，那种阵发性的爱国主义有时是对内心背叛的补偿。（难道波兰人在这方面不像某些同性恋者，害怕自身反常，就强迫自己忠于婚姻？）

糟糕的境遇——我们住在格拉希尔大街的"人民宫殿"——并未破坏我们的快乐。这个响亮的名字是对救世军收容所的命名。投宿者只有在晚上才能获准进入宿舍。每人得到一个隔间——床铺由帘布彼此隔开。床边的桌上放着一本《圣经》。清晨所有人都被赶到楼下吃早餐，这是要花几个钱的。作为文雅地歌唱赞美诗的回报，晚上可得到免费晚餐，有时我们耐心地等待晚祷结束。一个皮包骨的红发男子吹小号，同时一个高大的黑人随着来自各国的流浪汉虔诚的欢呼声适时地敲一下鼓。嗅着从厨房飘来的香气，流浪汉们焦躁得坐立不安。

在殖民地博览会上，法兰西帝国炫耀它的辉煌：摩洛哥风格的展览馆，马达加斯加和印度支那的小屋（在屋里，一个“进口”的家庭为游客反复展示他们日常生活的动作）。全部展览品实际上令人无法容忍，似乎它已成为万塞讷动物园①的扩展，它就在动物园里举办。在一个人厌倦观看笼子里的黑人、棕人或黄人②以后，就去看猴子、狮子和长颈鹿。当然这不会让博览会的组织者不安；也许他们选择这个地方正是因为土著人、野生动物和棕榈树非常协调，就像他们在邮票上展示的那样。而且我们也幼稚，渴望异国风情，认为它几乎是正常的：如果有殖民地，那它就不可能是别的。但有些事情让我们内心痛苦不已：小资产阶级，喝完葡萄酒脸色酡红，聚集在圣保罗附近小酒馆里的波兰无业游民。“人民宫殿”的贫穷气味，拉雪兹神父公墓中极其丑陋的家族墓碑，适合福楼拜的男主角。这是一个让我们不够成熟的世界吗？或者我们有权利用我们的差异性反对它吗？

后来他们成了殖民帝国，而我们在东方折服于他们的文化、他们精美的图书、他们杰出的绘画。但这里的这些人是谁，谁在最高尚的精神记录中思考？当军事远征残杀有色人种，占领国土和港口时，巴黎的这些人民享受着自由，拒绝支持他们自己的

---

① 万塞讷动物园，又名巴黎动物园，建于一九三四年。隶属于法国国家自然历史博物馆。

② 即人类动物园，建于一八八九年，位于巴黎东边的万森讷，展示被掳到法国的马达加斯加、印度、苏丹、刚果、突尼斯、摩洛哥居民。

政府，甚至是国家，尽管他们，即使是穷人，同时得益于所有这些权力和财富。所有集体财富的出现对他们来说就像自然的礼物。他们在证明这条准则：不要让你的左手知道你的右手所做的。[①] 但由于他们的将军、官员和商人那种务实的努力，他们崇高的话语如虎添翼。他们对资产阶级的反抗隐藏着对秩序的秘密维护，如果有人告诉他们要是他们反抗到底，那就意味着不再有小面包店，不再有商品包装店或小酒馆和他们在窗玻璃后的太阳下打盹的猫，他们就会颤抖。他们的反抗总是安全的，因为他们的苦楚和他们的虚无主义心照不宣，即思想和行动由不同的标准判定：思想，即使是最暴力的，并不冒犯习俗。任何别的国家，如果允许自己服用这样一剂毒药，那它早就不存在了；而对法国来说，它是有益于健康的。只是当她的口号、图书和方案被带到不同的土地上时，它们的破坏性力量才会在那些照字面意思理解书刊文字的人中间显示出来。

但是这种心照不宣的看法——它准许他们反抗，不知道或尚不知道纪念碑将会为他们立起，他们的作品会在图书馆和博物馆中找到一席之地，而建设款项是从不同肤色人种的苦工中压榨来的——带来了非凡的结果，他们理所当然地被全世界赞赏。这种形势的观察者可能会对社会金字塔顶端的新来者的稳定立场产生些许怀疑。如果他们向下扫视，被底下数百万大众的苦难所感染，责任感会让他们崩溃，他们的艺术会消亡。如果他们想一无所知，他们就是伪君子，他们的艺术，被一种虚幻的

① 见《圣经·马太福音》：“你施舍的时候，不要叫左手知道右手所做的……”

纯粹保护，将会在其特定形式中成为虚伪的，所以是短暂的。但他们既不被绝望压抑，也不被伪善压抑；他们画了一条线，线外的声音、颜色或词语都不让进来。他们深谙平衡的秘诀——一个令人不安的秘诀，说实话——或许艺术家和哲学家都不那么值得称赞，如果他们对被侮辱者和被剥夺者的命运的了解总是保持“在允许的范围内”。

在巴黎周围散步时，我们意识到这是一个伟大政权的首都，我们的每种感觉都被这种意识渲染。“二战”后到达巴黎时，它对我似乎小了。好像历史的急流把它冲到了旁边：一座亚历山大的小城，从它保存的珍宝中得出存在的理由，为城市纪念碑的新功能做准备。一位苏联外交官猜我是可以团结的斯拉夫人，于是对我说：“我们会教他们工作！”他威胁的语气，那种极大的满足，嗓音里的报复，俄罗斯人的自我陶醉（“欧洲是我们的”）触怒了我，我比他更了解那岖岖曲折的文明之路。他感觉比他们优越，因为他知道地狱的深度，而巴黎仅仅是被每一场飓风的外翼触及了——一个同样令我愤怒的事实，尽管是以不同的方式。端着一杯伏特加酒，站在苏联大使馆招待会上，我见识了法国文学和艺术界的左派杰出人物是怎样众星捧月地围在那位外交官身边，抓住他的每个字眼，点头赞同——像老师面前礼貌的小学生。权力这种有魔力的软膏一定也涂抹到了我身上——一个东方的新来者，长着非西方的宽阔脸庞，但我以此为耻。

一个俄罗斯人会轻蔑地对待他们，因为他难以理解持重神秘的法国。另一方面，我逐渐了解她，始于一九三一年夏天。也许我的训练肇始于我写给奥斯卡·米沃什的那封信，直到那时，我只通过通信了解他。他回复了，确定了日子，并建议我买一套西装。信中附有一张邮政汇票。我把我的裤子和卡其布衬衫换成了莎玛丽丹百货商店[①]的便宜西装，然后在约定的日子登上了去枫丹白露的火车。我很紧张，因为这是一件大事。

在黑鹰酒店，我从职员的鞠躬中猜测我要拜访的人在那里深受尊敬。我敲了门，在门口等了很久，没有意识到我在哪里，不确定自己是否弄错了房间号。他的房间充满了唧唧叫的鸟和轻拍的鲜艳翅膀。许多笼子里是非洲鸟，阳光在栖木上跳来荡去，来自花园的一阵微风吹皱了窗帘。

他长着浓密的弓形眉毛，高高的前额，头发灰白、凌乱——适合手指插进去的好头发。高，稍微驼背，他似乎比自己的身体占据更多的空间。他权威的气派令人尊敬，他本人也对别人表示敬意；或许仆人最重视他的专注，使一个人意识到另一个人存在的天赋。从他扶额的动作和他的眼睛可以清楚地看出他是谁，他的眼睛似乎在他周围画了一个圈，以致他身体的其余部分留在了背景里。

他的眼睑，就像那些捕食的倦鸟，露出灼热的黑色熔岩，或者更像慢慢燃烧的煤块；他有一种被抑制的暴力和自豪的气质，一种荒原的气质，这让人想起圣经中的一个形象。“爱人，以旧的爱意，被怜悯、愤怒和孤独磨旧的爱意”——这些是他一首诗中的语词。他通晓鸟的语言，我们沿着枫丹白露公园中的林荫道散步时，他同鸟儿交谈，它们从四处飞来停在他伸开的手上。

---

① 莎玛丽丹百货商店，巴黎最古老的百货商店，始于一八六九年。

他讲波兰语时没有外国口音。我们的谈话从他家庭事务的问题开始。我注意到他手指上戴的图章戒指,就说我没有戴,因为它会违背我的民主信念。(在波兰,这种狂热是我鄙视的人的特征。)"那很糟。你要记住你是个拉布纳瓦的庄园主。"我陷入了沉默,不知道我是否遇上了一个坚定的自负者,或者在西方一个人是否能在公共场合自由地承认自己的出身而免遭嘲笑。很快我就明白了,他强调自己的贵族出身(他的传记作者夸大了这一点,但他自己正是教唆者),是在寻找一种方式使自己从"嘲弄丑陋的时代"①中脱身。他守护自身的孤独,并不认可他的时代诸多公认的价值观。

他听了我对法国的评论,宽容我的无知。他并非一个观察者。他热爱他移居的国家的每个细节、它的过去、它日常生活的组织。"小心,小心。如果你必须发表对法国的看法,记住[我们当时正沿着街边公园的栅栏散步,穿蓝色牛仔裤的男人在那里修理天然气管道],每个像这些人的法国工人都生活在两千年的文明中。"然后他陷入一种狂怒,对此我后来才习惯:"你们斯拉夫人!你们是懒汉!**懒汉!**"②在他去世很久以后,这句感叹我铭记在心,就像听到那个深沉的俄罗斯人在说:"我们会教他们工作!"谁是正确的?美德显现在数世纪以来对风景的耐心塑造中,在葡萄园的奔忙中,在路易十三和路易十五的橡木衣柜的雕刻中,在有经验的不可知论者——他们用暂停、聊天、一

---

① 原文为法语:temps de laideur ricanante。

② 原文为法语:"Vous, les Slaves, vous êtes des fainéants! Fainéants!"

杯葡萄酒减轻工作的紧张——缓慢而有节奏的工作中？或者它显现在突然产生的意志上，这种意志能从涅瓦河的沼泽地建造圣彼得堡，从空旷的大草原发射星际火箭？那些对自身在世界上的位置持不同理解的人是不能用共同标准衡量的。

青年人与神秘事物

立陶宛公使馆坐落在马勒塞布广场。一九三四至一九三五年的那个冬天，我时常造访那里，以达成我返回巴黎的希望。像往常一样，在贫穷的国家，这只有获得奖学金资格才有可能。为了获得它，我必须证明自己是个认真的学生；也就是说，我必须完成大学学业，即使奖学金并非法学的，而是文学的。我不愿告诉任何人我去过马勒塞布广场。我把这些行动看成很私密的事，而且此事需要谨慎：立陶宛与波兰并未建交，我可能很容易被贴上"叛徒"的标签，波兰人非常乐于颁发这个别称。即使上诉理由点明立陶宛大使克里马斯和我生于同一个国家，甚至同一个社区，彼此相距不过一英里也于事无补。这个公使馆——安静、和平、民主——尽管说不同的语言，但不知怎么比波兰大使馆更宜人。刚走进它的大厅，你的鼻孔就会被一种对所有被剥夺了社会声望的人的轻蔑气味所袭击。说实话，我厌恶这个大使馆，里面挤满了有头衔的高贵傻瓜，对外宾曲意逢迎，对同胞却没有礼貌，甚至十分粗鲁。在那些傻瓜中，我算上了那位文化随员，一个诗人，他多次高兴地邀我去他漂亮的套房吃早餐，遗憾的是我们无话可说。对这些人来说，外交不过是势利、"人脉”(它们都没用)和美食知识。如果把他们和在巴黎流浪的波兰失业人群并置,这绝非赏心悦目的景象。

然而,我的造访与他们的政治性无关。我常在那里遇到奥斯卡·米沃什。他已卸去要职,那花费了太多时间,满足于每天几小时的工作和部长的级别。夏天他在枫丹白露度过。房间的桌子上立着一排各种语言的书和字典,地板上平放着成堆的最新诗集,都是真诚的诗人题词赠送给他的。他允许我在那些书堆中翻检,挑选我想看的书,但有一些例外。例如,乔·布斯凯①的诗集总是必须归还的。正是从我亲戚②这里,我第一次听说乔·布斯凯——法国文学界最有魅力的人物之一——那英勇却饱受折磨的一生。

奥斯卡·米沃什常带我去一家名叫波卡迪的意大利餐馆吃早餐。我们在那里的交谈为我的思考带来了新元素或新维度,这种混合令人兴奋。尽管我知识的缺口和我头脑中未开化的混沌是巨大的,但我的坦率和崇拜需要更强烈。像所有青年诗人一样,我坚信当代艺术中存在着秘密之地,坚信存在着把一个人带到迷宫中心的一条线。由于这种信念,我使自己屈从于许多苦行的折磨,就像一个人不是在大地上行走,而是在一根绷紧的钢丝上没把握地保持平衡。如今所有这些强制措施突然似乎都很荒谬。根据我这位亲戚的看法,现代诗歌带有颓废时代的烙

---

① 乔·布斯凯(Joe Bousquet, 1897–1950),法国诗人。“一战”结束时(1918年5月27日)受伤,后半生瘫痪在床。

② “我亲戚”,特指奥斯卡·米沃什。后文多次出现。

印,不应太重视:一个作家,坐在窗前,努力用词语捕获他零散的感官印象,这种词语的灵巧编织里有什么呢?在这种拙劣摹仿的小游戏里毫无创新之处,正如过去几个世纪的观点显示的:毕竟,诗歌的唯一真正源头——神圣的灵感——很少显现其自身。无与伦比的圣经。但丁。《浮士德》。相当奇异的是,还有拜伦,奥斯卡·米沃什认为他被低估了。他同情埃德加·爱伦·坡,但视其为亵渎神灵的玄学代表。如果文学作品在他眼里总体上很少发现什么魅力,这并不意味着他阻止我从事文学创作。相反,他强调不断的练习(后来他在给我的一封信中写道,"懒惰的笔会像剑一样生锈"),但告诫我过分迷恋形式问题将一事无成。我决不敢将他视为导师,带上作品给他批评。我的谦卑和我对我们之间巨大差距的认识可归因于我的信任;因为我看到我的习作作为地板上书堆的一部分被他用脚扫到房子的角落里。同时,我意识到我不能模仿他——展现在我面前的语言和时代迫使我采用不同规则。然而,我却获得了如此的殊荣,他把我的作品从波兰语翻译过来。他在著名的评论杂志《南方手册》[①]上发表了我的一首诗。

我同样感激他将整个时代带入我的视野。对青年人来说,无论十年前发生了什么都已成为陈迹。但当我听到他回忆往事时,"一战"前的巴黎文学全部活跃起来。他甚至会透露——即使很少——他阴郁的家庭生活的某些细节;它们解释了那种沦

---

① 《南方手册》(*Cahiers du Sud*),法国杂志名,创刊于一九一四年,一九六六年停刊,曾推介过二十世纪众多法国作家的作品。

为孤儿的诸多感受，孤独孩子的那种乡愁，这在他的作品中很明显。“疯狂与寒冷在房中盲目地游荡”。他父亲的晚年光景：妄想症，长发及腰，整天坐在地下室里，大腿上放着一把锋利的斧子；他不宽容地谈到他的母亲，“她总是用那种犹太人甜腻的爱到处纠缠我，简直难以忍受”。似乎他对她并不友善。不知为什么，我把他父亲的长发同雷蒙德·邓肯①的女性化的灰白头发联系起来。我们曾到邓肯位于塞纳路的“学校”拜访他。不知什么原因，他那张从希腊短斗篷上露出的胖红脸看起来有些不正派。从这次拜访返程时，我亲戚给我讲了雷蒙德的妹妹、舞蹈家伊莎多拉·邓肯②和她的朋友、诗人谢尔盖·叶赛宁③。奥斯卡怀着明显的厌恶回忆起这个俄罗斯流氓（他这样称呼叶赛宁）在巴黎耍酒疯时的场景。尽管他有些反感俄罗斯人，但他建议我密切关注他们的五年计划。

我过去常常好奇他是否过着完全独处的生活。他五十七岁。我知道“亲和力”和女人的友谊在他过去的生活中发挥了重要作用。唐璜主题在他的作品中重现并非偶然——唐璜被理解成因情感的贪得无厌抵达更高状态和神圣之爱的人。后来，在许多国家，甚至在美国，我会遇到上了年纪的妇女仍对他心存依恋。这

---

① 雷蒙德·邓肯（Raymond Duncan, 1874-1966），美国舞蹈家、诗人、画家、哲学家。

② 伊莎多拉·邓肯（Isadora Duncan, 1878-1927），美国舞蹈家，现代舞的创始人。

③ 谢尔盖·叶赛宁（Sergei Yesenin, 1895-1925），俄罗斯诗人。一九二一年与伊莎多拉·邓肯结婚，不久离异。

时他与男爵夫人交往,她声音轻柔,并对他呵护备至。我还记得她的阳伞:我们三人沿着蒙梭公园的碎石小径散步。奥斯卡察觉到我小狗似的好奇心,后来对我说:"她是个寡妇。她认为我若娶她是天作之合。但是你知道,那就像穿了别人的破鞋。"

那时他已经辍笔,或者至少不再写通常所说的诗了。一个炼金术士,圣经评注家,他致力于别的工作。但他并非对文学声誉漠不关心;他确信那一天终会到来。除了有限的圈内人之外他并不为人所知,仅被杰出的少数人重视,例如弗朗西斯·德·米奥芒德①、让·卡苏②、阿尔芒·戈多伊③、埃德蒙·雅卢④,《南方手册》群体。他会兴高采烈地给我看关于他自己的最近剪报,它们来自法国、比利时或拉丁美洲。但如果有人把他与克洛岱尔⑤比较——被他们漫长的圣经式措辞的表面相似误导——他就会生气。尽管信天主教,奥斯卡不愿与克洛岱尔有任何关系,似乎他鄙视这个法国人的轻易成功。他知道他自己的作品必须等待新的公众鉴赏力,通过改变我们的视角,这种鉴赏力会从那些给新的精神世界带来光明的酵素中诞生。他的作品中最容易理解的是神秘剧《米格尔·马纳拉》,大约"一战"时

---

① 弗朗西斯·德·米奥芒德(Francis de Miomandre, 1880-1959),笔名弗朗西斯·杜朗,法国作家和翻译家,一九〇八年以长篇小说《水面上的文字》获龚古尔文学奖。

② 让·卡苏(Jean Cassou, 1897-1986),法国作家、艺术评论家、诗人。

③ 阿尔芒·戈多伊(Armand Godoy, 1880-1964),法国象征派诗人,原籍古巴,一九二八年和一九五二年获法兰西学士院"埃雷迪亚奖"。

④ 埃德蒙·雅卢(Edmond Jaloux, 1878-1949),法国小说家、散文家、评论家。

⑤ 保罗·克洛岱尔(Paul Claudel, 1868-1955),法国诗人、剧作家、外交官。法国天主教文艺复兴时期的重要人物。

由老鸽舍剧院演过,从那以后就很少上演了。不过,在仅限于少数人的聚会中,成员们会分角色饰演:比利时的一家本笃会修道院与波兰的小群体就这样做过。《米格尔·马纳拉》的波兰语译本出现于一九一九年。第一篇研究奥斯卡·米沃什诗歌的博士论文写于立陶宛——他选定的祖国。

尘世的虚弱与伟大,我认识得很清楚,他的某些声明中疯狂(大约是我认为的)的标志,使我陷入沉思,结果新大陆的轮廓浮现出来。然而,在波兰文学环境中写作并非最好的学徒训练;相反,我避免使自己成为那种环境的一部分,凭我的直觉,它的问题是不真实的。长期以来,这种直觉沉睡在我生命的深处,不能上升到表面,被我用词语表达出来。所以一种分歧出现在我和我的文学同行之间。我的内心拥有一个他们感到陌生的"储备区"。我后来选择的道路几乎总是让他们惊讶不已。

但最重要的是,我看到眼前有个男人坚信这已经**太晚了**。我亲戚熟知人类历史的各种衰退和惩罚——惩罚可结束循环。根据对"嘲弄丑陋的时代"的观察,根据他对神秘预言的解码,这位玫瑰十字会①的继承人意识到这个循环即将终结,我们正进入圣约翰的《启示录》。他预言战争会在不久的将来爆发。它将是红马战争②,并会从波兰开始,或确切地说,从波兰人已

① 玫瑰十字会,十七世纪初在德国创立的秘密会社。托称为十五世纪的基督徒罗森克洛兹所创。

② 红马,象征战争与流血。见《圣经·启示录》:"揭开第二印的时候,我听见第二个活物说:'你来!'就另有一匹马出来,是红的,有权柄给了那骑马的,可以从地上夺去太平,使人彼此相杀,又有一把大刀赐给他。"

修建的格丁尼亚港的狭长地带开始。但在此之后呢……?

我应当解释我如何听取了他的预言。我的智力与我作为一个男人的成长和我性格的形成令人不安地不相称。我就像个孩子,迷恋自己却相当清醒,以至我不断感到内疚。因我极度的自我主义——我并不想放弃它——而产生的绝望在巴黎时达到紧张的极致。它不仅是青春期的厌世。毕竟,我的罪过不是想象的。谁知道,是否正是因为无法解决我的个人问题,而导致我多年来如此热衷于用灾难性愿景来滋养自己,而借来的只不过是对历史痉挛的信仰?这场即将发生的毁灭令人快意:它会解决一切,个人命运失去了意义,众生都会平等。

所以我亲戚的预言落到这片肥沃的土地上。对这场不可避免的灾难的恐惧与陶醉使我陷入一种接近恍惚的状态,这让我忘记了我个人的绝望。的确,我想到了超越我现在的标准和观念的未来事件的图景。无疑,我的脸上不止一次闪过怀疑的神色,因为他会停下来问:"你一定认为我是个疯子,对不对?"例如,他谈到美国时这种情况就会出现。正如我的大多数同代人一样,我完全没有想过美国。所以当我从圣约翰的《启示录》得知美国是"从海中浮出的野兽"时,我一激灵恢复了现实感。核武器和洲际导弹那时同样是难以想象的,就像大炮和坦克对于古希腊人一样。据他所说大约一九四四年应发生于某地的一场"宇宙大火灾",其意义是什么呢?"美国将毁于火,英国将毁于火和水,俄罗斯将毁于月球的陨石",这些说法的意义是什么呢?在此之后,人类重生的时代随之而来,宗教与科学和解,一个普世性教会获胜。

台球朝一个方向滚动;它撞上另一个台球就会改变方向。无论赞成还是反对,我对天主教义的最初动向取决于我的中学教育和我对作为国家机构的宗教的憎恶。在与奥斯卡·米沃什交谈并阅读了他两篇形而上学的短论后,我突然扭转了以前的方向。的确,这两篇短论(更准确地说是诗)——《伟大的艺术》和《奥秘》——对我来说很难,最重要的是它们激起了混杂的感受,有时甚至是强烈的敌意,但它们长久萦绕着我,渐渐地我发现了它们的意义。这些作品说的是让松·德·萨伊中学的一名学生如何把自己从法国世俗学校训练青年的机械论观点中解放出来。现代人的痛苦和悲伤,在拜伦身上已很明显,它只有一个根源:在人的心中,物质是无限的,受制于无始无终的时间,面对一个无处不在的宇宙产生巨大的恐慌。因此无论睡还是醒,他不停地问自己一个问题:**空间在哪里**?牛顿学说中的宇宙是个牢笼。一九一六年,奥斯卡·米沃什在不知道爱因斯坦著作的情况下,获得了一次启示:他通过直觉,而非数学,发现了一种供自己使用的相对论。如果空间是一个运动到另一个运动的关系,它就不能再被认为是“它自己的容器和其他事物的容器”。“**我们承认它只是运动的三元素——它包括时间、空间和物质——之一**。”“看得见的人通过光的运动意识到空间;失明的人通过手,或身体的另一部分,或整个身体意识到空间;失明的人和看得见的人,以及看不见的瘫痪病人,都是通过运动的概念意识到空间,概念如此根本,以致它成了最抽象的行动的起点;简而言之,**精神原则密切联系着我们血液自身的循环**。”“通过把空间视为我们最初感知的三元素的动态同时性的图像来取代空间作为预先存在的容器的错误观念，我们看到空间变成了与能量同义的物质总体，能量的概念与时间的概念不可分割。**无论以太[①]是否存在，空间和作为它的维度之一的时间成了一种实体；因此一切都是简单的产物，运动的自然结果。**”

他进一步写道：“用动态同时性调和运动优先权的必然性要求我们同意最初运动的概念，精神之光的运动，它先于创造宇宙的物质之光；这种观念出自沙特尔和牛津的中世纪哲学流派。这种精神之光与任何自然力理论绝对无关。”在这里介绍他的神学观（对他来说，那种瞬间的直觉意味着回归宗教）并非我的任务，这些观点的核心是确定性：《启示录》具有现代物理学所有发现的胚胎。

从那时起，他实际上过着天主教徒的生活，并倾向于听从告解神父的一切建议。然而，教义的某些观点他难以接受，我猜罗马教廷对他形而上注解的冰冷反应使他备受煎熬。众所周知，教会对整个毕达哥拉斯炼金术传统持怀疑态度。尽管它在其发源地顽强地留存下来，树立了诗歌的伟大丰碑，包括但丁的诗歌。开创者通常有强烈的特殊使命感，并被指为傲慢。但奥斯卡·米沃什描述他的神秘体验时没有任何幻想；他深知他的作品并非为同代人而写，对他来说主祷文包含了所有哲学，他必然被疑为想扯下教义幕布。

我并不认为自己是天主教徒，因为这个词在波兰有非常明

---

① 以太，亚里士多德设想的一种物质。他认为物质元素除了水、火、气、土之外，还有一种居于天空上层的以太。

确的政治色彩。而且,考虑到我未驯服的生性的个人主义,如果用到我身上它就不真实。不过,我从中学获得的混沌知识终究会在某个时候被彻底弄清,此刻它们又开始诱惑我了。由于这个原因,也由于我亲戚的高明劝说,我在阿萨斯街的天主教学院参加了一段关于托马斯主义[①]哲学的讲座。它们每天清晨举办,因此我赶到时嘴唇总是被匆匆咽下的咖啡烫伤,满脑子都是在地铁上见到的乘车上班的面孔。讲堂里的听众大部分是乳白色皮肤的少女,扎着粗辫子。讲课者,拉勒芒神父,从圣托马斯体系中获得了数学的乐趣,每当他在黑板上画圆或椭圆时,他手指间的粉笔就会精确地发出吱吱声。他的脸如指示器,厚嘴唇撅着,似乎在品尝什么苦涩却可口的东西。

和所有这些一起,我对巴黎的看法被勒瓦卢瓦-佩雷[②]破坏了,失业的波兰人租住的房子(更确切地说是茅屋)位于那里。通往那里的街道是工业文明的不毛之地,生于落魄也将死于落魄的人的暂住地。那种不朽的思想在这里是一种冒犯。在这个茅屋(高栅栏,窄门,就像装甲列车的车门)里,我的一位同事一人兼任管理员和办事员,挣得极其微薄的工资。实权掌握在一个矮壮的外籍军团[③]前任中士手中,他最在行的是闪避匕首戳刺,用拳头打倒反抗者。被收容者早晨被赶出茅屋,他们在垃圾

---

① 托马斯主义,意大利中世纪神学家和经院哲学家托马斯·阿奎那(Thomas Aquinas, 1225–1274)的哲学和神学体系。

② 勒瓦卢瓦-佩雷(Levallois-Perret),塞纳省的一个镇,位于巴黎市郊。

③ 法国外籍军团,一八三一年,法国国王路易·菲利浦下令组建。由来自一百三十六个国家和地区的约八千名志愿者组成的陆军正规部队。

桶里翻拣、乞讨或偷盗，以此充实在他们面前展开的漫长空虚的一天；有时他们搬运重物搞到几个法郎。当你只有绝望和空胃时，不管怎样，他们能弄到钱买不可缺少的酒。他们每晚醉醺醺地回来，在随后的闹事中，外籍军团的那位中士就会演示他的高超武艺。

几个地铁站都不远：香榭丽舍大道的奢华。对于我关心的一切，整个世界本应陷入惩罚的大火，我安慰自己它当然会的。如果能把那些涂着润发脂的女人从豪华轿车里拽出来，踢她们的屁股，并让她们匍匐爬行，我就算为那些苟活在茅屋里的人报了仇（或许在正义的面具下只是为我自己）。架设机枪瞄准和平咖啡馆[①]，我也不会把它看成邪恶行为。尽管激烈反对右派极权主义，但我偏爱革命解决的情感从未付诸任何决断的形式。例如，我梦想一种消除教条的左派专政，甚至梦想一种神权共产主义，就像耶稣会士十七世纪在巴拉圭组织的国家那样。

认识君特使我不安。尽管我们彼此不信任，但有一种令人不安的密切关系。君特，一个青年纳粹，过去常向我背诵他的诗。这些诗歌颂骑士风度、牺牲和鲜血的时代，它们发出刀剑叮当作响的声音。我在圣吉纳维夫山附近的酒店里遇见了他。那时我已从巴蒂尼奥勒区蚊虫肆虐的波兰学生宿舍搬到那里。君特和我的朋友，同一家酒店的房客，索邦神学院的学生，因共同的同性恋爱好被吸引到一起。尽管我不参与这些，但他们也不打扰我；我甚至被我的邻居逗乐了，他不断追求黑人，而那些黑

① 和平咖啡馆（Café de la Paix），巴黎第九区的著名咖啡馆，一八六二年开业。

人随后会拿走他的手表和钱。拉普拉斯酒店以放任为特色：你可以在任何炉子上做饭，可以在窗台上晾衣服。房客们可以用独特的俚语彼此高声叫喊——这个地方住的主要是学医的波兰犹太人。它位于一条中世纪街道的拐角处，因为这些房子有倒塌的危险，不久将会被夷为平地。然而，二十年过去了，直到今天，什么都没有改变。“不久”，在拥有漫长过去的国家里，是不能用日历衡量的。

为了克制我内心的混乱，我为自己制定了生活常规，我步行穿过卢森堡公园①去法语联盟②上课（高级课程的期末考试在春天里等着我），每周两次去酒店附近的蓬图瓦兹浴池游泳。我喜欢蹦床的连续重击声，喜欢透过玻璃屋顶的温暖阳光下的绿水。如果一九三五年春季的文化保卫大会在另一个区召开，我不愿打破这种日常规划的行动将会成功，但走到互助之家（Mutualité）大厅只需五分钟，因此没有不去的理由。最后一刻，君特介入我的计划，因为他很好奇，说他也想去，我有些不高兴。在旁听席坐在他旁边我感到很不自在；毕竟我写过诗宣称德国是未来的历史炸弹的导火线。台上的演讲指责了他，君特。奇怪的是，当安德烈·纪德、阿道司·赫胥黎和苏联作家们宣讲他们关于自由、和平、对人的尊重等高尚语句时，当整个大厅在和平主义者热情的狂喜中与他们融为一体时，一阵恶心感猛烈地

① 卢森堡公园，建于一六一二年，位于巴黎第六区，其中有皇帝别宫卢森堡宫。

② 法语联盟，一个旨在传播法语和法国文化的非营利性组织，创办于一八八三年，分布于一百三十六个国家和地区。

袭击了我。君特用手捂住丑陋的斜视。他的姿势让我想起在波兰和我的同事参加的其他那些会议和我们对发言者老处女式措辞的嘲笑。这里也是不起作用的抱怨,“宣言”和“决议”的烟幕使我怒火中烧,并使我支持君特。在最后的分析中,君特的愤怒是相同的:对用词语装饰的软弱的愤怒。他宁愿他的思想更诚实:赤裸裸的暴力。

最重要的是,这个白肤金发碧眼的魁梧男孩内心充满了希腊——它是被十九世纪的德国教授想象出来的——与荷尔德林的乡愁;他并未预见所谓暴力的“纯洁”的真意。君特并不具备成为狂热信徒的素质。他常和沃纳吃晚饭,沃纳是一个来自奥地利的移民,一个可疑的“雅利安人”。通过援引斯特凡·格奥尔格[①]和瓦奇瓦夫·罗里奇-里德[②]之间友谊的神圣传统,他为自己对波兰人的兴趣辩护。无疑,痴迷于幻想导致了他过早的幻灭。后来我听说,他在自己国家很快受到当局冷遇,被视为一个异端分子。

如果我认为完成必须被完成的事情的时机未必即将来临,我会抑制内心那个证实预言的声音。但在法国和德国足球比赛那天——它发生在萨尔州[③]刚被吞并以后——无疑我回家了。乘巴士来看比赛的德国游客占了看台的三分之一。这是体育运动还是伪装的战争?训练有素的呐喊和高举带“卍”字符的横

① 斯特凡·格奥尔格(Stefan George, 1868-1933),德国唯美主义诗人。

② 瓦奇瓦夫·罗里奇-里德(Wacław Rolicz-Lieder, 1866-1912),波兰象征主义诗人,德语诗歌译者,其父亲为德国移民。

③ 萨尔州,“一战”和“二战”后曾两次归属法国,现归属德国。

幅——这种气氛本质上非常明显,保持中立将会很难。

我突然适应了普遍的祸患,这不仅是战争的恐惧。夜里我常梦见一道致命的光在追我,当我跑到安全的海岸时,它最终还是穿透了我。那种强烈的感觉随着年月的流逝渐渐减弱,我开始忘掉它:不太值得称道的治疗,但也是一种常见的治疗,是由于阳痿,无论是真实的还是想象的。就像个人生命的自然结束一样,赤裸的事实不得不被琐屑的奔忙和据说很重要的激情遮掩起来。

我一定给那些我在巴黎认识的人留下了心事重重和精神恍惚的印象。这是真的;我对外部刺激有如此异乎寻常的感受力,以至于每个细节及其色彩和体积都铭记在我记忆里。同时,我就像个疯子,是另一种力量的被动工具,这种力量运行在我内心的某个地方,它是我,同时又不是我。除了顺从无计可施。它把我所有的体验都变成了魔咒,它们太强大,无法写在纸上公布出来。我写得很少,但会整周受控于一个合乎韵律的语句,事实上并没有为自觉的目标——无论善还是恶——留下多少空间。我表现得像巫师降神会①上的灵媒。或许我的被动性在一定程度上解释了我对别人的不关注。攫住我,让我完全在场,就像手抓水蛇一样难。当然,后来我被遗憾折磨。

作为印象的宝库,艺术并不像我势利地向别人透露的那样让我感兴趣。人类社会的清晨、白昼和傍晚已足够。然而,我在卢浮宫看到的某些画作比我想象的更强烈地铭刻于心:眼睛遇

---

① 降神会,一种和死者沟通的活动,由通灵婆主持。

到形状和色彩,头脑被其他事物占据,但我们所见之物成为我们不可分割的一部分。同样,我只能假装在听音乐。在夏特勒剧院,我的注意力完全被舞台吸引,从顶排我的座位向下看舞台就像凝视一口井。在井底,一场奇怪的仪式正在进行,其声音只限于使前两个弓形区的观众动起来,就像在风中弯腰的小麦。

我通常不看戏剧表演。第一,它们会破坏我的预算;第二,我已厌倦了封闭在舞台这种三面的盒子里的动作和谈话。我喜欢各种假面剧和插曲,介入戏剧和芭蕾舞剧的分界线之间的事物。一部作品对我产生了真正强大的冲击力,多亏了卢德米拉·皮托耶夫,她或许是现今最伟大的女演员。在皮兰德娄[①]的《我们今晚即兴演出》中,卢德米拉·皮托耶夫在一刻钟内由少女变成了老妪。她坐在舞台脚灯前的椅子上,她的同伴,时间女神,在她脸上敷皱纹,擦去她唇上的口红,染灰她的青丝。在此之前,悲剧的恐怖和怜悯从未这样深刻地打动我。我自己经常沉思的主题是一样的:个人、国家和制度的毁灭性变化过程。或许所有诗歌都是这样的。

关于凡·高画作的一个细节:当我第一次站在它们前面时(我对他的生平并不了解),一种厌恶感,就像面对某种下流的东西,涌遍我全身。“一个疯子画的东西;你无权这样画。”克制我作为小资产阶级偏见的内心尖叫声,这将是很容易的。然而,鉴于我很熟悉印象派和立体派,并熟悉大量现代艺术理论,我可

---

① 皮兰德娄(Luigi Pirandello, 1867–1936),意大利小说家、剧作家。一九三四年获诺贝尔文学奖。

以说凡·高的画里隐含着更多东西。我痴迷于所有心灵的作品,热情地赞成或否定它们,并非我反对某些流派或倾向,而是在相同的流派或倾向中,我把有些作品看成"拯救的",把另一些作品看成"迷失的"。它取决于作品里的某种东西,秩序或无序,某种我感到的东西,如果我被赋予权力,我本会作为"颓废艺术"的灭绝者,极具威胁性——不过我会以自己的方式理解它,与政客们的落后看法毫无关系。但那时我大声说出自己的好恶太难了;我还不能清晰地定义它们。因此我接受了惯例:只要是现代的就是更好的。我看到凡·高画作时愤怒的时刻成了令我羞愧的个人秘密。

对于来自其他大城市的人来说,对于一个登上秘鲁高山的青年人,或像来自边远地方的我自己来说,巴黎都是不同的。如果维尔诺对华沙居民似乎有异国情调的话,那么我身上一定保留了某些异国情调。两个历史阶段和心中的两套行为方式的冲突加深了我内心的分裂。但我受到的刺激并非一件坏事:学习西方人的举止和习惯时,我意识到它们是中空的,似乎遭到白蚁蛀蚀,不久就会坍塌。他们的名人,东欧用虔诚的叹气说出他们的大名,奥斯卡·米沃什却用一个响指打发了他们,现在我明白他是对的。东欧人对"文化中心"的整体态度是错误的;它源于胆怯。他们摹仿而不是抵制;他们反映而不是成为他们自己。通过他特有的生活,我亲戚对我进行治疗,加强了我对还乡的先驱神龛的蔑视,那里的耳朵紧张地捕捉来自巴黎最近的新奇事情。然而,我的蔑视并未消除我所有的胆怯。也出于战术原因,把它显示出来是不明智的。如果安德烈·纪德、莱热[①]、超现实主义者、弗洛伊德和马克思的信徒不是在这些小温床里一起成长的话,我到别的什么地方能找到盟友呢?

我不想返回那阴郁的风景,布满浓云的阴沉天空,尖叫的鸦群。但我的奖学金到期了;没有别的事可做,我需要工作,不仅要吃饭,而且让写作休息一下,而不是强迫自己写个不停。在巴黎的这一年期待大于成就。的确,逃脱笼罩我祖国的命运的愿望时常攫住我——一个人能做的只是去数沙漏漏下的沙粒——但我没费太多麻烦就把它赶走了。事实上,那种未来的灾难感使我的孤独成为重负,甚至刺激我返回熟悉的人和地方。

在我出发前一天,我最后一次见到奥斯卡·米沃什,他正站在歌剧院地铁站的台阶上。一只温和的鹰,更确切地说,是燕子——因为,凑近来看,燕子有一种贪婪的、略奇异的表情,像由另一种元素构成的生物:高度稳定,却展翅欲飞。握手告别时,我问:"如果像你说的,这场战争会在一九三九年爆发并持续五年,那么谁会活下来呢?""你会活下来。"跑下楼时,我再次转身;然后,带上刻在记忆里的他在天空映衬下的狭窄剪影,我递上车票供检票员打孔。一九三九年春,他突然死亡的消息传到我身边。并非毫无缘由,当雪融化时,原来我称那一年是"最后一年"。

然而,我明白关于这个男人我并未说出我想说的话。事实

---

① 莱热(Fernand Léger, 1881–1955),法国画家。

上我逃避了我的任务。无疑,我内心的抵抗很强,克服它需要做更深的告解,而我的内心不一定袒露。凭借他对街道上麻雀的爱、对孩子的爱、对树木的爱,以及对“云兄弟”的爱,凭借他背诵某些他最喜欢的诗人时感动于美的泪水——他熟记数量惊人的诗节——可以看出他非常温和慈爱,一位在现代城市的荒漠里沉思创造的隐士。他的愤怒,像以弗所的赫拉克利特的愤怒那样,因人类的无知而爆发,他责备自己,因为允许他们的琐事给他带来痛苦。他那个位于夏多布里昂路的房间只有一张床、一张桌子和一些书。对我来说,这个家徒四壁的隐居处赋予了夏多布里昂路一种持久的讽刺意味:只要穿过街道,在膳宿供应雅致的阿塔拉公寓里,在乏味的舒适中,住着那位自命高雅的诗人,那位波兰使馆的文化随员。他们彼此不认识,也不可能认识,显然,相同时代的人在如此不同的水平上活动。那位自命高雅的诗人,我过去常遇见他,并不怀疑我在笨拙青年的和气下嘲笑他。

但如果不提到奥斯卡·米沃什无意中传授给我的战略经验,我就会遗漏最重要的事情。他的一部著作从以下笛卡尔的箴言开始:

> ……因为一个不想撒谎的人会说,他看到或理解某个事物应该比一千个否认它的其他人更可信,他们否认它只是因为他们不能看到它或理解它:就像,在对跖点[①]的发现

① 对跖点,球面的任一点与球心的连线交于球面的另一点。

中,几个环游过地球的水手的证言比一千个不相信地球是圆的哲学家更可信。

在作证时,奥斯卡故意让自己受到蔑视和憎恨。因为,尽管一些作家很热情,他显然被那些确立文学风尚的作家嘲笑和鄙视。由此我得出结论,根据我自己适中的尺度,一个人不应跑得太超前,一切都是慢慢成熟的;要么我们不断领先读者一步,要么我们再走两步超过他到达的地方。换句话说,有公共知识与个人知识,其中写作只是沧海一粟。尽管我的自我将某种智慧归因于它自己努力对抗世界,我还是冷静得足以在其他时间保持这种智慧,仅视其为一种可能。因此我的结论只能暗示一种行为的技巧;后来,每当我不能遵循这些准则时,我就会失败。我的行为懦弱吗?提前放弃任何真正伟大的雄心?但每个人各得其所。世故且有罪,我只能以自己的步调前进,继续工作,顶多还有某种事情即将发生的一两条承诺。如果奥斯卡·米沃什表现得像其他人那样——也就是说,如果他继续创作"文学"作品——他本会赢得声誉,或许在法兰西学院获得席位,而不是成为一个孤独的天才,二十世纪的斯威登堡①。但是,顺从他的使命感,他拒绝玩游戏。那么,我的精明是对失去好名声的可怜担忧吗?可能吧。但是另一方面,我眷恋"这个被金属的噪声震聋的世界"和那些困惑的劳作者的谦卑。我不应为此受到过多

① 斯威登堡(Emanuel Swedenborg, 1688-1772),瑞典科学家、神秘主义者、哲学家、神学家。

谴责。当一个二十三岁的青年人打开一本书(就是引用笛卡尔箴言的那本)阅读时,他能否充满未失去光泽的巨大希望:

> 在思想和基督教感受性的发展中,我们的时代相当于夜晚最黑暗的时刻,这时刻恰好出现在黎明的第一道光线之前。我给一个读者写信,他已经因失眠的夜体会到那个阴影消散时刻的恐怖。冰川突然融化后造成的不是泥,而是粘住我们心灵的过去的腐烂废料的沉积物。哦,万物多么陈旧,难以平息又空空如也!被浪费的生命,未被征服的峰顶,以及被突然想起的所有卑鄙。眼泪,眼泪。但我们以后再哭,在强烈的阳光下哭,绝非此刻。

收税员

我们生命中的某些时期难以追忆;它们就像混乱的梦,只有一两个细节从昏暗的深处清晰地浮现出来。这意味着我们并未掌握我们的素材——在过去可解释的范围内——并未认出它隐藏的内容。我从法国返回以后直到战争爆发的那些流年就是这样。

我走在维尔诺倾斜的街道上,这座城市的云朵类似于巴洛克建筑,其巴洛克建筑就像凝结的云朵。我住在学生宿舍里,正在找工作。我期待的征兵通知并未出现。高深莫测的标准——只为军人所知——指导着预备军官培训学校候选人的选择。或许我的学业延期和我相当可疑的政治档案使我在他们眼里成了不良分子。无论如何,我的军事教育从那时起仅限于每年有几天手执铁铲的替代性服务(我的同事百分之九十是犹太工人和工匠)。多亏塔德乌什[①],我找到了一份工作。

在叙述塔德乌什和他妻子时我感到有点犹豫,因为忽视同样对我很好的其他人,我表现出了偏见。但是作为一对正直的

---

① 指塔德乌什·贝尔斯基(Tadeusz Byrski, 1906–1987)。

夫妻，他们尤其引起我的兴趣。他们静静地忍受，并谨慎地完成任何分内之事，这表明一个秘密原则运行在他们心中。他们总是将注意力集中在微小的日常普通事务上。他们的活动范围通常是外省，这可以解释来自华沙的他们处于这个国家的东部边地的原因。他们对名声的淡漠常常令我反感；只是后来，当我亲眼看到那么多荣誉灰飞烟灭，我才完全理解他们。他们俩都是戏剧人士。他们从表演开始，然后从事导演与筹备。维尔诺感谢他们在那里创建戏剧学校所付出的时间和努力，学校赢得了良好的声誉。

在政治上他们被列为“自由主义者”和“共济会会员”——这两个称谓绝非奉承，即使他们实际上并不等同于“犹太佬”和“共产主义者”。政府口号和右派雄辩他们都轻蔑地置之不理，这是比沉默更大的冒犯。他们极其宽容，对所有人一视同仁，无论种族、宗教或国家。而且，他们还是秘密天主教徒。一个天主教国家的秘密天主教徒？不过看看大多数波兰神职人员吧：一份蛊惑人心的主要报纸是由方济各会神父发行的声嘶力竭的日报——顺便说一句，是技术效率的奇迹；它可能效法的是赫斯特报业集团①。塔德乌什和他妻子，恪守他们的宗教观，同时显示出真诚的反教权主义思想，确实是罕见的人。

塔德乌什为本地的波兰电台工作。由他推荐，我被雇为他的助手。波兰电台，一家股份大多控制在政府手里的公司，其结

① 赫斯特报业集团，由美国报业大王威廉·赫斯特（William Randolph Hearst, 1863-1951）创办的报业集团。

构很像BBC。总体而言,雇员与作者的职责是被分开的;作者从外界邀请。我们的工作包括制作节目表、联系演讲人、管理电台节目的时间安排。于是,我发现自己置身于百万人海,他们以出售生命的大量时光为代价换取住、吃和穿。直到那时,我设法打零工,但这样下去将意味着进入新闻业,那并不吸引我。

官僚这种职业或许很有必要;然而,不久我认定(后来我的结论被证实)官僚是寄生虫,他们被支付报酬不是因为做了什么,而是从早到晚坐在这个或那个房间里,这张或那张桌子后面。他们按月领取薪金,压根和完成了什么业绩无关,而是取决于他们在统治集团中的位置。要保住那个位置他们必须按指定的方式行事,因为他们的行动与其说受控于周围的世界,不如说受控于他们所属团体的功能。只要我暖热了那间办公室的椅子,我的一个主要任务就是给总部写报告(他们安排我这个差事,因为我是个作家)。照例我会乐于让自己限制在两句话里:"本月无事发生。请拨款。"不过,可恶而好笑的是,我不得不写满几十页,一部办公室的《薄伽梵歌》。

所有官僚政治的基础是从底层到顶层的宣传活动。这可以安慰那些高层首脑的良心,使他们确信他们站在一个运行平稳的强大机构的顶端,确信每笔钱都被用得很明智。然而,如果有人将那些金钱总额分解成个人花销,他可能表现出打哈欠、伪造、喝茶,或议定攻守联盟以反对办公室里敌对的小圈子,他们掌握着钞票的最大利润。我并不想暗示我碰巧找到的第一份工作所属的机构有缺点。它根据节俭的原则被治理,通常聘用的员工不超过它的需要。官僚政治是寄生的,因为其活动是非生产性的;他们并不直接塑造物体。与罗马统治下的以色列的妓女或收税员相比,官僚们并没有什么理由得意于他们的财政安全。

一种怀疑迅速在我心中升起,绝大多数坚持工作的人是不诚实的。他们从心底知道这一点,但他们试图向自己和他人证明:要不是因为他们,这个地球就会停止转动。农民是诚实的,因为他的精力被转变成了面包。工匠是诚实的,因为他改造木材、兽皮或金属。甚至一位总是因为吃饭花费太高而受责备的法国店主也是巨人。如果他一天十四个小时的工作时间为人所知的话:他为顾客每年节省了数百万小时,国有商店的顾客不得不费时排队,或求购在他们地区不能买到的某些产品。每次排队我几乎就想起这些,而马克思主义者梦想把国家变成一个巨大的办公室,对此类琐事无暇关注。确实,它们可能激发了我这个堕落天使的骄傲,我相信自己受到了更高任务的召唤。无疑为一首法语诗的确切翻译工作一个月——我努力早起,以挤出上班前的一段时间——比一个月对着书信打哈欠更有社会价值。但我因翻译收到的酬金最多相当于月工资的三十分之一,而我挣工资只须出现在一个令人愉快的环境里,那里的椰棕地垫静化了人的脚步声,现代设备刺激成功的诱惑。

怨恨、痛苦、狂怒:我整个沉迷于逃避的梦幻,沉迷于和熟悉的一切决裂的梦幻,沉迷于盲目清零的梦幻,只求我能"重新开始"。那时我想超越自我,蜕下一张讨厌而可耻的蛇皮,那些房屋和街道常让我想起的蛇皮。但我不得不在这个外省的城市成为一名职员,这令我窒息。我的城市,作为久远岁月的一个遗物,博得了来访者的眼泪。只有当我把叮当的雪橇铃声、过路人冒着热气的呼吸、教堂圆柱上的玫瑰色光变成记忆,变成不久后将消失得毫无踪迹的奇观时,我才会被它感动。对我来说,维尔诺是一张有许多出租房的地图(我的父母很久前已搬走,我可以随心所欲地行动,因为我十六岁了),是一系列象征:我未定居,我不易接受,我的临时性;我还没有完整地揭示那种焦虑的成因。然而,在这里我只须说,在大灾变即将来临时,我拼命地吃,几乎要撑破肚皮,如果我放松或忘记它,那就更糟。我不再有真正的朋友了。渴望认可但同时傲慢,我目中无人,无能于普通的人情。我本可以通过敞开自己弥补这一点,但因为我不明白什么在我心里涌动,我只能"躲着"别人走。一张张脸形同烟雾。如果塔德乌什和他妻子把我当成他们的朋友,或者更确切地说,他们的关爱,我只能把它归因于我的文学才能,而不是什么个人品质。我用尊敬和同情回报他们,但他们的宁静与平衡并非我当时的状态。

随后是我的动物式的性欲。不管"动物"这个词的内容如何,这既不温暖也不自然。它通常是压抑的结果,甚至是对一个人感情的报复,以致这种强烈欲望独自行动,并未牵涉一个人的整个身心。通过只是交换生理快感的风流韵事,我体会了摩尼教的纯洁,找到像我自己的女人,我的另一半,随时和我在床上或草地上翻滚,随后继续被中断的谈话,似乎那段间隔毫无意义。离性行为的距离越远,对它的依恋越少,就越好。但这种二元性有许多错误。因为性冲动是普遍的,其对象几乎是冷漠之物。成就动物纯洁的因素却成了对社会声誉这种成见的束缚,因为对象的选择取决于他们能否给我们留下好印象。随之而来的是我如此强烈地渴望柏拉图式的爱，渴望有才智的兄弟情谊无限优于那种肉体冲动的领域，我几乎已准备接受那位著名的女士，在最炽热的时刻，她伸手去拿一块巧克力。当然，通过达成一种非此即彼的平衡，将性还原成一种完全配不上我的东西（路西法，那傲慢而失重的精神，是敌对于肉体的），我是在欺骗自己。

要不是因为我写作这个事实，我将彻底欺骗自己。写满文字的纸页提供具体证据；它提供见证。它使我的头似乎因牙疼而眩晕。确实，我怀疑自己掉进了某种心理政治的陷阱。然而，只有现在我才看清我的个人问题是对集体不确定性的掩饰：在《魔山》中，为了远离这个使他恐惧的尘世，汉斯·卡斯托普不是编造了热病，以便他能待在达沃斯山庄？

一九三六年，西班牙内战爆发那一年。欧洲几乎所有地方，文学作品要么革命其自身，要么将其自身陷入甜蜜哀愁和虚弱嘲讽的大杂烩里，这更为普遍。在三十年代，先锋运动失去了势头，让位于更古典的倾向：押韵和格律可以服务于多种目的，但它们也可像冰一样被用于冷藏腐肉。俄罗斯的标语并不吸引我。正是在那一年，我发表了关于“文化保护阵线”的怀疑性的公开信。先锋流派的脑筋急转弯并不让我感到有趣。俨如一个举着一枚棋子然后把它放回原处的棋手，我意识到我可以不做任何行动，然而这是符合逻辑的。无论何时我读到那些诗人，他们智力和艺术的低级令我厌恶；以前我曾在那堆火焰里烧伤过自己。他们的同情者？老处女安德烈·纪德和他幼稚的《访苏归来》。至于先锋派诗的圣坛，他们的时代到头了；再也不会有人穿短裤了。

但是当塔德乌什和我通过广播听到华沙政客的声明时，我们交换眼神的瞬间流露出痛苦。他嘶哑的大笑更像痛苦的领悟，而非笑声。尽管我试图将自己掩藏在对时光飞逝的忧郁意识里，但它与我的气质不符。多亏造物主，我的诗比我更明智；在古典形式的冰层下，它们表达了一种令人震惊的暴力。

我很不愿意对艺术强硬地进行社会学解释。它不仅不能解释任何事情，而且它给出的结论通常有误，而非有益。然而，它应该得到应有的回报。许多次遇到不同国家的作家，我考虑彼此理解的难度。我们每个人都被铰链拴在我们成长的那个社会中，即使我们屈服于“我们是自由的”的幻觉。只有不被这种相同的驼峰丑化的他人才能看出我们自己隐藏了什么。那时肯定有许多人模糊地意识到欧洲——尤其是中东欧——的疾病。但艺术家的天线可以接收到每个无线电波；他们受苦，并惊奇于他们这样做。甚至那些满嘴民族主义谬论的人也知道，他们只是在用麻醉剂麻醉自己。为了对抗不断被遮蔽和消失的现实，我开始写诗，但我的努力受惩于厌恶的日常感觉。这种厌恶教给了我很多。我应该补充一下，我租了一间墙壁想必有六英尺厚的房子，位于一条小小的、狭窄的、路面坑坑洼洼的、以二手书店著称的街道上。它的名字回想起来很愉快，很有象征性：文学巷。那里一个老主妇，一个立陶宛妇女，她看起来像我的祖母，特照顾我，坚持让我在床上喝咖啡。

令我欣慰的是,我很快被我的外省避难所免职了。波兰并非极权主义,但它也没有议会制度。尽管有一群政党,政府操纵选举以确保它自己的“无党派集团”获胜。由于所谓的“上校”害怕法西斯主义和种族主义的极端崇拜者占多数,坏时辰降临在仍占有某些职位的左派分子和自由主义者身上。而报界正发动一场反对“嫌疑犯”的运动。

波兰电台公司并未要求其雇员效忠宣誓,至少那些更低层的人是这样。忠诚各异,但显然高层人物并不想麻烦。一切运行良好,直到右派分子对塔德乌什和我本人的憎恨在一次悄声细语的运动中爆发。告发很快出现在报纸上。一个人反常的外部标志是他对人民的错误态度,“人民应知道他们的位置”,像黑人、犹太人或阿尔及利亚人;因此这份圣方济各神父日报向整个国家宣布一个共产主义小组在维尔诺电台内部活动,这个小组将宗教节目委托给一个犹太人负责,并允许白俄罗斯合唱团在麦克风前演唱。

由阿西西的圣方济各的门徒提出的指控并非毫无事实根据: 塔德乌什确实重视那个播音员,他对我们地区教派复杂的构成很有见识;至于白俄罗斯歌曲,它们毕竟是欧洲民间传说中最感人的文献之一,但即使用这种方式也不应该暴露白俄罗斯人的存在。在报刊的告发之后,当地政府开始下一个阶段: 它明确要求把我从波兰电台解雇。毫无疑问,由于我在大学获得的名气,我被认为是灾祸的元凶。一两个月后,塔德乌什遇到了同样的命运。

向我递交通知时,我们的电台主任脸红又结巴;波兰电台华沙总部一位“真正的”（我说“真正的”是因为也有名义上的）主任[1]对这些“警察方法”勃然大怒。波兰的特色之一是非常重要的职位由占据高位的女强人担任。我谈到的这个主任是个女人，她的忍耐、勤奋和精确是任何男人都不能相比的。我收到她一个建议，让我申请（但并非马上）她办公室的职位；换句话说，我被调动到当地政界上司难以到达的位置。同时我的政治冒险根本未打断我的旅行计划。

我发誓报复民族主义者，但日常生活突然改变时，我正在晒太阳。再一次我成为自己时间的主人，我可以懒洋洋地躺在床上直到很晚，读，写，我前面有了未知因素——他们做了一件有利于我的好事。此刻意大利在等我。雨夹雪正落在维尔诺，蓓蕾尚未开放；维也纳仍然多云，但在克拉根福，我骑马冲进阳光，在威尼斯我走出户外，步入春天那令人发情的气息。

在一九三七年的那次旅行中，我表现得像个培养才智的青年游客。我参观美术馆，做笔记，制作绘画流派的图表。在帕多瓦大学的方形校园里，有一块我认真读过的匾。它上面写着文艺复兴期间在那里学习的学生的名字。发现上面有许多波兰人的名字，我感到有点自豪。博洛尼亚的精神迅速吸引了我，它和我自己城市的精神如此相似。在佛罗伦萨，我爬上菲耶索莱[2]，拜访一位波兰印刷工匠，其作坊只有一间房。他在那里熟练地手工装订装饰性的书。他狂热地致力于他的手艺，鄙视机器和

---

① 指哈利娜·索斯诺夫斯卡（Halina Sosnowska，1894–1973）。

② 菲耶索莱，佛罗伦萨东北的一个小镇，位于高地。

机械文明。我从波兰朋友那里获得一位画家的地址，他带我去圣吉米尼亚诺旅行。从车站我乘一辆老式的小型出租马车，穿过一片绿色的山丘；数十个中世纪塔的楼突然从那绿色中跃出，像一只长着许多指头的手。锡耶纳用她的画从我脚下拉动大地——那种感觉，像坠落一样，当时水平的万物突然倾斜着出现在我们面前，持续了很久。在阿西西，我并未想到方济各神父；而且圣弗朗西斯就像空气，不可想象。从上面俯瞰，我对翁布里亚山谷里的村庄感兴趣，在特拉西梅诺湖，我寻找船，船的形状，因为木头总是比石头更能提供一种和过去的清晰联系。我出生的那片土地毕竟是林地。

于是我去了罗马。由于内痉挛，我对意大利没有感觉。旅行者需要安静，对于真实或假装的享受，这是必要的。柔和的浅蓝色风景激怒了我，我渴望更刺激的营养品。位于奥尔维耶托的西尼奥雷利[①]壁画描绘了反基督者的到来，这或许是我看到的与我的心情和谐的唯一事物。该壁画用基督的形式表现反基督者。他指着他的心，火焰正从心里爆裂。他仁慈的微笑似乎包含一丝讽刺，但那可能只是观察者的幻象。在这幅画的边缘展开的事物揭示了他的真实身份：拷打者跪在受害者的胸上；用绳索勒他们的脖子，举起的刀子就要刺下去。

我渴望兄弟情谊，渴望成为人群的一部分，同等人中的一个，这些同样未被满足。遇到波兰画家或其他国家的旅游者是

---

① 卢卡·西尼奥雷利（Luca Signorelli，1445-1523），意大利壁画大师。该壁画当指《反基督教徒的传教》，创作于一四九九至一五〇三年间。

无益的。在鲜花广场[①]上做手势的胳膊、呼喊、扫视，自布拉格的那些时刻以来，我不曾感到的此类集体温暖，激起不可命名的欲望。我记得一个名叫弗朗西斯科·菲赛罗的男人。弗朗西斯科在三等车厢坐在我对面，就着瓶子喝葡萄酒。他用袖子擦了擦酒瓶，朝我递过来，不说一句话。然后他切开一块乳酪，把它递给我。由此开始了我们短暂的友谊。他是梅斯特里的铁路看守人。他位于威尼斯工人郊区的家，聚集着前所未见的大量臭虫。当他邀我去他房子时，我亲自证实了这一点。尽管我在意大利偶然遇到臭虫和各种穷人，住最便宜的旅馆，对我而言，似乎有贫穷的等级；即使这对那些穷人并无安慰，因为他们不知道更低等人的存在，尽管如此，意大利人仍然受到来自他们国家本质的某种东西的保护，免受北方冷漠贫困的影响。

我随弗朗西斯科逛了工人的酒馆，他给我讲了不同省份的葡萄酒以及调制**意大利海鲜**的方法。他喜爱的娱乐项目还包括造访威尼斯妓院。我很高兴地说，她是个迷人的姑娘，充满坦率的快乐和热情。有一瞬间，我和她通过某种不仅仅是性功能的东西结合起来，她心情愉快地走近，拍着她的肚子。我们之间突然产生一种人情的纽带；我们彼此喜爱，很可能半小时后她会忘掉我，这没什么关系。在敞开的窗户里，一阵来自大海、带着腐臭咸味的微风鼓胀着透明的窗帘。因为当地人认为每个外国人

---

① 鲜花广场，原文为意大利语，位于罗马。布鲁诺雕像树立在广场中心，昔日他被烧死的地方。一九四三年，米沃什曾以这个广场为题写了一首诗，张曙光译作《菲奥里广场》。

都是德国人，她以为我是中途停泊的德国军舰的海员，看作在希特勒和墨索里尼之间调情的象征。她一定是个虔诚的姑娘，一定点燃过圣母马利亚圣坛的蜡烛。

多年以后，我对意大利人的爱突然再次盛开：我乘坐公共汽车走到托农与阿讷马斯之间；也就是说，在日内瓦湖的法国岸边。一个喝醉的意大利老妇人边唱边笑，露出蛀坏的牙齿，路人尴尬得转过脸去。她用手指指着她张开的双腿之间的部位，沙哑地喊："野兽死了！"她的嗓音里听起来既有遗憾也有狂喜——从专制的"性之兽"中解放的狂喜，这对我们既非救赎也非谴责，它只是它本身。

我从威尼斯返回华沙，它使我紧张起来，似乎我在准备跳越栅栏或参加考试。太多在羞辱的贫穷中旅居于此的记忆使我把她看成一个僵硬冷酷的城市。事实上华沙比维尔诺更不同于巴黎——由于她傲慢而可耻的部落法，由于她完全根据穿着、举止、机灵这些表面特征判断每个人的方式。说真的，当这个一文不名的学生经过精美的橱窗，或走进一间坐着新会员的咖啡屋时，他心中充满了焦虑：多亏某些已卓然成名的人伸出援助之手，那些了解收入秘密的人，对我温和起来。好多年来，米奇斯瓦夫·科塔宾斯基一家向我提供了友善的保护，他是美术学院的教授。由于他的帮助，我受惠于所有奖学金——包括去巴黎的奖学金——受惠于我接触的艺术学术圈，而且无论我何时来到华沙，他们家都有我的房间和膳食。当我们在这个国家，在我亲戚家里相遇，他对我喜爱有加，这并不奇怪，因为他利用个人对那个固执而有点古怪的国家文化基金主任的影响帮助过许多青年人;那个主任,尽管是个保守的右派,但已屈服于自由思想和自由主义者科塔宾斯基家族的魅力。我的赞助人,一个矮身材、黑皮肤、神经质的男人,手指已被尼古丁熏黄,与其说是个教授不如说是个艺术家,拥有不止一个我的同代人在记忆里为他树立的私人纪念碑。一九四三年他被盖世太保处死,他画的几乎所有作品和这个城市一起被烧毁。虽然他们家那时为我提供了精神上的支持,但流露出幼稚也会使我尴尬。因此当我动身去波兰电台大楼时,我发现自己非常紧张。在大厅里每个走过我的职员,携带着他的文件,似乎已达到某种不可抵达的祭司职位的程度。然而,波兰电台恪守诺言,一份合同扔给我,我签了字,我的第一笔薪水已支付。

我的业绩以令人难以置信的速度上升,在我最初的胆怯逐渐消失以后,这种速度与我开始显现的厌倦与讥讽直接成正比。艰苦工作与放肆的结合对任何一个想领先的人来说或许是最好的秘方。但我并不计算前进的脚步,我只关心消失在我身后的另一天。奇怪的是,我注意到一年后我挣了很多钱——因为这太容易了,那百万人密集之地的秘密(我以前常疑惑他们从哪里获得晚餐钱)有点令人失望。值得一提的是,我从无机会了解自由企业的纯资本主义体系。在波兰,一个又一个地区被政府机关接管。

那时我对虚伪生活和荒废生命的感受达到了顶点。打哈欠时,陪伴我的是约瑟夫·切霍维奇[1],一个杰出的诗人,他坐在

---

① 约瑟夫·切霍维奇(Joseph Czechowicz, 1903-1939),波兰著名诗人。

邻桌。我对他表现出敬意,由于他的年长、他的善良和他的文学成就。来到节目策划办公室(我们部门的名字)前,他已编辑多种杂志,均被从社里挤走,或由于告发或只是由于缺乏资金而垮掉。许多次他被打击到底层。我们俩写的那种东西大多数人都不能理解,因此除了我们个人以外出售不多,抱怨是无意义的。几乎我们所有的同事都有创造的热情,他们被迫每天抑制着。瘦瘦的、神经质地眨眼睛的亚当·什帕克是个音乐学家。安凯维奇,总是装着各种大众科学的英语书,挥舞着胳膊,在他椅子里跳来跳去,简直因想法过多而爆炸。简洁的、浅色头发的舒尔茨,一个瞪着双眼戴厚镜片的青年男子,写关于文学史的随笔。用指甲花染发的V,我们组的女顾问和贵族式突出鼻子的主人,来自一个维也纳人的贫困家庭。她的专长是政治兴奋,每当消息不利时,她就会爆发急性皮疹。她的丈夫,在另一个部门工作,是个狂热的共产主义者,当他在乌拉尔成为一家工厂的钻工以后,这种激情给他带来了许多不快——慎重地说。

我常顺便走访文学部,它被安置在不同的楼房里。也被逐出维尔诺的塔德乌什,正在那里指导广播。在那里我们作家中最伟大的古希腊权威,扬·帕兰多夫斯基[①],为他自己制定了健身日程,我用毫不掩饰的赞赏眼光观察到这一点。他上班很晚,读读《文学新闻》或那个类别的其他什么期刊,然后外出喝咖啡。这种常识我认为值得仿效,但我们的年轻人无人清楚如何做到。帕兰多夫斯基的助手博莱斯瓦夫·米欣斯基和我同

① 扬·帕兰多夫斯基(Jan Parandowski, 1895–1978),波兰作家、翻译家。

龄——我们生于同一年,他是一位受过训练的哲学家、诗人,康德、曼恩·德·比朗[①]、莫扎特和啤酒的爱好者,他正通过增肥治疗他的肺结核,每天在踏车上使自己陷入疲惫状态。

我们的女主任重用我和约瑟夫。在持续不断的会议期间,我们通过交换笔记保护自己:写的时候表情严肃,但写的是纯粹废话的押韵谐诗。她是一个天生的技术专家,是那类在最后审判时仍忧虑万事是否顺遂的人。然而她是所有机构主任中最明智的。她身边聚集着一个自由主义的秘密组织,用节目策划对抗旨在压制波兰电台员工中任何"不安全"的知识分子敌对势力。她的政治观很天真。她属于进步的一代,青年时期声明拥护毕苏斯基,由于习惯的力量,后来待在"上校"的阵营里,尽管梦已破灭。但她对辩论和批评的坦率证明了她的民主倾向。如果说我很快成为她的知己——一个招致对立的秘密组织憎恨的盟友——这既由于我天生的毒舌,或许也由于我对她的性好感,这是她很清楚的。她仍是一位美丽的女人,一位浅色头发的朱诺,具有网球选手或游泳运动员的高大身材和一幅冷酷的姣好面容。尽管她很努力,不过不难看出我们的办公室只是在拖延垂死的痛苦:它保留了某些立场——有点像 BBC 的第三台——但越来越深地陷入妥协的沼泽,因为它的政策是提到政治便陷入沉默。

除了满足谋生的需要之外,正如我此刻领会的,我的工作还给了我一个托词。它把我从文学圈里拉出来,在文学圈里,不确

---

① 曼恩·德·比朗(Maine de Biran, 1766–1824),法国哲学家。

定的自我，我发现只能更不确定。当一个人失去方向感，所有行动似乎都是无效的，写作变成纯粹的修辞，在修辞背后，虚假——尽管有自我暗示——是很容易发现的。尽管那时极其自负，我仍能发现我作品中的虚假，因此我用办公室工作填满我的时间，以免承认自己陷入困境。但这个托词也把我赶进一个邪恶的圈子：办公室人员，根据他们职业的性质，逃避现实。他们在四面墙内耗尽所有精力；然后他们需要放松。但现实的轮廓在一天中的两个时段都同样模糊不清，以至于人们不仅失去了与自己的联系，也失去了与周围世界的联系。不幸的是，我甚至连认真对待自己的普通乐趣都没有。我自己的祖国和所有不幸的欧洲人的命运如此沉重地压在我身上，以至于不可能不知道每天完全陷入虚幻。不过，我的痛苦或许非常严重。塔德乌什只指导广播剧。约瑟夫，一个习惯早起的人，每天早晨五点起床写诗，像个中世纪的写作者，写性感事物之美，写即将发生的大灾难。

一九三九年初，马克·艾格（斯特凡·纳皮尔斯基）开始更换寓所。马克是一个富裕的资本家，水泥厂老板家庭的堕落子孙。他拥有他那个类型的中东欧人的所有特征：金钱，外语知识，大量藏书，神经衰弱症，同性恋。和这种戴眼镜的苍白瘦小的啮齿动物相比，尽管内心混乱，但我是生气勃勃、具有原始力量的典范。马克的母亲，黛安娜·艾格，住在她自己的别墅里，养了一大群仆人，并支持犹太慈善组织。更符合老套模式的是，马克的姐姐是个共产主义者：如果不是大多数，也有相当一部分共产党领导,有相似的社会出身,并在狱中服刑。当然,马克是一位诗人;他翻译了里尔克、斯特凡·格奥尔格和特拉克尔;他挤进模仿魏玛、柏林或巴黎的高雅圈子,我怀着贫穷野蛮人的厌恶和敌意接近的圈子。与杜维姆的姐姐(尤利安·杜维姆[①]那时是波兰头号诗人,不过如今可以看出约瑟夫·切霍维奇对波兰诗歌的发展贡献更多)有过短暂婚姻,马克主编的杂志或名声大噪或名声扫地,但因为过分的抽象主义,他在那里有些被蔑视。我中学时读过马克的评论,但其中有许多不能理解,因为他从不屈尊用清晰的风格来写。当我遇到他时,他的骆绒大衣、方格花呢长披肩和保温瓶吓住了我,尽管别的"大人物"如雅罗斯瓦夫·伊瓦什凯维奇[②]在物质上同样华丽。唯一的差异是我喜欢后者的诗,而马克的诗我很快放下了,因为缺乏任何真正的才能。他的财富很扎眼。我们国家的财政不均平行于文学代际的冲突:老一代还有钱,我们已经没有了。

关于马克可以无所不谈,但他并不蠢。出版了许多书——大体上是二流的——之后,他以谦逊但有效的行动从绝境中闯出一条路子。他创办了一份主要致力于青年作家的双月刊《雅典神殿》(*Atheneum*),像这个刊名暗示的,并不指望广泛传播。它只要求五百份订购和一份盛誉,而编者本人提供基金。当我追随马克的意志,抵制在沙文主义活力掩盖下的普遍解体时,我

---

① 尤利安·杜维姆(Julian Tuwim, 1894-1953),波兰诗人。

② 雅罗斯瓦夫·伊瓦什凯维奇(Jarosław Iwaszkiewicz, 1894-1980),波兰诗人、作家。

开始很喜欢他,他可笑的怪癖我也不再介意了。

一九三九年当他开始反复举家搬迁时,什么支配了马克?在那座城市新的郊区,舒适但高租金的公寓那时易于找到。马克会签合同,并带着书和猫入住,只是几天后会厌恶他的新住处。或者是离机场太近,飞机打扰了他,或者是邻居的收音机太闹,或者是窗外的景物令人沮丧。于是他中断租约,拖着他的失眠和偏头痛挪到别处。对我来说似乎是,他尝试驱赶心中的恐惧,却遭到了报复。根据常识,他本会逃往法国、瑞士或任何地方,不管是哪里。但在波兰没有人逃离;他们感到羞愧,因此用虚假的保证缓解他们的恐惧。马克是个爱国者,编造了一个流浪的替代物,寻找那不可抵达之地,安全如母亲的子宫。

德军占领华沙不久,马克被捕并被判处死刑——被当成德国的经济间谍。对于纳粹来说,他是一个持有巨大水泥厂股份的资本家和犹太人。他如何向他们解释他对经济一无所知,他是个作家,即使他去过海德堡、马尔堡或巴登,那只是为了寻找德国诗人珍视的风景?我们每个人都应该沉思马克最后的时刻,就像沉思我们自身的弱点。如果我们相信他的狱友,他已无力走路,但不得不像个恐惧得发抖的袋子被架到墙边,并放在机关枪口前面。在我们的祈祷里,我们不仅应该祈求美好的生活,也应该祈求轻松的死亡。

"二战"以后游览华沙的旅行者不能想象在同一个地方曾矗立过一个完全不同的城市。这种不稳定性会否定他们的秩序观念。对很多波兰人来说,这些外在变化引发了难以察觉的内心转变。在一九三九年,老华沙从精神上消失了;战争结束时纳粹摧毁了它,它从形体上消失了。尽管重建的蓝图是无聊的,这座城市设法保持了它的某种古老色彩——像对权威开玩笑的普遍习惯——但它绝不能重获它曾特有的那种轻松愉快,而它的残酷却变本加厉。

现在我来简要描述一下本章提到的多个人物的结局。约瑟夫在卢布林轰炸期间死于九月九日。我开赴前线延误了数小时,要不将意味着我和他在那里同归于尽,就此而言,完全荒谬。亚当·什帕克,那个音乐学家,在知识分子脆弱的身体里住着英雄的灵魂;作为一个犹太人,他被纳粹抓捕并杀害于华沙,因为不知羞耻地住在犹太人居住区外面,更糟的是,他充当秘密报刊的搬运人。舒尔茨,那个青年文学学者,死于奥斯威辛。那个科学狂热者安凯维奇,在波兰人民共和国获得用武之地,成了一家大众科学杂志的编辑。鹰鼻V的丈夫,迷失在俄罗斯的茫茫大地,被从乌拉尔监狱放出来,加入安德斯的军队;用这种方式他游览了波斯,参加了解放意大利,随后带他的妻子到那个国家。塔德乌什如今是波兰的戏剧导演。那个哲学家,博莱斯瓦夫·米欣斯基,在战争期间的法国死于肺结核。扬·帕兰多夫斯基,我们国际笔会的长期主席,一个放纵欲望的语言学家,带给战后波兰数代人《奥德赛》新译本这个礼物。不仅在革命前而且在革命后,雅罗斯瓦夫·伊瓦什凯维奇注定在“大人物”中引人注目。至于我们的女主任,她在纳粹占领的华沙疯狂地串通地下组织,并因忠于流亡的伦敦政府,人民共和国当局判她终身监禁。十二年后她被释放了:一个政治错误。

和平分界线[①]

我无意为戈雅[②]的画写评论。大事件需要克制,甚至晾干,这只适合词语不够用时。仅一个人的命运这条线在个体与历史错综复杂的无望纠缠中就足以把我们缠住。处理它们须采用史诗的篇幅。但,很可能,这个时代广阔的全景画将是罕见的,因为“二战”的战争规模不同,比如说,和拿破仑战争相比;并且现在对作者在社会学和心理学的发展方面要求更多。然而如果用纯粹主观的偏见介绍个人经历,我就什么也解决不了,因为我会遗漏最有趣的部分。这里我必须再次重申,这不是一部日记;我不逐天或逐月讲述我发生了什么事。这样做我不得不重建心灵的某种模糊状态,这对我还不清晰。因此,我会把我自己限制在几个场景里,似乎我在用剪刀和数千米的电影胶片工作。我剪

---

① 一九三九年,纳粹德国和苏联提到这条线时用的高调宣传词“和平分界线”,在历史上被称为莫洛托夫-里宾特洛甫线,由两个强国(互不侵犯条约的秘密协议签订于八月二十三日)商定划分德国和苏联在波兰的势力范围。具体而言,双方以波罗的海沿岸地区的立陶宛北部边界、波兰的那累夫河、维斯瓦河和桑河为分界线。用在这里有讽刺意味。

② 戈雅(Francisco Goya, 1746-1828),西班牙画家。

裁的这些镜头对更广大的读者——而不只是对表现主义的痴迷者——应是明白易懂的。

闪电战开始时,我感到需要执行某种命令,从而缓解我自己的责任感。不幸的是,不容易找到一个人发号施令。但很快我穿上由搭配糟糕的布片组成的类似军服的东西,然而不能再陶醉于光荣行动,而是参加撤退。灾难的打击直接紧随而来。然而对我来说,一九三九年九月是一次突破,对任何一个从未经历过集体生活的整体结构突然崩溃的人来说,这肯定难以想象。在法国,闪电战并未产生同样的影响。

我可以把当时发生在我身上的一切归纳成几件事。躺在被飞机轰炸的公路附近的田野里,我的眼睛盯着我前面的一块石头和两片青草。听着炸弹的呼啸声,我突然理解了物质的价值:那块石头和两片青草形成一个完整的王国,一个形式、阴影、纹理、光线的无限体。它们就是宇宙。我总是拒绝承认宏观和微观宇宙的划分;我宁愿注视一块树皮或一只鸟的翅膀,而不是日落或日出。但此刻由于格外紧张,我看到了物质的深处。

当我意识到政府各部、机关和军队都荡然无存时,我感到的其他东西是愤怒与解脱的混合体。我在路边的干草棚里睡了一大觉。鬼话终于结束了。那长期畏惧之事的应验把我们从自我安慰的谎言、幻觉、花招中解放了出来;不透明的已变透明。只有乡村的井、小屋的屋顶或犁是真实的,而不是此刻怀着极度的讽刺想起的政治家们的演讲。大地完全赤裸,似乎它非常赞成没有政府的人民从他们习惯的安全感中撕裂开来。

无论和陪伴我的人谈什么话,我发现自己在逃向东方,并看到了我自己不同于他们的未来。无论当时还是后来,在波兰没有人相信希特勒的最后胜利。波兰人的特征是坚信上帝在历史事件中会亲自出面支持正义,因此邪恶注定失败。被这样一种信念武装起来,波兰人多次让自己投身于绝望的抗争,随后惊讶于上帝未帮他们,毕竟他们失败了——不过这并不动摇他们最后胜利的信念。我也不理会德国千禧年的可能性。但我半清醒的头脑有不同的想法。我深受摩尼教影响,相信这种思想:那根神圣的手指会把它自己插入世界进程的残酷需要中。

然而,使我和同行同伴分手的主要因素是,他们既未认识到悲剧的范围,也未认识到它持久的影响。他们寄希望于法国,基于我在巴黎的经历,由此获得的安慰如同寄希望于童话。完全领会刚发生了什么的唯一人物是共产主义者(包括托派分子),但由于红军友好地会见德军,以及对波兰的尸体瓜分,他们被置于尴尬的境地。无论何时我遇到他们中的任何人,我们都会用对环境的揶揄态度彼此相认,这正像清醒人感伤地对待语无伦次的醉汉的方式。但我们的清醒是相对的,它并未超出对大灾难规模的感受。共产主义者得到了一种变相的天道信仰的支持;也就是说,在历史进程基本而隐蔽的理性中,它不可能站在纳粹那边。某种程度上我承认他们观点的有效性,尤其是当他们诉诸世界的辩证法时:太狡猾不会被剑盲目而愚蠢的力量击败。但报复如何以及何时到来,没人敢预言。无疑答案要在俄罗斯寻找。然而,和那个国家的交往如此痛苦,以致几位共产党员甚至从苏联逃到德国地区。我的明晰起初还让我放松,但很快让位于麻木或恶性的热病,有几个月我在荒诞境遇里折腾,似乎我的意志已逃走。我将略过这些冒险,因为和这本书所用的语言相比,描写它们需要完全不同的语言。

如果在一九四〇年初我发现自己再次回到故乡的话,我必须把它归因于环境和隐秘的本能。在所有关系的普遍断裂中,它表现得像个医生,建议我与家庭及本土恢复联系。维尔诺,像波兰东部所有领土一样战败后被红军占领,作为友谊的象征,作几星期后割让给立陶宛。友谊并不全是无私的:立陶宛,像拉脱维亚和爱沙尼亚一样,不得不接受苏联的军事基地。然而,这三个小国将其独立归功于两个大国之间谨慎的游戏,它们的政府都拼命躲闪,以免激怒德国或俄罗斯。战前时代这里还存在——正常供货的商店,餐馆,咖啡厅,准时的火车。在维尔诺,包括波兰语在内的各种文字的报纸在出版,不过不无和审查机构的斗争。我很难认出这个梦一般的城市——不仅因为不同的旗帜飘扬在城墙上,街道和招牌的名字都变了。虽然也担心强大的邻国不快,立陶宛还是友好地接待了拥挤的波兰难民,从而使这个城市变成了一个动荡不安的巴别塔。货币与护照交易一派繁荣,传染性的流言,恐慌的波浪溢出邮局,在那里希伯来语学校的校长、被打败的军队的军官、没有得到任命的外交官和所有那些在国外有亲戚朋友的人都在向法国、英国和美国发电报。乘飞机启程取道斯德哥尔摩变得越来越难。新的难民不断涌入,如果在边境被捕获,就有被送到集中营的危险。一旦到达那个渴望的安全岛,他们很快就意识到那个岛是一块正在下沉的浮冰,而且逃走的路已被切断。

欧罗巴旅馆在我们城镇的位置很有特色。它矗立在两条色彩最鲜艳的街道交叉点上：多米尼加街主要因拥有天主教堂和修道院为荣，而德国街，从中世纪以来，就是通向犹太区的要道。费利克斯和他妻子就住在这里。我正在经历的灾难把我拉到环绕这个男人的庭院；因此我在这里为他的肖像画个素描将是合适的。

费利克斯像个日本人，长着黑头发，脸色发黄，精致文雅；他总是无可挑剔，散发着古龙水的香气。他来自非常富裕的犹太家庭，以至于他似乎没有工作。不过他在比利时完成了技术学业。就在战争爆发前，他卖掉了位于华沙的公寓房，带着一个装满美元和黄金的大行李箱进入流亡状态。他还带着他年轻迷人的妻子，连同她的毛皮大衣和珠宝。他们的关系建立在仇恨与温柔和解的交替事件中。他妻子身体上占优，有时会打他，如果他抵抗，她则会威胁自杀并奔向窗口。然后费利克斯就逃跑，把自己关进浴室——不去看。几分钟后，朋友（他们通常扮演仲裁人）就会敲浴室的门，里面传出一个微弱的声音："怎么样？她跳了吗？"

费利克斯是个酒鬼，但他不喜欢独饮。正相反，他时常需要一个唱诗班给他讲童话、轶事和笑话，这会使他的生活有趣。他欣赏知识分子的精致，因此他很吸引艺术家和诗人。这些人从他身上发现了一个完美的乳头——也就是一个大方地允许被人挤奶的男人。因为他们中许多人从华沙漂泊到这里，他很快聚集了一大群食客，他的宴会吸引了几十人。

饮酒通常从上午十一点开始。然而，随着时间的推移，并不呈现极端的形式。诗人J和S掌握节奏，他们是非常老练的酒鬼，如今已湮没无闻。他们从大号的平底玻璃杯中呷着伏特加，不停地把杯子倒满，没完没了的废话从白天一直说到深夜。第二天早晨，宿醉不得不接受治疗，于是整个酒场又重新开始。因此时间，无意义无希望，获得与赤裸现实不同的体验；它被酒精改变了。

我们的聚会是一场不间断的"灾难期间的宴会"，那些聚会的人很清楚死神在门那边阔步，不得不以智取胜。这个聚会适合我，因为它不是活在幻觉中，练习令人毛骨悚然的幽默与大笑，在包围我们的两个帝国制造血腥的喜剧时，这仍是可接受的。例如，S就希特勒发表高论：这位元首只是在为他的民族利益干蠢事；在死命尖叫之后，他厌恶地迅速脱掉军服，穿上英国法兰绒，抽英国香烟，喝威士忌，表示对德国的极度轻蔑。苏联与芬兰的战争也给了S诸多讲故事的机会，例如，一个关于苏联士兵的奇遇，他从芬兰人的小屋里取下一个挂钟，他见过的最大手表，把它随身带在背包里，在重压下，钟的两面都弯了。费利克斯贪婪地听着这些趣闻和五行打油诗，这些都是我们在伏特加的作用下凑成的。他以此掩饰自己的恐惧，但很可能他一直恐惧生活。

我无法放松。当一个人处于特别焦虑不安的状态时，酒精几乎没什么用，摇摆和呕吐都不能扰乱大脑的清晰运行。万物似乎伤害我，好像它们发出激穿皮肤的尖锐光线，我匆匆走过街道，眼睛什么也不看，只想尽快坐在费利克斯的桌边；在那里，过去和未来至少部分被忘掉。我不能阅读，我不能写作，我也不能参与讨论,在这些讨论中,人往往被事件嘲弄。我只能尽力恢复某种安静,植物的或动物的,但在这方面也不成功。

我的新同伴借助通奸到主观时间里避难,男人和女人都认为这是一种有效的遗忘方式。但并非所有人都满足于那种活动的普通形式;他们寻找更新的多样性。例如,J 对我说在教堂里干这事更快活。我猜他的动机:性感觉必须由罪恶来调味;如果所有禁忌消失,就不会有什么突破,它就失去了吸引力。J 腻烦自然;他渴望禁令,某种赋予性神秘和价值的事物。看着他的搭档,一位常常脸红的苗条姑娘,我想象在空空的教堂中殿的某个地方,她如何屈服于他的求爱,羞怯地垂下她雌鹿的睫毛。我,有几个理由,遵守绝对的纯洁。我这样做是对一个滞留在华沙的亲密之人的忠诚,并对万物之间的联系持某种魔幻观点:性行为等于对世界说是。安全靠不住,危险在前,需要做好准备。我感到命运并不因假装接受现在而受到引诱。而且,在个体困难的时刻,我通常担心性自由是某种招来报复的东西,因为它导致被禁止能量的释放。因此我故意培养了一种难以忍受的紧张情绪,只用伏特加缓和它。

我们的一个同伴——诗人 S 突然死亡,它发生的环境很符合我们赞成的幻景。它也符合 S 骇人的精神。S 三十岁。他在**性交**时死去,因为某个富婆,相当无情的荡妇在床上给他注射了一针。当我们去圣雅各布教堂的停尸房看他时,尸体解剖正在进行,以确定死因。我们被他容貌的美与和谐感动了,他因甲状腺病引发的毛病已完全消失。后来,我们都陪伴他穿过城镇,走进浩大的葬礼队伍。他的名字被波兰出版物的所有读者熟知,他的葬礼异常壮观。

城市公墓通常是散布着石头的幽暗土地，但在维尔诺并非如此。我们在罗萨公墓为他选了一块地——距一位十九世纪诗人西罗克姆拉①不远——伸展在长满古树的陡峭山坡上。在万灵节，这里坟墓上会点燃数以千计的蜡烛和油灯；它们在风中燃烧闪烁，照亮山坡上面的树枝与下面的沟壑。这里，在一大块玄武岩石下，躺着毕苏斯基的心脏，他是战争期间波兰的创始人。我们已经为S做了我们能做的，一直想着可能他遇到的并非最坏的命运。然后我们开始吃葬礼餐，为他的亡魂拉过来一把椅子，我们有种冲动想在椅子前面倒上满满一杯酒。

把我们称作堕落的人很容易。然而，我们各自截然不同，只是偶然相遇。事实上，我们的行为里有某种智慧。源于这样的认识：在某些困境里，行为消极胜过用无效的折腾挫败自己。费利克斯，通过出售他的动产，把他的黄金花费在娱乐消遣上，为他优越于那些紧紧抓住已经无用的财富的人提供了证据。他的醉酒聚会轻松愉快，符合明天的需求，即冷漠，卸下所有负担。它们是对历史阶段的告别，该阶段已永远消失在世界的这个地方。

一九四〇年夏天到了，我目睹了立陶宛的终结。波兰已被打败，处于火焰和骚动中；这里却一枪未发。德军当时刚进入巴黎。在大教堂广场的咖啡屋里，我懒散地注视着桌子上的一缕

① 西罗克姆拉（Władysław Syrokomla，1823–1862），波兰浪漫主义诗人、作家和翻译家。

阳光和穿着印花连衣裙的妇女走过窗户；她们中许多人来这里只带着逃亡的打结包袱。她们已利用存货丰富的商店买到东西，在那里你不必用定量供应卡或排队。人行道上突然响起金属沉重的刮擦声，激起了我的好奇心，似乎惊动了每个人。人们从桌边站起来，却愣在原地，因为他们在尘土飞扬中看到巨大的坦克，苏联军官从它们的小炮塔里友好地挥手。在一个人心中将本来误以为是一次简单的军事演习与占领的确凿事实联系起来，这要求一种非人的努力。可想而知，美丽的天气、报亭、花架和对着菩提树干“下小雨”的小狗，所有这些使它似乎难以置信：陌生的政治家的决定可以打扰事物的正常运行。

对外行的观察者来说，那天没有发生任何特别的事情。只是黄昏时分，喇叭筒开始发出刺耳的响声，亚洲士兵的巡逻队来回踱步，他们细细的刺刀，像锥子一样被拉成一条线，高出他们头顶三尺。但由于临近的波兰郡县已被占领，居民开始明白了——除了几百个天真的狂热共产主义者以外。恐惧，时时攀升，好像几乎变成了可触摸的有形存在。

我走到河边，在长椅上坐下，看着皮划艇上那些晒得黝黑的男孩，汽艇微小引擎旋转的杆，彩色的小船，你站在后面划船，用一支长桨。我为我的城市难过，因为我熟悉它的每一块石头；我熟悉这个国家的道路、森林、湖泊和村庄，她的人民和风景像谷物一样被扔进磨粉机里。希特勒征服波兰时，我根本没有这种体验，因为从心里我不把纳粹看成一种持久的现象。狼无疑是危险的动物，它会咬，安慰是没用的；然而伴随尖牙利爪的形象，另一种形象出现在我们心里：自动武器、坦克、飞机，对此狼是无力的。对我来说,革命相当于这种更高级的科技。纳粹是一种过于单纯的邪恶,至少在理论上,它已经次于善恶一体论。当然,我的想法并不那么冷淡。只是在水电站前的沙洲上,孩子们站在那里钓鱼,河流,天空,都在向我诉说一种不可改变的宣判。

接下来的日子里,我注意到先前在大街上冷漠地走过我身边的许多人,如今带着最真诚的友好微笑向我鞠躬。因为我有准共产主义者的声誉,他们指望我强大,现在是赢得我好感的时候了。无疑一个人本应写几首热情的诗庆祝即将通过"投票"并入苏联的波罗的海国家。这些鞠躬给了我许多恶意的快乐,尽管他们提供的权力感并非那些深谋远虑的个体所能想象的。我隐藏了向他们开个大玩笑的计划。

在政治上我最亲近波兰社会主义者的一个小团体,他们通过原来中立的立陶宛和斯德哥尔摩保持联系——瑞典的社会主义者在传递阴谋材料方面提供了有效的帮助——并和美国保持联系,他们意识形态的同道,奥斯卡·兰格[①],正在芝加哥大学任教。兰格后来成为波兰人民共和国第一任驻美大使,这是在暴风雨般的时代里由各种社会名人完成的常见的政治**行列舞**(*contredanse*)的奇事之一。正是在这个团体里我结识了索菲娅。

索菲娅五六十岁,黑发(染的),聪明,热情,像烟囱一样抽烟,为了省钱,把纸烟折成两段,塞进一个玻璃烟嘴里。作为一

① 奥斯卡·兰格(Oscar Lange, 1904-1965),生于波兰。著有《社会主义经济理论》等。

个输送金钱和文件的联络人,她已在维尔诺与华沙之间有过两次非法旅行。我们干脆痛快地达成协议,下次一起出发,不能等太久,因为旅程很难,而且边境是“加固的”。

那些不能欣赏特殊才能的人很难理解我们对地图的持久讨论,极权主义国家似乎有这种才能,因为沿分界线增加了铁丝网栅栏。最简单的办法是直奔东普鲁士;然而,不了解地形,也不能扮成当地居民,我们很容易成为纳粹的猎物。唯一可取的办法是前往楔入立陶宛和东普鲁士之间波兰的一个县,这是被纳粹德国吞并的领土的一部分。如果我们设法成功地穿过俄德边境(敲敲木头,把霉运敲掉),然后在该县的另一侧我们将进入波兰与东普鲁士的旧边境(仍在巡逻)。从那里我们会穿过东普鲁士到其西南边界,在那里我们将强行通过第三道边境线进入波兰诸县,如今那里也属于纳粹德国。越过我们的第四和最后一道边境线,我们将进入德国的保护区,华沙和克拉科夫;也就是说,进入总督府。纳粹在被占领区建造这些相当疯狂的障碍的理由很清楚:这是一个将易受惊吓的人类动物固定于一处的问题,在面临危险时切断他从一个地方逃到另一个地方的可能性。

当一个人看着天平的两端,权衡利弊,如果我声称自己做了选择,那将是一个谎言。如果开始这样想,我可能根本做不了决定,因为我的想象力会使我想起我认识的人,他们在试图穿越边境时被捕,被吸入北方监狱或集中营的巨大漏斗。我得益于自负或自尊,它显示在我嘴唇蔑视的卷曲里:无论这些人是谁,我心里想;为什么他们随意对待我,并认为每个人都会屈服于他们的愿望,因为他们有权力?由于个人原因,我很早就打算去华沙,因此为何我现在顺从需要,判处自己终身监禁在体制里,谁知道,该体制永不会衰亡?而且,环绕我的钝性和新生的奴性要求某种行动以打破符咒;在费利克斯的庭院经过长期无所作为的生活之后,我不能再没有目标和成就地懒散了。如果他们随手扔给我一张纸并命令:要么写一首政治颂,要么在难民营度过五年,将会发生什么?但当我计划逃走时,我拒绝接受只会失败的想法。

准备工作很花费时间,而且要求完全保密。我们不能向任何人泄露自己,不得不假装因新秩序而万分高兴。我参加了"选举";也就是说,把卡片丢进投票箱时,表情严肃,我在上面用铅笔写了些话,作为选举人的特权,我将保守秘密。结果——百分之九十九赞成那一个候选人——已提前确定,就像全体一致要求立陶宛并入苏联一样。

我不能和朋友们告别,因为流言在半小时内就会传遍每个咖啡屋。因此我不曾和费利克斯告别。我只好根据我后来听说的叙述再现他后来的奇遇。费利克斯受到了惊吓。一个夜晚,他的一位好友,律师X最早劝他,然后帮他把他的金银财宝埋在花园里。然而,第二天早晨焦虑侵袭了费利克斯。他担心那个地方没选好。那天夜里他们两个又带着铁锹外出,但什么也没找到。可能只是完全巧合,从那时起,那个律师在金钱的海洋里游泳,而费利克斯的酒友不得不募捐为他和他妻子购买去"满洲"的火车票。费利克斯的离开称得上一个奇迹,因为当局那时只承认日本签证持有者的过境权,而当时已不可能获得那样一个签证了。

似乎某个有先见之明的拉比帮他们摆脱了困境：此时所有领事馆还在工作，他以高深莫测的智慧收集了所有可能的签证（甚至不需要的签证）。行家已从他的护照复制出日本签证，高价出售，但它有个缺点：城里没人认识日语字母，因此不可能猜到每个签证包含它第一个主人的名字。当第五百个西尔伯斯坦通过“满洲”边境时，日本人开始焦虑。不管这个故事是真事或只是个趣闻，无论如何，费利克斯到了上海，并从那里去了澳大利亚。他应募加入美国军队，在夏威夷一次车祸中丧生。如果我推测他死在醉酒状态，大概也不会败坏他的名声。

索菲娅激怒了我，我们就要出发的前两天，她声称向导花费太大，我们没有足够的钱；她建议我们带第三个同伴，作为权益交换，他会资助我们的旅行。他是个药剂师，被战争驱赶到维尔诺，渴望回家。我会同意吗？她语调里有某种奇怪的东西。要么那个候选人给她提供了一笔巨额资金，她在暗地里筹备一桩交易，要么她预见他会使我们陷入麻烦。不知怎的，她嗓音里的甜蜜很不像她的。我竭力反对：如果是那样的话，我们两个的通行证就没用了，因为不够时间搞第三个。我获得这些德国的通行证极其艰难，它们可以保证从德国占领的小镇苏瓦乌基过境，经东普鲁士到总督府。由本地印刷机生产，它们是彻头彻尾的赝品，包括带卐字饰的庄严印章——这些印章证明我们大学的美术系在训练熟练的艺术家。事实上通行证什么也不能保证，但仍需要……索菲娅的建议意味着将不得不徒步穿越四个而不是一个边境线。自然，她争辩由于我的通行证不可靠，我们会更冒险。当她在一小片纸上记下花费的数字,最终我屈服于数学的论据。

我第一次看到第三个人是在火车站出发的清晨。我立刻看出索菲娅表情奇怪的原因。索菲娅,蒙着头巾,背着旧背包,看起来像乡村教师;我也不显眼,提着我的土布包,一张土著人的脸。但那个药剂师——一张肿胀的浅灰色脸,褪色的蓝色小眼睛胆怯地转动,朝我们的方向狐疑地扫视。河马的呆滞,一幅十足的资产阶级漫画。他拉着一个用皮带捆着的大行李箱。

我童年的风景在火车窗那边流逝,很快,但比我刻意回想的更强烈,在我的记忆里,火车站的名字永远联系着对我少年岁月真实而不幸的爱,那段岁月在我眼前跳出又逝去。然而,最重要的是,我意识到对面那个人,或更精确地说,我自己受伤的自尊。在我们交谈了几句话以后,我就断定他是头猪,一个可怜的傻瓜。那么,像他这样一个人,成了和我一起行动——一项几乎相当于独立宣言的行动——的同志?这不是羞辱我的一种惩罚吗?我,一个知识分子可能继续待在不幸里,但至少在思考存在,我不得不和他逃离,一个无知的人,历史注定他只关心臭烘烘的金钱和家庭寝具。我心里想,在那边由两支军队保卫的西线,历史的判决会捕获他,以不同的方式,或许,它会的。在这个决定性的时刻,它已成熟这么久了,当欧洲只有希特勒主义和斯大林主义,当一个人必须声明自己赞成这个主义或那个主义,我却希望用模糊的第三种解决方案哄骗自己,因为我不能把它建立在任何东西上。除非建立在我的厌恶上——然后被眼前这个家伙厌恶!如果我们被抓住,这家伙会成为我的狱友,我的邻居。

我们的出发时间已经确定，以便我们能在集市日下午到达，这样容易消失在人群中。该镇的名字与其说有立陶宛特色不如说有天主教特色：卡尔瓦里亚。我们在那里有个“接头人”——一个当地农民。在他粮仓的面粉袋中间，我们倾听了他对局势的评论。村庄X的边界是不可能的，村庄Y也是；可以试试附近的村庄Z。院子里的马车（解下马具的马正在马车附近的饲料袋里大声咀嚼）刚从那里来，我们可以乘它返回，不过得在城镇的半里地外上车，因为内务人民委员部巡逻队驻扎在所有大街出口，并检查证件。我们做好了准备，在几小时内，根据一个指定的暗号，我们开始悄悄走过果园、树篱、胡萝卜地和卷心菜地。我提着药剂师的箱子，因为出发没过几分钟，他就已经喘起来，上气不接下气。我被汗水湿透了，我诅咒这白痴般的窘境，它把我所有走私者的机灵都变成了无用；如果这样一个队列，带着那个箱子，甚至被告密者从远处发现，那就意味着完了。当我们跋涉在通往边境的沙子路上时，那个白痴拖延了很久。我们的马车在附近往前走，但它暂时假装和我们没有什么关系。

当我躺在马车底部的干草上，凝视着头顶上的蓝天，天上的云朵被落日染成玫瑰色，懒洋洋地飘浮，我感到那么多月以来久违的内心平静。没有矛盾，没有犹豫，甚至没有恐惧——恐惧就在我的神经里，它不能刺得更深。我的理智是不连贯的，它不打扰我内心的和谐。我听着我的有机体的声音：我的身体深信天命，预先服从它的命令；无论什么发生在我身上注定会发生，因此何必忧虑？直到今天我都弄不明白，别人的这种声音多大程度上预示着对万物的接受,多大程度上它是靠不住的。它帮我控制我心脏的狂跳,以致当我们走过位于林中空地的内务人民委员部兵营时,我冷静地咀嚼着一片草叶。贝利亚的士兵,看起来像穿着长军衣的粗糙石头,排着队,唱着歌。

此处地形从平原变成丘陵起伏的郊野。道路蜿蜒着通过深谷,通过松树和赤杨的小树林,越过山丘和溪谷穿过果园,然后我们来到那个村庄。我们在一座小屋前停下,迅速钻进黑暗的入口,然后低声嘱咐爬上阁楼,拉上我们身后的梯子。

我们在干草棚度过的那四十八小时可以为三人出演的戏剧提供素材。我们被禁止大声说话、敲击、使草发出沙沙响声。因为没有窗户,屋顶是我们唯一的观察点;偶尔,穿过它用一只眼凝视,我们看见巡逻村庄街道的内务人民委员部士兵携带的刺刀的尖。索菲娅向药剂师发泄怒火,或许,没有什么能比得上一个女人的残酷,如果她鄙视一个男人的话。就此而言,药剂师的每个姿势,他的每句话,甚至他整个人,都令人恼火。他吓得胡说八道,用他的恐惧感染我们;他合上又打开他存现金的皮革腰带,腰带里塞满了钱,偶尔,他转过身,以免我们查他的财产。他对待我们像两个地下暴徒,他宝贵的生命托付的人;他不知道如何走路,甚至不知道如何安静地吃面包和香肠;他也不知道如何照顾他的其他需要。索菲娅小心地蹲在角落里,我藏在一根椽子后面。药剂师克制着,忍耐着,突然,就在我们前面,他解开了裤子,掏出他的阴茎,皱巴巴如象鼻,倾泻而出,愉快地叫着,除了排空他膀胱的轻松以外,完全无视一切。索菲娅目不转睛地看着这一幕，然后转过脸喊道："斯洛布！"[①]这个绰号就保留下来了。

因为我们说话少，她通过一种沉默的恐怖主义的方式把他排斥在我们的交往之外。我试图小心地抚慰她，或让她认识到斯洛布也是人，这不是出于对邻人的爱，而是源自对尘世——作为一个格外令人害怕的地方——的愤慨：如果连女人的善都成了一种幻象，他们真正看重我们的只是野人的德行，即力量、效率、活力。我的平静和进取精神，虽然为我赢得了索菲娅的友谊，但我不希望用这些品质来获得其他人的温情。它们的退潮与涨潮独立于我的意志之外，如果索菲娅在我生活的另一个时期遇见我，谁知道我是否不会成为她嘲笑的对象呢？我从精神上在反女权主义的法庭上审判过她，并对她所谓的文化的表面下爬出来的低级冲动感到一丝轻蔑。然而，我对公正的渴望终成泡影。因为每当我向斯洛布显示一丝丝同情时，他就开始怨诉并啜泣，更糟的是，把我的姿态错认为团结他反对索菲娅的证据。彻底的可怜结合着彻底的缺乏机智。

在关闭的门后所生的这种闷气不时地被来自下面的声音打断。对于深受刺激的神经来说，没什么让人舒服的东西。当我们的农民按约定的方式清了清嗓子，我们放下梯子，他爬上来开一个紧急会议。他的讲话胜似地图——比我们掌握的一切都详细得多。这个村庄位于沼泽地的高岸上；也就是说，在一个半干的、冰河期后的湖泊的盆地上。低地的尽头就是德国边界了。

---

① 斯洛布(Slob)，意为邋遢的懒人。

"在春秋季,水面变得很-很-很高——天啊,逃离希特勒的犹太人淹死在这里!但你们现在可以通过。"卫兵监视着湖岸,他对俄罗斯人的才能评价极高:"他们是真正的森林人。"他告诉我们他们五人一组外出,坐在草地上,休息一会,继续往前走;天真的人会认为后面没人了,但他们刚与隐藏在那里的同志换班,从他们组留下两个再带走两个。我们应等到周日夜晚,那时村里会有舞会,姑娘们答应帮助我们。她们会和士兵不断聊天或做某些事,转移沼泽入口守卫的注意力——他才是最危险的。

甚至在战前,这个村子已从走私收入中获益良多;然而,那时波兰和立陶宛的卫兵都不以机敏著称,即使有人落入他们手里,至多不过意味着失去货物或拘留几个月。那天夜里两个年少的男孩(已是老练的内行),带领我们。他们几乎不开屋门,提防着不使它发出嘎吱声,当他们突然跑起来,我们追随他们,伴随着斯洛布呼哧呼哧的痛苦喘息声。一阵冲刺,我们到达通向深谷底部的路。我们的向导通常在这里停下来倾听,这很有必要,因为在每个转弯处,我都吃惊地看到奇怪的雕像站在我们前面:这些是不规则的冰成岩构造,在月光下高大而明亮,并投下黑色斑点的阴影。从远处它们看起来像人;靠近还是可怕,因为它们每一个后面都可以藏人。终于,当水开始泼溅在我们的鞋上,我津津有味地吸了一口气,尽情享受柳条、沼泽迷迭香和湿苔藓的气息,我故土的气息。

在这种沼泽地里我感到无拘无束,我总是被它们有些忧郁的美触动。水的平滑床单在草木丛中闪着油腻的光,水上浮着一片静止的干叶子。我们跳入水里,水淹没到我们的膝盖,然后淹到大腿。斯洛布仍旧拽紧我们的心情,因为他涉水而进,被灌木挂住了,落在后面,迫使我们返回,把他从荆棘中拉出来。当水达到我们腰部时,他设法在被淹时伸出脖子,或沉入水中,用嘶哑的咯咯声喊救命。在月光下我瞥见他精疲力竭的、被泥巴弄脏的脸。索菲娅保持着幽默感。我们从危险的泥潭中共同努力救援她,当时她已陷到肩膀,害怕移动,以免泥浆会把她吸进去。在紧贴身的连衣裙里,她几乎是裸体的,她笑着说:"我的内裤丢了!"

报警的信号一度阻止了我们:只有气泡的嘶嘶声从我们步行穿过的泥炭中发出来……但另一方面是沉重的溅起水花的脚步声。它们听起来不太远,不过,过了一会,我们的向导说:"野兽!"一只麋或鹿从东普鲁士跑过来。它可能是快乐的,因为对它来说每个人都是危险的;它不必担心政府或体制的变化。

我们不得不跋涉的这几英里,耗费了我们许多小时。当我们站在干土上时,星星正变成苍白,黎明已在空气中随风飘动。我们,以及我们白桦林树干间模糊的影子,站在希特勒的国家。环绕我们的是树叶散漫的沙沙声,仲夏夜之梦的仙境,尽管还有许多障碍,我心里却是源于胜利的狂喜与力量。我被这场景的离奇触动:当奥伯龙[1]的魔术号角在森林中回响时,泰坦尼亚从帕克向她施的咒语中醒来,我们的向导,躺在苔藓上,正起劲地数着

① 《奥伯龙》(*Oberon*),三幕歌剧,普朗歇根据古老的法国浪漫传奇改编,德国作曲家卡尔·玛利亚·冯·韦伯作曲。一八二六年在伦敦首演。奥伯龙、泰坦尼亚和帕克均为剧中人名。

钱。在被带到第一个村子里一间亲切的小屋后，我们立刻冲向干草棚，当即熟睡过去。

那个农民的马车沿着公路在细雨中嘎嘎作响地迅速前行。沿着从北到南的路线，我们穿越这个国家，穿越风吹的高原、湖泊和我从战前就熟悉的云杉林。就在苏瓦乌基小镇前，我们的车夫拐进一条穿过田野和菜园附近的道路，直到我们到达一个边道，他停在一个单层的木屋前。人很难成熟；但直到今天，那个小房子的住户，一个马车夫和他妻子——她正给一个婴儿喂奶——对我来说是可能的证明。他们的恐惧与他们对邻人的责任感在斗争，正是他们明显的内心斗争——不过他们尽力把它隐藏起来，向我们显示兄弟般的和善——以特殊的悲怆表情笼罩了他们的面容。

我在小镇附近外出散步，使他们和我自己暴露在危险中。但在那半小时里我领会了纳粹政权的本质。我的脚步声在空荡的大街上回响；我遇到几个老妇。所有犹太人都被杀害或监禁了，战前这里的庞大驻军已不在了。起初我把人口减少归因于此，然而党卫军阴森的黑色旗帜和我对药房的探视解释了真正的原因。在柜台后面，站着一个穿白大褂的男孩，我认出他是药房主人的儿子。当他看见我，脸变得苍白，并用手示意我不要走近，似乎他撞见了鬼。然而我确实走近了，那男孩，颤抖着，朝我吼了几句。我返回，满不在乎地摇摆着身子，控制着我的步速，尽力显得好像我**有**自由的**权利**。除了少数例外，这个地区的全部男性人口已被驱逐强迫劳动或关进了集中营。雨水尚未冲去城镇广场上大屠杀留下的血斑。后来我得知我十五岁的堂弟，波兰那边的一个居民，差不多这时被关在奥拉宁堡-萨克森豪森集中营带刺的铁丝网后面。两年后他死了。

我们不得不冒险乘火车去东普鲁士边境的车站。考虑到俄罗斯人占领的地区在南部；因此没有别的路。黎明时马车夫把我们送到火车站，我们因寒冷和恐惧而发抖。空空的站台也没有让我们缓和下来。我们的下一个“接头”——边境村子里的饭馆——后来证明是个好地方。我们受到热情的款待，并得知证件在火车上由普鲁士方面检查，但我们可以付款避免检查；一个信使已被派出安排此事。夜里我们在牧场的铁丝网栅栏下缓慢行进，在黑暗中意外撞上牛群。一个被迫为德国**农民**（*Bauer*）劳动的波兰农场工人驾着一辆配备了两匹壮马的马车在一个议定的地方等我们。他选择小道避开公路；经过大约二十英里，我们冒险到达第三站或第四站，正好赶上了早晨的火车。

在乘火车通过东普鲁士时，为了不引起注意，我们彼此没说话。当时我有时间考虑那些粉刷的小房子，干净，有序。恐怖和毁灭用于出口，而不是国内消费；相反，它们有助于富足自己的祖国。在自己的国境以外，可怜的人只是被随意切割、塑造的材料。我整理旧事，夜间乘车时，那个青年农场工人并不怨恨我们。这里几乎所有农场已被分配给波兰战俘或强迫劳动的被放逐者。波兰人的运气随他们遇到的主人类型而变化。我能从一些细节中猜测，我们的车夫之所以有用马的自由，是因为他与那个农民的妻子的地位有关。他承担了她前夫——已死于波兰战役的前线——的所有权利和责任，可谓命运具有讽刺意味的报复。但这个青年波兰人怀着温驯农民的憎恨——像这里所有他的同胞一样,他不得不佩戴缝在袖子上的字母"P"——他已选出一个农场,战争一结束就占据。一九四〇年那个夏天希特勒的权力达到顶点,他的胜利信仰坚定不移,不讲逻辑。东普鲁士将败给波兰:就是这样。

麻烦在奥特尔斯堡等待我们。索菲娅向我坦白,下一个穿越点有个坏名声:小心,有某种可疑的东西。由于斯洛布基本上是个多余的包袱,索菲娅和我顺便去了一个烟雾缭绕的小酒吧,对着啤酒冥思苦想。不管怎样,我们要设法通过某个人查明如何到达边境村庄;但是我们不能信任任何德国人。我缠住一个长着红鼻子的小伙计,一个穿着铁路职工制服的马祖尔人[①],开始灌他白兰地。他的用处等于零,因为他立刻醉得几乎神志不清。不过我把他看作一个高深莫测的聪明人。麻木地盯着桌子,他固执地重复说:"俄国佬会来。"一颗强大而多疑的心住在那个酒鬼身体里。不受官方宣传的影响,根据某种个人观察和直觉,他已得出自己的结论,这对德国千禧年是极大的冒犯。

因为我们无处可去,我决定最后尝试一次——这证明我本能地依赖具有超国家机构的天主教派,或至少在我看来,它的仆人较少服务于恺撒:向教区教士寻求帮助。当然我知道,当我询问教区长的住宅时,只是在碰运气,但有时运气只需要一点助力。一开门,我的愚笨就让我不知所措。一个浆硬衣领上的双下巴,孩子们的金发脑袋,教义问答课,他和孩子们的眼睛因看

① 马祖尔人,住在马索维亚(波兰东北部)的人的自我命名,其民间舞曲传入法国后被称为玛祖卡。

到一个肮脏、说话结巴的波兰土匪而流露出惊奇和害怕。片刻间，这个具有超国家机构的教派破碎了。我关上门，吹着口哨走向大街。

我们放弃了寻找，乘火车去魏伦伯格，东普鲁士南部边境的最后一站。我固执地坚持弄到的由维尔诺制造的仿制通行证并非无用。索菲娅在一个地方走散了，斯洛布和我在等她，突然一个宪兵出现在我们面前，要看我们的证件。我把我的通行证给他，而斯洛布战战兢兢，几乎吓得萎缩了，假装用力拉他背包的拉链。我们维尔诺的艺术家精通他们的工艺，因为那个穿绿制服的大个子只是挥挥手：没问题，好了。

后来我们非常艰辛地借马，到达一个名叫克莱恩·勒西宁的偏僻村庄。森林和更多森林，然后是一个富裕农民孤零零的房子。他是马祖尔人，名叫德普图瓦。他未邀请我们进去，但嘱咐我们在附近的橡树林中等到日落，他会给我们派一个少年向导。太阳就要落山了，群鸟歌唱如悦耳的长笛，我已经忘了我们待在这里的目的；我忙着拍蚊子，我们谨慎地握在手心里的香烟也驱赶不走蚊子。几乎就在我头顶响起的喊声和枪声突然打破了寂静，似乎所有恶魔都释放出来了。由于紧张，制服上那些耀眼的污点尖叫着冲向我们的那一刻似乎没完没了，但这一切发生得如此迅速，以至于来不及思考，我的手已经举起来，一把自动手枪的枪管戳向我的胸口。在这种情况下，我突然看见了德普图瓦。他从树后缓缓走出来，吸着烟斗，站在那里为他的行动得意扬扬。战后很多年，对他小黑眼睛的记忆都纠缠着我，怀着报复的欲望。尽管作为一个马祖尔人，他很可能从未离开那个地区,但我遏制了如下念头:去那里旅行,至少满足一下让他被我控制的感觉。

但那时报复无处不在,它引起的只不过是普遍的绝望和痛苦。在一九四五年秋天,我在但泽附近某个村子住了几天,它留给我的是憎恶与悲伤之情。当时德国人正从该地撤退。有个名叫穆勒的妇女——她徒劳地极力为自己辩护:说她曾庇护过盟军俘虏——在那里自杀了,连同她的孩子们,跳进维斯瓦河。差不多与此同时,我的母亲在这个村子里死于斑疹伤寒;相应地,她失去了东部的祖国立陶宛。

我们被驱赶着快速向前穿过森林。一只手臂要被可恶的药剂师的手提箱坠断了,另一只手臂则在黑暗的掩护下,在我里面的口袋中移动,撕碎可能成为罪证的纸。假装咳嗽,我把它们塞进嘴里。印刷品的味道令人恶心。在小勒西宁警察分局,他们并不搜查我们。索菲娅,躺在牢房的地板上,上面铺着稻草,她宣称只要没有招来盖世太保,一切都不会失去。

司令官进来了。从那肥胖的巴伐利亚人喉咙里传出的可怕吼叫声可能引起惊慌。但同时某种嬉戏的表情潜伏在他眼睛周围的皱纹里。他对索菲娅滔滔不绝的诉说并非无动于衷,索菲娅突然变身贵妇人,讲了一个完全虚构的感人故事。无疑,在这个角落里,格外良好的生活环境——当然是战时欧洲最安静的地方之一——已经磨钝了他的脾气。第二天早晨他告诉我们,他已经给奥特尔斯堡的盖世太保打了电话,我们将被移交过去。但他的部下,在把我们用一辆马拉的轻便马车带到魏伦伯格以后,无须鼓动地接受了我们在酒吧停留一下的邀请;喝了半瓶白兰地以后,他开始让我看他家人的照片,并让我明白放我们走的时机已经到了。我们从边境线的栅栏下爬过去。没人阻挡我们。

我们缓慢地往前走,从一个村子到另一个村子,农民的马车轮子在沙路上静静地转动着。我们曾看见矗立在平原上的一个本地集中营。一个俘虏的纵队刚下班返回。经过大门时,他们的歌声与他们苍白、暗淡的脸形成鲜明的对比,触到我的痛处。用来福枪和鞭子武装起来的警卫使队伍很完整。在小绅士的后裔居住的村子里,我们受到了最友好的招待,摆脱了任何恐惧的痕迹。他们只是不承认外国的占领。与农民的村子相比,他们的村子有更多精致的建筑物,而且所有居民都用相同的名字——他们共同祖先的名字。为避免混淆,每个人在他的姓上加个绰号。

在奥斯特罗文卡小城,我命中注定的好奇心再次吸引我外出小小地散步,远离房子里那个胖女人,她把肉四等分供应黑市,待我们很殷勤。我把人文景观的细节储存在自己记忆里的需要是不可改变的。厚厚地贴着德语布告的木栅栏使我突然陷入对变形的现实的冥想;梦主要存在于对无限变化的惊奇中,一个人可以在其有生之年看到那些变化。突然被一个人的嗓音惊醒,我看见我前面是一个穿皮革大衣的盖世太保军官。某种东西吠着舔我的脸。我的帽子掉了,我弯腰取回它。当我直起身来,他咒骂的声音还在空中回荡,而他的背影已消失在远处。我不理解。我不了解以下信息:看到德国人,所有本地人都必须站到一边,并脱下帽子。“啊,你很幸运!”当我告诉她我的遭遇,我们的女主人说,“你很幸运,他没有查你的证件!”

被纳粹德国吞并的领土就在这个小城终止。尽管自童年时起我就见识了许多,在我的生命中从未穿越像这样的一条"绿色边境"。理论上最好的穿越时间是中午,因为那时所有警卫都在吃午饭;这人人皆知,包括警卫。穿过被太阳晒热的松树林,成群的男人和女人,被他们的麻布袋和包裹压弯了腰,以扩展的战争队形前进,蹲伏在树后,沿着苔藓爬行,然后在来自四面八方的枪声伴奏下逃跑。这些男人和女人是农民走私者,携带食品去华沙出售。尽管我已变成一只野兔,费力得喘不过气来,我仍然欣赏那移动森林的奇观,那里人多安全,仿佛我坐在电影院里。然后整个一大群挤上火车,从篮子里咯咯叫的母鸡,鸣叫的鹅,在座椅下尖叫的小猪,谈着价钱和警察的人,散发出便宜烟草味的车厢。我们到了总督府。

有人可能发现对这次旅程的描写太超然,似乎整夜在泥炭沼泽水里跋涉的身体不适并未使我个人忧心,或者似乎我的脸被盖世太保军官打过以后并不发热。然而,我怀疑我的超然是由于时间的流逝,它缓和了所有痛苦的经历。强烈的感情或被重负撕裂的呻吟并不扰乱根深蒂固的淡漠,忘我,它或许最好被描述成照相机的感光度,随时记录可见的一切。当我在松针上匍匐爬行时,在冷静的想象中,我放大了一根细枝的图画,或一只负重的蚂蚁,和比如从保罗·瓦莱里的一行诗——"这片平静的屋顶上有白鸽荡漾"[①]——的背景上响起的枪声。

---

① 原文为法语,系法国大诗人保罗·瓦莱里(Paul Valéry, 1871-1945)《海滨墓园》第一句,引文为卞之琳译。

这个世界冷静,宏伟。我爱它,因为它向我提供的每次转变总是新鲜的,不同的,我随它航行,就像曾随莱茵河航行,在每个转弯遇到不可预料的事。关于大结局,无论我读过的还是我本人写过的,现在都变得苍白了。在长期的隔离之后,我感到我明白了如何为每天和每小时生活。生活的未知形状几乎可见:多余之物,包括未来,从生活中被清除,可是,尽管如此,生活并不更糟。如果我们用社会声望这根标尺来衡量的话,这种下降到殖民地国家黑人奴隶的水平已使最高形式的自由触手可及。

总督府[1]

为了研究人类的疯狂，维斯瓦河流域在承载“总督府”这个奇怪名目的那段时期的历史成为极好的材料。然而在此犯下的弥天大罪足以使想象力瘫痪，而这无疑是发生在捷克小镇利迪策[2]和法国小镇奥拉杜尔[3]的大屠杀在纳粹统治的欧洲的编年史里比那些拥有成百个利迪策和奥拉杜尔的地区受到更多关注的原因。随着弗兰克[4]总督被纽伦堡法庭判处绞刑，整个战争的一章似乎已接近尾声，它的残酷并不有趣。但被引入总督府的这个体制与战争的需要毫无关系。事实上，它与德军的利益背道而驰，这一点对事件的每个旁观者来说都显而易见。在一

① 总督府(Government General, 1939-1945)，简称为G. G.，德国入侵波兰后设置的特别行政区，主要用于后勤供应，包括华沙、卢布林、拉多姆、克拉科夫和加利西亚五个大区。

② 利迪策惨案，一九四二年六月十日，游击队员刺杀捷克地区党卫军上将莱因哈特·海德里希，得到利迪策村民掩护，遭德军报复，约三百四十人遇难。

③ 奥拉杜尔大屠杀，一九四四年六月十日，一名德国军官被奥拉杜尔村的法国反纳粹组织监禁，遭党卫军疯狂洗劫，六百四十二人遇难。

④ 汉斯·弗兰克(Hans Frank, 1900-1946)，纳粹德国领导人之一，波兰总督府总督。一九四六年十月十六日被绞死。

个意识形态压倒物质利益的世纪里，被调动起来实施这项体制——换句话说，浪费在纯粹专制的目标上——的巨大能量应使我们充满恐惧。

当有色人种被白人征服时，他们并没有想到，在他们倒下的那一刻，已经有人为他们报了仇。他们的征服者带着他们的贪婪回家，并把它变成了对低等种族——甚至包括白色人种——的优越观念。这种观念获得了它自身的生命力，不仅可见于赤裸武力的倡导者中，而且被发现于许多民主人士中，只是戴了层面纱而已。

在这个被称为总督府的实验室里，纳粹分子将本地人分成了两类：犹太人和波兰人。前者被计划在最初阶段完全灭绝；后者，在下一个阶段，将被部分灭绝，部分被用于劳工苦力。"非雅利安人"的目标几乎百分之百实现了，大约三百万人被杀死。"雅利安人"计划则进展甚缓，他们的成员只减少了大约百分之十二。

同时，一场经济革命已发动，并取得了持久的影响：所有大工厂和多数大地产被充公，并转交给德国人管理。在此之后，共产主义革命是容易的——德国人撤退时，政府后来不得不做的一切就是接管这些如今无主的企业。甚至还有更重要的变化，影响到城市人口的白领与蓝领。挣钱变得更难，因为波兰行政机关不存在了，已被一个只是由殖民者雇佣的政府取代；在工业方面也不见佳，厂里的工资只是例行公事。它们与物价如此不符，以至于一周的薪水只够买一天的食物。

结果，许多人被迫从事非法活动，经济的和政治的。波兰的抵抗运动比欧洲其他任何地方规模更大,这当然有道德的原因。但先前任职于商务部、大学、中小学、电台和报刊的知识分子的解雇同样重要。不仅办公室工作被清除,而且整个学校系统被清洗——小学除外(奴隶的种族没必要学习);书刊的出版被禁止。然而,在短期内,波兰人建立了一个地下政府——配备地下财政、行政、学校系统、军队和报刊。占领者与这种大众运动的斗争令人想起白人统治者在其他大陆的冒险。这使德国在人力与军需方面损失惨重。因此在柏林把“G. G.”这个缩写词读成**匪徒区**①成了惯用法;对手通常都是匪徒和盗贼。

从这个体制可以得出两个结论。一个是十九世纪的科学促成了一幅完全天真的历史画,在大众心灵(受小册子滋养)中对那些比机械性、物质性更复杂的因素造成蔑视。在某种意义上,希特勒把达尔文主义——“生存斗争”和“适者生存”——看得太认真了,将历史等同于自然,从而忽略了盲目力量的限度。那种天真的观点在马克思的分析里被克服,其继承者的所有错误可能由于他们忽略了他的意图。尽管纳粹分子从东方借用了几个观念,例如宣传、政治警察和集中营(不难想象奥斯威辛大门上的招牌“劳动带来自由”②从哪里来),他们只有在巨大的罪行中才能看到权力的秘密,因为他们智力太低下,不能超越庸俗化的生物学。这些人对知识分子显示出来的厌恶是一种对真实威

---

① 匪徒区(Gangster Gau),首字母也是 G. G. 。

② 一八七二年,德国作家洛伦茨·迪芬巴赫(Lorenz Diefenbach, 1806–1883)写了小说《劳动带来自由》(*Arbeit macht frei*)。纳粹时代见于各大集中营门口。

胁的防御性反应。他们猜测危险潜伏在对实际政治活动的任何分析中。

第二个结论不讨教授们喜欢,他们忙于事实和数字,把它们本身看得很重要,却根本不予解释,或更糟,给它们加上民族主义的调味汁。数代德国教授都在研究斯拉夫人的世界,但他们所有的图表和统计资料都是无用的。从德国利益的角度来看,在接管波兰、乌克兰和白俄罗斯后,纳粹政策是荒谬的。

我在华沙度过的那四年并不例外于一般规则,新的每一天都是一份挑战可能性的礼物。当我来到这里,环绕这座城市的城墙已建了大约三分之一,犹太人被圈在里面。犹太区的大门尚未关闭,我们还能拜访朋友。为了阻止"雅利安人"参与此类拜访,招牌被悬在大门上:"犹太人、虱子、斑疹伤寒"。但是如果那些被关在墙后的人只有灭绝可盼——或由于饥饿,或由于枪击,或由于后来某种模糊但很快获得更具体形式的毒气室——那些墙外面的人,他们被从大街上清除,聚居于奥斯威辛,和那些已失去正当生活的一切希望的人,也知道他们在和时间赛跑。生活,如同原始人,再次依赖一年四季。秋季最难,因为不得不弄来土豆和煤块为漫长无望的冬天做准备。随着春季来临,关于德国即将失败的梦浮现出来。

在那四年里,我和大多数像我一样的人,抛弃了西方文明,如果它教导的东西多少可以归结成尊重金钱和一个人拥有某种权利感的话。事实上我认识的每个人都发现自己处在有艺术天赋的波希米亚人的经济状态中,我们都演过被警察追捕的罪犯角色。不能明确下周会有饭吃,但这被平静地接受了。我的朋友,小说家乔治·安杰耶夫斯基,发明了“最后一便士理论”,我可以把它推荐给大家尝试并检验。其提议如下:每当你口袋里只剩最后一便士时,**定会**发生什么事。它真的发生了。

我采取措施改善了一点命运,那时向我们敞开的可能性让我产生了一些想法。我开始卖“黑约翰”“伍德拜恩”牌香烟和威士忌这些东西(来自敦刻尔克的战利品;流通在黑市上),还有少量高雅的物品,像血肠和女士内衣。如今这听起来令人发笑,但如果回家时一件也没卖掉,我的绝望是真实的。

不久以后,我开始卖一种完全不同的产品:我的新诗集。由扬卡,我未来的妻子,在复印机上印出来,费力地装订在一起。据我所知,这是华沙被占领期间出版的第一部文学作品。几乎同时,由乔治倡议,一份打印的文学杂志在组稿,其中充满了我们反纳粹的文章。

一天,我听说需要工人去挖掘法国文化中心被轰炸的图书馆的废墟。这次救援工作由大学图书馆发起。像波兰的所有图书馆一样,它已被迫向公众关闭,从属于德国中央局,但其员工被继续雇佣。尽管薪水在挨饿的水平线以下,波兰雇员忠诚地继续坚守——而且,图书管理员是特殊的人群;他们能从对书的挚爱中得到满足。被分到一个装载和运输书箱的工人小组,我看到了我的机会,永久抓住图书馆,如今我可以把一堆堆不同语言的书带到家,沉浸于阅读中。我有机会成为搬运工,多亏了图书馆的新主任,一个小个子德国斯拉夫语言文化研究者,他决定不惜任何代价保护自己不去前线,直到战争结束。怀揣这种心思,他和他的顾问,一个名叫普里考斯基的波兰人,详细制订了一个庞大的计划,至少需要十年完成,这使他们两个不可或缺。根据不可动摇的逻辑,这项计划设想重组华沙三大图书馆的藏书,用马拉的大车运输数百万册书,以便一个图书馆只藏波兰语著作;第二个,只藏外国著作;第三个,收藏关于音乐、戏剧和艺术的著作。这是一项相当于移动阿尔卑斯山的事业,**系统地**(*systematisch*)忠实复制了整个总督府——只不过它的疯狂是不流血的之外。

波兰员工以蔑视的冷漠看待这个小个子主任,把所有仇恨都倒给了他的顾问。这个人必定体验了巨大的内心焦虑。在德国受教育,与德国女人结婚,在家里只说德语,他似乎相信"新秩序"是永恒的。这个卖国贼走近时,我图书馆的同事,搬运工和职员,就用清嗓子的方式相互提醒。许多次,当我们蹲着休息或蜷在壁龛里抽烟时,他会尽力悄悄靠近我们,穿着橡胶底的鞋轻轻走来。然而,他监工的热情并未保护他,他死于一九四四年。谁杀死了他——是德国人还是波兰人——我不记得了。

体力劳动,点缀着阅读的时刻,很适合我,土豆和胡萝卜汤滋养我的身体。我为一件事感谢战争:我官僚生涯的终结。在书架黑暗的凹处没有警察搜寻塞在书册间的地下出版物,那是很方便的。乘马车带许多书穿越城市,全身舒展躺在书箱上,我在阳光下温暖自己;我感到自己似乎逐渐融入迷人的城市丛林,尽管它伴随着恐慌的波浪和断断续续爆发的枪炮声。冬天我们有时绕道去一个雇员家里,在那里我们因猛灌一杯纯酒面红体热起来。我渐渐依恋我们在图书馆工作的这个集体,及其波兰人馆长、历史学家莱瓦克博士。当然,我们收到的微不足道的小钱是不够用的,过了最初阶段,当我寻找来自属于一个团体的道德支持时,我只是有时上班,为了使自己不失去获得书的权利。

地下政府渐渐壮大,像所有作家一样,我开始得到秘密基金的少量资助。这些基金的来源是黑市上美元的高汇率。美元来自英国的秘密渠道或由飞机空降,从黑市汇率的波动,你可以确定最近是否有空投。文学的佣金也增加了。我和一个秘密单位一起工作,它的名字会令人吃惊(考虑到那些人通常被认为没有规矩):演员单位。不过,波兰的戏剧从未成为纯粹资本主义的事业单位;无论如何,它的成员通常把自己看作艺术的大祭司——承担它强加的责任。面对占领者,这个秘密团体为演员规定了行为准则,并禁止在纳粹批准的场所表演。某位演员,他刚开始通敌,就被枪杀在自己的寓所里,从这时起它在华沙赢得了高度尊重。这个团体由著名导演埃德蒙·维尔钦斯基[①]领导,在演员同事的帮助下,他正准备为战后的戏剧进行根本的改革。他们讨论保留节目,并预定剧本翻译和原创作品。这项活动对我的文学研讨会非常有益。演员本人工作努力,直到今天,他们在个人家里或修道院卓越的秘密表演在我记忆中仍然鲜活。埃德蒙的妻子,玛丽亚,也是一位导演,她创造了一项纪录,作为颠覆性诗歌的传播者:她组织了一百五十多次秘密的诗歌朗诵会。

一九三九年的突围迫使我改变习惯。时间珍贵;当以应有

① 埃德蒙·维尔钦斯基(Edmund Wierciński, 1899-1955),波兰导演、演员、教育家。

的方式利用它,若像战前那样放任自流,将意味着逃避我最重要的责任。毕竟,我已逃出,能为自己认真思考事情,而不屈从于外在强加的世界观。这里有充分的自由,正因为纳粹的智力为零。然而,我必须解决希望的问题,或更确切地说,找到一个与希望和绝望同样无关紧要的位置。我的生存机会和我亲眼看到这口大锅最终煮出什么东西的机会一样渺茫。通过努力,我最终听从了马丁·路德的建议:当有人问假如他知道明天将是世界末日会怎么做时,他说"我会种植苹果树"。

图书馆的书让我明白我的波兰语、法语和俄语是不够的,通过反复吟咏阿尔蒂尔·兰波和斯特凡·马拉美,我已掌握了足够的法语。因此我决心探索盎格鲁-撒克逊诗歌,并开始学习英语。在我能够借助字典阅读以后,进展迅速。(我懂的德语,直到今天几乎只有"举起手来!"和"所有男人都出来!"对歌德的这种语言懂得不多。)

由于我,像其他所有人一样,被欧洲衰落的原因折磨,通过把某种哲学观点作为文学作品的主题,我试图阐明我的思想。我打算把这些随笔——关于丹尼尔·笛福、巴尔扎克、司汤达、安德烈·纪德、托尔斯泰、威廉·詹姆斯和两位波兰作家(斯坦尼斯瓦夫·伊格纳齐·维特凯维奇和玛丽安·耶德耶考斯基)[①]——弄成一本书。有些已发表;其他的,如对安德烈·纪

① 斯坦尼斯瓦夫·伊格纳齐·维特凯维奇(Stanisław Ignacy Witkiewicz, 1885-1939),波兰作家、画家、哲学家、剧作家、小说家、摄影家。玛丽安·耶德耶考斯基(Marian Zdziechowski, 1861-1938),波兰哲学家、政论家、法西斯主义的批评者。

德的抨击,我宁愿它们处于手稿状态,因为它们言辞过激。然而,在那些天里,它们满足的不仅是个人需要,因为它们在秘密集会上被阅读,并引起认真的讨论。尽管缺乏任何合法的出版物(波兰人被禁止出版,甚至包括对德语作品的翻译),知识分子的活动很活跃,在发展,到战争结束时,我们许多人可以把我们从旧我跨越的路程比作整个地质时代的变迁。

我编选的诗集发挥了更直接的功用。它包含本地或移民诗人的诗歌——当时以手抄本的形式流传,叫作《独立之歌》,它以印刷精美的小开本出现于一九四二年;出版商认为它是地下市场的成功。同年,我很高兴能小规模地保护法兰西的美名,纳粹宣传员已把它拖进污泥。整个事件证明对极权主义体系来说与词语作斗争是多么困难,它迅速有效地滑过边界,超过外界人的想象。在加拿大出版《穿越灾难》时,雅克·马利坦[1]并没想到他这本针对维希政府的著作会到达遥远的波兰。某位荷兰商人把它带到了华沙,在我的译本和我那篇亲法的序言中,文本被排成特小字体,并印成袖珍版。受演员组织委托,我对英语诗歌的深入探究也变成了我的优势。我钻研了莎士比亚的《皆大欢喜》好几个月,准备做一个新译本,因为,根据埃德蒙的看法,现有的译本不太适合他们舞台表演。田园牧歌的莎士比亚证明有一流的疗效。根据埃德蒙的建议,有酬金支持,我还为战后华沙剧院的重新开业写了**开场白**。那份手稿在哪,是否有任何副本

---

① 雅克·马利坦(Jacques Maritain, 1882-1973),法国哲学家。一九四八年至一九六〇年间在北美任教。米沃什曾翻译其《穿越灾难》(*A Travers Le Désastre*)。

从城市大火中被救出，我不清楚。我认为那个开场白（一个人道主义者和一个政治家之间的对话）的语调有点过于崇高，因为事件的无情发展使人道主义者陷入失败。

地下出版物的剧增激怒了乔治和我。许多印刷工、编辑和搬运工的死并不能由那些小周刊和日报的微小价值补偿，关于盟军胜利的公报散布在文章里，这把公众引入错误的乐观主义歧途。因此我们赞成出书，它们提供分析的空间，并且易于分发。通常一本书配上一个看上去无害的封面，起一个书名如《谷物种植手册》，它通常提前出版。我们试图获得基金，但很少成功，因为审查制度在暗中发挥作用，确保所有人遵循伦敦政府的路线，它并不善待对未来的推测；也就是说，不善待知识分子的任何一种意识形态的“胡说”。不过，即使只为我们自己，也想获得清晰的前景，为了做到这一点，我们选择了书信的形式。每次相遇（乔治和我住在城市的两端），我们就交换我们的哲学书信。这些书信逐渐成为一整册，对历史上的现实即时反应的文献。

虽然这些活动使我很忙碌，但它们并不重要。真正吸引我的是诗歌，或更确切地说，极端困难的任务是发现其充满活力的新形式。从数百万人日常悲剧的压力来看，词语已爆炸成碎片。所有先前的形式都变得无意义。那些情绪冲动的胡言乱语当时如此普遍，使我感到羞愧，每当我写下什么东西可能讨好那些等待这种倾泻的人时，我也为自己感到羞愧。因此我不喜欢我那几首在被占领的华沙变得流行的诗。不到三年以后，我挖掘到更深的层次，这大大得益于我对英语诗歌的反思。这并不意味着模仿,因为体验的差别太大了:例如,当燃烧的犹太人居住区的火光照亮这个城市的地平线时,阅读 T. S. 艾略特的《荒原》不免有些怪异。

因此我把时间花在书和报纸上,从中获得报酬。也有"公司",一个多姿多彩的机构,这里不能不提,主要是因为其创始人。当我们在维尔诺一起学习法律时,W 都被我们错误评价了。他是个高个、贫血的青年,说话很少,似乎每句话都花费太多体力。他是西里西亚区一个矿工之子,明显有左翼倾向,同时极其虔诚。有一段时间我和他在学生宿舍里同住一个房间。从那时起我总记得他跪在床边,双手合十,专注于晨祷或晚祷。确实,甚至那时就我迷惑于他将沉思与行动结合起来的神秘能力。他精力充沛地参与大学的政治活动;当他踏上讲台,这个安静的少年突然变成一个领袖,擅长辩论和猛烈抨击;那时,他不再是通常的低语,而是用金属撞击般的刺耳嗓音大声疾呼。被评为组织者和战略家,他在左翼自由主义集团中履行各种职责。然而,没有人能预见他后来质变成一个与美国西大荒相称的商人。

一九四一年秋季,当德军向伏尔加河推进时,他在维尔诺建立了这个公司。几个月内,他的利润从零猛增到数百万,不久这个公司拥有了两个分支:一个在明斯克,白俄罗斯的首都,另一个在华沙。受纳粹当局的特别许可,因为"对军队有益",配有各种通行证和许可证,据称从事商品贸易。事实上,它在黑市上买卖货币。货车运输的绝大部分,如果不是全部的话,是游击小分队的武器。在这方面,W 高超的外交才能几乎达到了天才的水平,因为他的货车不受侵扰地通过白俄罗斯的森林,它们由不同肤色的游击队员控制着。这个财力雄厚的公司通过向德国人行贿保护自身的特权，给一些高官支付定期的红利；它还保持自己生产假证件的作坊，并对那些受到被捕威胁的人，尤其是犹太人，进行有效的救援工作，他们许多人将其生命归功于此。这个公司通常把他们小心地装在包裹里，从一个城市运到另一个城市。W 是商界大亨、政治家，或爱自己邻人的使徒？将他这三种品质分开是不可能的。

这个公司的华沙总部，随着前线逐渐向西移动，那里的主要活动已转移，看起来不像一个商业公司。在一间大房子里，在凌乱的轮胎、装货箱、发动机零件和汽油桶中间，货车司机们无精打采地把脚搭在沙发上，抽着烟，用维尔诺方言懒散地闲谈。这个车队，由维尔诺郊区“我的少年”组成，熟悉复杂机构的里里外外。这是一队完全值得信任的人，老板对他们一视同仁。在第二个房间里，W 的合伙人 K 在打电话。他是个肥胖的拉脱维亚犹太人，长着黑胡子，拥有雅利安人第十代的出生证。

W 赚了很多钱，他投资像玩彩票；他准确地判断所有物体和价值都是不可靠的，因为华沙的公寓式住宅，例如，很快被烧毁，而且它们处于国有化的命运中。他确实选择把钱花在书的手稿上，因为他打算战后建立一个出版社。他不仅买了我几份手稿，而且指定我做他的代理人。我们认真地签了合同，不过我从不能抑制这种感情：我在参与某种造假，经手的那些钱只是为了流通。

作为代理人，我尽力实现两个不存在的出版社的合并，它们两个的收入都依赖黑市。谈判旷日持久，通常情况下，谈判的关键聚焦于一个并不存在的岛上的宝藏。我努力的顶点是一次晚餐，双方都被邀请参加，在一个由失业演员和画家开的非常高雅的餐馆里，他们知道如何创造富有魅力的优雅环境。我们喝最好的法国葡萄酒和干邑白兰地，由一个弹手风琴的歌手助兴，但并未签协议，那次宴会结果是关于股份比例的无尽无望争吵的前奏，然而我们三个都知道这些金融斗争的背后是笑声。W、他预期的合伙人和我属于相同的社会主义组织——活动在战争初期的维尔诺团体的一个分支。我宣誓（我宣誓“忠于人民”或诸如此类的话）时，也夹杂着瓶子被打开塞子的声音，在一个相似的附庸风雅的餐馆里；我记得那波兰最好的两个青年作曲家，卢托斯瓦夫斯基和帕努夫尼克[1]，提供娱乐节目，演奏两架钢琴。

忍受一个人的怯懦是痛苦的。不幸的是，我不知如何摆脱它。或许在纳粹统治的其他国家里，出版反纳粹著作这种行为是足以自豪的事业，但在波兰不是。在这里，整个集体提出要求并施加压力。然而这种危险并不超过在大街上散步。当一切都不合法时，就没有什么不合法了，禁令没有意义。一个星期天下午，我看到一家人：一个男人和一个女人推着一辆婴儿车；盖世太保的小汽车缓缓出现在他们面前。那个男人，看见一支左轮手枪管对着他，就举起手来；他们把他猛地推进小汽车，然后离开去搜寻下一个猎物——为了好玩。扮演上帝，能用你的手指

---

① 卢托斯瓦夫斯基（Witold Lutosławski，1913–1994），二十世纪欧洲主要作曲家之一，管弦乐队指挥；帕努夫尼克（Andrzej Panufnik，1914–1991），波兰作曲家。

指着某个人说,“就是这一个”,对人类的空虚来说是不小的乐事。以这种方式被逮住的人满足了奥斯威辛和马伊达内克死亡集中营的交货指标;他们的名字也能在那些被枪决或绞死的“人质”名单上读到。

如今试图说服我自己或他人我有任何英雄主义的天性将毫无意义。我公开承认:如果我碰巧遇到我们公寓管理人潜藏着威胁的眼神,知道他怀疑我们的一位客人是犹太人,即使在家里,我也因恐惧而变得冷酷。(“人民”?“人民”尤其关心保全他们自己。)管理人曾赶走常在我们房间吃晚饭的两个犹太孩子,他们害怕不再来了。他们睡在未盖好的房子或废墟的某个地方;我认出他们一次:大一点的那个孩子,十岁,正坐在一堆砖头上,给那个年龄较小的孩子读报。但由于羞愧我未走近他们;我身上没有一便士,没有什么给他们。这种无家的孩子,从犹太区逃出来,被穿绿军服的人击毙在街上,他们留下尸体让市政当局掩埋。

重获尊严的愿望几乎驱使所有青年人参加地下军队,被称为“救国军”,其领导层受控于伦敦流亡政府。它的许多部门在森林里活动;其他人专事暗杀负责侵犯波兰人的德国高级军官。因为这种反恐怖主义行动极端艰难,密谋者就像日本的“神风特攻队”飞行员那样,必须完全默认他们自身的死。救国军建立了一个广大的联络网,在其情报部门为盟军事业工作的功绩中,最大的一项是发现德国人第一次V-2导弹试射。对华沙的大多数青年人来说,救国军的成员意味着服从直接上级的命令,学习军事理论课程,或如果可能,进行战争技能的实际训练。

尽管演员团体和军队有多种途径的联系，我没有加入救国军；大体上，我的文学同人也没有渴望冲进战场，握枪在手。到了三十岁这个年龄，一个人已养成某些习惯，未必是好习惯。个人总是争辩“我不想死”，这可以解释成“我还有更重要的工作”。换句话说，如果一个人这样说，表明他缺乏与别人合作的那种必要的谦逊。在战争的第一个阶段，我就意识到突破我们渺小的决心只能出自一种强烈的情感冲动，这反过来与我们对牺牲意志的信念不可分割地联系在一起。

这些思考似乎愤世嫉俗，冷酷无情。然而，我从不曾问自己更深地陷入密谋是不是我的责任。不仅我现在缺乏这种冲动，而且我受到对救国军首领强烈敌意的抑制。战前华沙的政治幻想——连同它的标语“我们寸土不让”（We will not yield an inch），连同它的确信：如果德国人攻击，波兰军队大约会在几天内占领柏林——却被战败增强。整个密谋组织都借幻想壮大，给自身注入暗淡的民族主义忘我状态。明天必定是光明的，但无论谁敢暗示它依赖政治体制的选择和国际权力竞争，他将使自身处于并非总是想象的危险中。

在对占领者普遍仇恨的温和表面下，一场控制未来的战争正在进行。换句话说，未来岗位的分配不是根据功绩，而是根据政治的可接受性。因此，尽管存在着包括社会主义者和民粹主义者的政党议会，军界高官体现出返回战前右派模式的倾向。这个国家，像战前一样，将成为东方的“堡垒”，由西方的盟友支持；没有人会怀疑别的。但由于事件不断戳穿这种希望的谎言，空气被自我欺骗与不合逻辑的烟雾毒化了。我的个人主义可能不是一种优点，但至少它保护我不屈服于集体主义的氛围，并迫使我摆脱我认为的垂死往事的痉挛。就此而言，作家，不能从陷阱中找到出路，应首先反抗这种得意扬扬的自我迷失。早在一九四三年，他们的一些著作就显示了明确的讽刺性特征。

我们总是遇到那些我们乐于遇到的人。我的需要使他的出现成为必然时，这个城市就把他送到了我身边。由于他和华沙哲学圈的联系，我们在战前彼此有短暂的了解。大学的哲学研讨班通常在我的密友博莱斯瓦夫·米欣斯基——哲学家诗人——家里聚会。一次我去参加我未来的老师从布拉格返回后做的关于现象学的讲座，他已在查理大学完成了学业。但现在我以不同的方式看他。他最亲密的朋友叫他老虎，因为他在争论中非常强势，使别人降格为食草动物。灵活性、率直的伏击、表面上心不在焉的大师，他纵身一跃扑向他的牺牲品，用通常以戏仿和哑剧的形式表达出来的讽刺战胜对方。要不是有他，我抵制自怜（以及抵制由我的环境强加的政治立场）的抒情风格的艰苦努力可能完全失败。作为一个催化剂，他是不可缺少的人物。

尤利乌斯·塔德乌什·K[①] 和他的妻子伊雷娜，很少离开他们的家；根据纳粹种族法，他是个混血儿，她应马上从地球表面迁走。他们靠生产香烟谋生。黑市上的烟叶来自非法种植的农民。在小加工厂发酵和切割，随后它可以被卷进烟纸或管子里。熟练后，一个人几乎可以达到机器的生产速度；制好的香烟

① 即克朗斯基。

被放进一百个盒子里。除此之外,老虎为许多地下组织(更有趣的是,那是一个士官组织)中的一个编辑了一份刊物,并写政治论文。他们俩都在柏拉图的著作里寻找和平与智慧,他们读的都是希腊语。

住在一个机械的屠宰场里,其传送带不停地运送被屠杀的人的尸体,很难与这些事件保持距离。在这种环境里,未来被毁灭,一个人通过创造一个虚幻的明天补偿它的损失,那时真理与正义将获胜。这正是因为几乎所有华沙居民都不能迈过那个门槛:战胜德国人意味着天堂的应许。战争只是他们可以理解的插曲,但是理解这一点和用整个人体验它是两码事。老虎从不分离战争和在它之前或随后发生的事情。推动他的不是哲学的中立,而是哲学的憎恨。

恨活得不好的人。不仅恨纳粹分子——甚至较少恨纳粹分子,因为他们提前被判处了可怕的惩罚——而且恨大多数他们的对手,波兰的爱国者。在大灾难期间,一个人应尽力活好;对他来说,那是救赎的唯一保证。这意味着什么?意味着不要在思想上违背宇宙的结构,它是有意义的。一个人因陷入幻觉、因使暂时的意义绝对化、因鄙视我们的心灵而犯错,这导致我们走向因果的精确秩序。老虎遭受了许多侮辱,被那些聚集在祖国周围的人,被那些似乎威胁它的所有事物的敌人。反对希特勒的英勇斗争改变他们了吗?一点也没有。他们有对行动同样的崇拜和对知识同样的轻蔑。以他们为例,老虎逐步建立了他自己的历史神学,像一个人偶尔露出脚和手指——那些忽视征兆的人有祸了!波兰的地下组织是自我牺牲,或许在欧洲绝无仅有。但正由于这个原因,老虎充满恐怖和同情地看着它,意识到了悲剧的整个程度。无论称它为辩证技巧、政治想象还是历史幽默感,他预见,似乎在水晶球里,一个悲哀的未来等待着密谋者。他对其上司地下组织的军官或军士的嘲讽模仿常使我不安。他在他们面前扮演的角色越熟练,他越能更好地洞悉他们。确实,某些预感使他们警惕智力那个魔鬼:起初他们同意出版他论民主的书,以迈克尔·帕塞拉斯[①](他喜欢英国历史学家论拜占庭的著作)的化名写成,但转念一想,他们收回了意向。老虎还预言了流亡政府在战后会变成什么:英国两家竞争的报纸将彼此论战,伦敦蜜蜂和苏格兰马蜂;"它们会这样度过它们余下的日子"。表面上,他小心地保持着完美的仪表。无论何时遇到住在隔壁的神父,他总是鞠躬,热情地问候他:"我向你致意,神父!"他过去常说向基督教人士致敬会造成一种良好的政治形象。

他是左派民主主义者,与共产主义者保持策略性的距离。后者,作为外国势力的代理人,在华沙像麻风病人一样被避开。与欧洲其他国家相反,在波兰共产主义者不仅没有为抵抗运动确定基调,而且由于他们被污名,只能旁观争夺。一个人有时有机会和他们中的几个在文学圈子里交谈,但他们的位置并不值得羡慕,观点相当乏味。当被问及一九三九年、驱逐出境和集中营,他们只是耸耸肩:"从历史发展的观点看,多一百万人或少一百万人有何区别?微不足道。"然而,老虎禁止我说俄罗斯坏话,因为这

① 迈克尔·帕塞拉斯(Michael Psellos, 1017 或 1018–1078?),生于君士坦丁堡,修士、作家、哲学家、政治家、历史学家。

样做可能冒犯耳朵。根据他的说法,一个巨大宏伟的耳朵——历史、天意或命运,它们在他思想里混为一体——笼罩在这个世界上。老虎必定天生是个黑格尔派哲学家。对他来说用隐喻说话是正常的,在这里他本意是我们不应对俄罗斯怀恨在心。因为这样做时我们就会失去清醒判断的能力,并失去正视未来事件的能力。公开的冲突在我们之间爆发了。我责备他缺乏知识,因为他甚至不懂俄语。我想让他睁大眼睛进入未来,但他,当然,已在"存在的"与"合理的"这两个词之间画了等号,这使我愤怒。

智慧,是的,但可耻,因为在这样的交谈中我们无法警告任何人,而救国军(像米哈伊洛维奇的军队,除了波兰没有铁托之外)朝着它不幸的命运前进。用"警告"这个词我无意预言共产主义者胜利。那时没有人清楚地看出会出现什么。整个事情在比报纸文章华而不实的表面更深的层面上展开,正因为这一点,人们之间的隔阂是不可克服的。有些态度是注定的,他们如此超然于现实。因此,遭到他们陈腐的气味袭击时,老虎并不争论,他所做的只是模仿纯真的少女,在旗上刺绣,并唱一首关于波兰枪骑兵的爱国歌曲。为了维持无法忍受的生活水平,一个人不能削弱自身意识、伤害自身。那个时代至少需要一种新的触觉。这和事后聪明无关;换句话说,和这个国家能否避免后来的不幸这个问题无关。通过触摸,我察觉到一面墙。受益于老虎告诫的低语,我认识到我们不必使拳头在墙上流血,或在它面前谦卑地屈服。但没有政治家能看到这一点,那些过于聪明却不相信他们自身宣言的人令我厌烦。无论如何,我认为我的诗是一种更高的政治,一种非政治的政治。

怜悯、同情和愤怒赋予这首诗直接性。尽管受环境制约,尽管我周围存在着废墟或毁灭的形象,但这是一首成功的诗。它庆祝我进入健康的节日,我人生的第一次。从那种无力中得到恢复,当一切——尘世的和我们心里的——如此晦暗,令人困惑,以至于我们缺乏尖锐的勇气,像切割玻璃的金刚石。我写过关于“社会”主题的诗,并因它们的不自然而不安。我练习过“纯”诗,仍令人恼怒。只是现在这种矛盾才消失。如今甚至最个人的诗也解释了人类的状况,并包含着一种使它客观的讽刺倾向。某些事物在我心里持续,即使我已向自己承认了残酷事实:波兰的战前社会,以其敏锐的集体审查制度束缚了我,对我绝对意味着虚无,我不关心它最近可怜的弥赛亚的化身。直到那时德行还在窒息我;一个人必须摆脱它,并宣告表面的终结并非传统、文学或艺术的终结。我知道我在某种泥潭里盲目挣扎耗费了许多年。但最终我从中摆脱出来了。追踪或根除一个人自身过去所有的遗迹——多么遗憾的分裂与诱惑!但还有多么纯净的空气,多么坦诚,随时准备面向未来!

我的解放有政治含义,其原因是老虎:国家的受难和“民族阵线”已遮蔽了我对右派的憎恨,但现在它公开爆发了。然而,我分明不同于用教义缓和他们的愤懑的人,其教义在他们和具体物之间筑了一堵墙:因此造成他们写作的弱点。从教义上,我和他们迥然不同。内心的政治解放可以通过各种方式渗入我们的存在。那时我写的《天真的诗》有些迷惑性的朴素;事实上它们是一个形而上的小册子,是位于阿萨斯街的学校黑板在颜色和形状方面的对应物,拉勒芒神父在黑板上画他的托马斯圆圈。

我也承认世上没有我特别羡慕的地方，黑暗的本能把我带到了华沙。如果我那时移居国外，很可能我会停滞在战前阶段。如果我去了东方，我对不人道的抗议将会使我重新陷入不加区别的波兰爱国主义，而我决不会突破我的外壳。在这里，我获得了一种决定性的经验。一九四三年，我非常清楚地确定了我未来的职责：既非阿贝·布勒蒙及其后来理论家的“纯诗”，也非俄罗斯的社会主义现实主义。这种经验也预示了我后来转向西方文学作品。在我的诗里通过融合个人与历史的元素，我创造了一种在西方很少遇到的合金。

华沙毁灭的时间逐渐临近了。这次起义是应受谴责的糊涂事；它完全证实了老虎的判断——尽管二十万具尸体确实有分量，没有人能说出在即将到来的数十年或数世纪里它会成为什么传奇，或产生什么影响。而且，一九四四年七月的最后一周，解释了它的某些原因。几个人站在街角，安静地微笑着观看，卡车满载衣柜、镜子、地毯——德国办公室和个人家用的物品。他们在逃跑。没有人再怕他们了。被钉在墙上的海报，命令所有男人报到去修防御工事，受到嘲笑。你可能已听到俄罗斯人的炮声。武装起义的谣言受到热烈欢迎：一次对折磨自己的人加以报复的机会……然而，不久，传来消息说不会有起义。我的一个社会主义者同事告诉我现在采取任何行动都是胡闹，这时米考瓦耶茨基①，伦敦流亡政府的总理，正飞往莫斯科。斯大林太

① 米考瓦耶茨基（Stanisław Mikołajczyk，1901-1966），波兰政治家，“二战”时波兰流亡政府总理，战后任波兰副总理至一九四七年。

聪明了,不会和使用这样一张王牌的任何人谈判,无论谁想智胜他,绝不会被饶恕。

军事首领(前后受敌,因为俄罗斯电台广播要求交出武器)并未考虑这种微妙之处;结果他们判断不当。命令下达得如此突然,以至于发现大多部队没有武器。他们的动机或许与那些当美军迫近时开始枪战的巴黎人并无不同。结果却完全不同。

那天,八月一日,扬卡和我步行去老虎家,参加一个正餐后的聊天并喝茶。我有一些特别重要的事情要讨论;也就是,我对一首英语诗的新译本。离开家散步时,一个人从不太确定能否回家,不仅因为有些事会发生在个人身上,而且因为那房子可能不再存在。我们这次散步将持续很长时间。

在无云的天空下无忧无虑地走了十分钟。随后,出乎意料地,一切突然爆发,我的视角变了,我发现自己手脚着地前行。这个城外郊区,菜园和分散的房子环绕着田地,党卫军军队如此密集地布置在这里,以至于起义者根本不能夺取它。机关枪朝移动的一切射击。有些朋友住得不远;但这时既不能跑也不能走,整段路只有三百英尺。我们每一跳,猛烈的火力就迸发出来,把我们固定在土豆地里。尽管这样,我从未丢开我的书——首先是出于对社会所有权的尊重,因为这本书上有大学图书馆的图书编目号码;其次我需要它(尽管我也可以不再需要它)。它的书名:《T. S. 艾略特诗集》,费伯出版社。

第二天黎明,我们爬上一个岛;也就是,一个现代的小公寓,院子里开着美丽的花;环绕它的开阔空间使它看起来好像与外部世界完全隔绝了。不过在被围困的两周里,我们没有用完燕麦、土豆，甚至咖啡。从我们主人的书柜里，我发现一册关于战前波兰的社会学随笔，《青年一代的农民》，突然陷入对我自己和国家的经历伤心的怀想，我不时平躺在地板上，像子弹穿过涂墙泥留下长长的痕迹。

地下室里的一种井，它连接着消防栓，出现于一个人耻辱的经历中。这个井大得可以让两个人舒服地站在其中，但我们是十一人——房中的所有人。当党卫军巨大坦克的隆隆声在附近被听到时，我们就藏在它里面。女人们在我们头上盖上金属盖，我们在里面马上开始呼吸困难。这很有戏剧性：在电灯泡的光里，我看到在沙滩上跃起的鱼的嘴巴和在脖颈上萎缩的脑袋。一场斗争也在那些宁愿闷死和那些想打开盖子的人之间进行。我窒息了，但神经质地咯咯笑着。无论如何我不知道这种危险多么真实，直到一天我们中的一个人被党卫军逮住。他高举双臂在一辆坦克前奔跑着死了，和一群像他一样不走运的人一起，在一次进攻起义者的街垒时，他们被用作缓冲的人体盾牌。

随后附近的房子着火，开始冒烟。由于我们在城市的边缘，唯一合理的出路是穿过田野。多次争论之后，我们岛上的全体人员分开了。那些选择留下的人表现得不理智。我们组已越过菜园、燕麦地和收割后遗留在地里的残茬，藏在一幢距飞机场不远的孤立建筑物里，是个粮食仓库。从阁楼，我们看到平原上一座白色城市的壮丽全景，在平原上翻滚的巨大黑烟被火焰的红舌刺穿。战争的喧闹声甚至传到我们所在的地方：机关枪的嘎嘎声，坦克炮不连贯的轰击声，高射炮单调的声音，炸弹爆炸声。因为我们的街区离我们极近，我可以辨认出我们的房子，我的书桌(许多内心斗争的见证者)站在那里。在炮火下,建筑物的正面像迅速变老的脸一样起了皱纹。可能正是那时,我所有的财物都跌落到下面的地板上。夜间,五颜六色的光点在城市上空移动:是德国人在朝前来空投物资的波兰和英国飞机开火,且非常有效;它们来自意大利。我们在粮仓里过了几天几夜,此时附近的公路被所谓的“弗拉索维亚人”(德军后备师的士兵)——从苏联各民族招募的新兵——巡逻。更确切地说,他们在利用闲暇学习骑捕获的自行车。在世上所有事物中,这(出于某种原因)对我来说似乎太过分了。他们选择屠杀平民作为天职,因为,正如他们的长官为了证明这种快乐而告诉他们的那样,华沙是个“资产阶级城市”。我们经过田野时那些死去女人的尸体就是他们的功业。

我们藏在仓库里的组员中有个怪人,他看起来似乎刚出现于第三纪[①],或至少是维多利亚时代。一个长着黑色短胡子的胖男人,他穿一套黑西装,戴圆顶礼帽。他举起手指,嗅了嗅,说:“坏了。这里有尸体的气味。”他是对的。我们不能延长我们啮齿动物的寿命,在粮食袋之间筋疲力尽。观点再次分歧:有人认为走更糟,其他人认为等更糟。因为我们属于后者,在晴朗下午的温暖里,当蚱蜢在空荡荡的公路边唱歌时,我们出发了。

用警卫封锁包围一个上百万人口的城市可能做到吗?我们发现他们真能做到,我们被抓住关在一个装有倒钩铁丝网的难

① 第三纪,新生代最老的一个纪,距今六千五百万年至二百六十万年。

民营里。“难民营”言重了：它不过是某个建筑公司的院子，由困倦的德国士兵看守大门。每天早晨，被抓捕的人被送到普鲁什库夫小镇附近的难民营。在那里人们被分类运送，男人和女人被分开，被送到德国的集中营。无论如何，我们必须逃离这里。我给粮仓里的同伴写了秘密纸条，通过栅栏发出求助的请求，信赖华沙那个郊区当地的孩子。

人类的团结。援救出现那天夜晚，是个庄重的修女。她严肃地命令我记住我是她的侄子。她平静威严的语调和她流畅的德语迫使士兵不情愿地尊敬她。她和那个军官的谈话持续了一小时。最后她出现在门口：“快点，快点。”我们通过大门。我以前从未见过她，而且再也没有遇见她。我甚至不知道她的名字。

间奏曲

那年十一月,我们沿着一条空旷的公路散步,只听见风在电报线间刺耳的呼啸声和鸦群的尖叫声。地面完全空旷——平坦的田野一直延伸到模糊的地平线。徒步了十英里后,我们来到靠近铁路的一个小镇,或者说至少来到一个定居点的标志:几棵高树。那些树,它们赤裸地站立着,因积满死水的黏土矿坑而发黑,看起来让我如此恐惧,我不禁再次转身将它们定格在我的记忆中。没有什么更好地反映这片土地的寂寞和人的不设防。它们并非自然的一部分,它们呈现出无人关心的迹象:它们只是从光秃秃的地面长出来,似乎石化了,伸入苍白的天空。如果它们有过生长,必定是山羊啃光了它们的树皮,必定是厌倦了那个不适合树木存活的省份。它们站得如此分散,如此与万物隔绝,似乎它们有意充当所有那些在这里被处死的人看见的最后形象。

我已经离开那个村庄,在村里我曾花费时间为一个名叫基尧的农民挖土豆。回到基本的生活。然而如果没有成千上万的村庄和那种对历史动乱的极端冷淡,波兰究竟是什么?无论发生了什么,犁必须耕种土地;小麦和土豆必须被收获。至于如今阐述因自动化而非人化的工作主体的人道主义者，如果他们弯腰锄草度过每一天，他们可能会稍微缓和自己的看法。因为归根到底，原始经济中的农民家庭想出了一个相当复杂的节省时间的办法，而我尚未被他们胜过的雄心则以一种类似于底特律装配线的速度驱使着。不过，我从中大获裨益，因为我日日夜夜都平静无比。我爱晨雾、黎明时鸣叫的鹅、从我身上快速流过的冰冷井水、傍晚前烟囱低低飘出的烟和整个山谷，及其在桤木树下流淌的小河，村庄就坐落在那里。那个小天地足够了，我尊重它的法典，它禁止这个小山谷里的居民遇到外来入侵时只关心自己。这些事都发生在夜里。他们是游击队员，从各种各样的棚屋里搜集衣服和羊皮大衣，或者是伪装成游击队员的土匪？或者他们是逃跑的战俘？在白天没有人谈论它。当周围没有德国人的时候，权力掌握在那些夜晚的不速之客手里，因为他们有武器。

我只有一次违反了他们的法典，一天晚上一个拿着麻袋的小伙计来到基尧家里，基尧把他拉到一边，低声说了几句话，并把他的袋子装满东西。当被问到那是谁时，他不情愿地答道："那些是我们的小犹太人。他们从那边来。他们在森林里有一个防空洞。"在这个无森林的国家里，基尧用"森林"指的是一小片桦树林——它应该让每个人都充满对人类生存才能的敬畏。我不认为基尧反映的是种族歧视问题或基督徒反对它的责任问题。对他来说，像他自己、他的邻居这样的人，从来就是他们自己；他只是像以前那样继续，和他们依旧做买卖，忠于封闭社区的方式，倾向于灵活应对来自外部势力的压力；也就是说，如果没有超出合理警告,就避免让他们狂怒。

过去和未来对我都无用,即使我多次思考它们。穿着节日盛装的人成群结队地穿过草地,向有尖塔的小教堂走去,木制长椅因长时间使用变得光滑,巨大的祈祷书——此刻它们被放在一个新时代,比拿破仑和其他壮举更可触摸。但这个村子和像它这样的所有其他村子都是不能自卫的。并且他们的不幸可追溯到炸弹和飞机出现之前。因为我尽力触及这种灾难的根源,我,像一个幽灵的巫师,持续与灾难之前的世纪——十七世纪交流。教堂里巴洛克风格的天使,或许我手中的锄头也是巴洛克风格的。华沙被我从思想中放逐:一片大平原确实滑入峡谷,埋葬了人和建筑物。

一次,某种事务把我带到一个相距约一英里半的贵族庄园。我熟记那种特殊的波兰习俗,以便立刻从半句话、一个眼神、一撇嘴中获得无数联想,而且我如此精通它们的含义,以至于我本可以为它们每个写一部小说。有许多穿着锃亮军靴的青年人在沿着楼房间的小路以及花园里漫步。他们用每个词庆祝保守的民族仪式。我发现处在乡下人的位置上相当愉快;也就是说,一个来历不明的人,也许出身卑微。对他们来说,文化在西斯廷教堂,在列奥纳多·达·芬奇的《最后的晚餐》,在良好的礼貌和出色的社交对话中已陷入停滞;因此,宗教、哲学和艺术不得不携带一个权威的古老名字的印章,就像印在某人衣服上的英文商标。如果有人告知他们真正重要的是今天,或更确切地说,借助我们拥有的任何遗产,我们今天将要做什么,他们将会被冒犯。现在,在走向最后的失败之前,他们看护他们的神话尽可能久些,我问自己我对他们的不满是否并非源于我受伤的自恋:他们只认可那些已被尊重的人。但要求他们知道怎样重视很少被成功奖赏的某人的价值是徒劳的。一个人通过奉承的习俗,通过降低自身和假装比实际情况更愚蠢,才能获得他们的认可。一切重要的事对他们都太难了。我轻轻地把他们从我身上抖落:让死人埋葬死人。[①] 自由地面对明天,我反复对自己说:他们会不安的,而不是我。

空旷的公路,黑色的树木,一个小镇铺得糟糕的街道上的水坑——突然感到一阵绝望,这是我在基尧家工作时忘记的。这不仅是因为戴头盔的警察和纳粹分子搜捕行动的危险。在这个国家,只有乡村还拥有某种形式,根据需要和四季的任务来定义。另一方面,城镇显然是一团糟。(我不在乎少数大城市;而且,除了冒烟的废墟外,没留下什么重要的东西。)当想象可以抓住一片遍布人类居所的领土,每个居民区都以似乎适宜居住的方式组织起来的时候,一个人就获得脚踏实地的感觉,被支持的感觉。但是这里——破败不堪的栅栏,一辆农夫的马车接近时惊飞的鸡群,犹太人被带走彻底消灭后留下的公寓房,这一切虚无和衰败令人目瞪口呆。它让我难受。废墟连着废墟形成一座荒原,我感到手足无措。我的热血反抗着草率和怠慢的那种惯性。

然而,不言而喻,如果我们的环境与我们成为积极的现代浮

① 语出《圣经·新约·马太福音》。

士德的激情之间的冲突太剧烈的话,一个反作用就会出现:翻身的渴望。革命?革命是好的,但它改变不了这里的任何事情,因为如果我们按照东方模式,这种被践踏的战场通常供应一些巨大事业必需的血液。这个地方的混乱只是开始,是墙体开裂和屋顶漏水——这些小细节的预示。当我走在街上,既警惕又紧张,数年和数十年前描绘了一个完全无效的前景。在基尧家短暂休息(出于自卫?)时,我再次感到能胜任的一切开始积累并压迫我,以致我准备宣布——我公开承认它——一种灾祸笼罩着这片特殊的欧洲,没有什么可以应付它。如果给我机会,也许我会把这个国家炸成碎片,以便母亲不再为她死于街垒的十七岁子女哭泣,以便野草不再丛生于特雷布林卡和马伊达内克和奥斯威辛[①]的骨灰上,以便在一棵扭曲的松树下演奏的口琴的音符不再飘浮在城市郊区噩梦似的深坑和沙丘上。因为有一种怜悯难以忍受。所以一个人把它全部炸毁,至少在心里;也就是说,一个人被唯一一个愿望缠住:不去看。

① 特雷布林卡,波兰东部一个村庄。一九四二年初纳粹在此修建灭绝营,约八十七万犹太人遇害。马伊达内克集中营位于波兰卢布林城东南部,建于一九四一年,囚禁过二十六个国家的五十万难民,死难者达三十六万人,其中包括十七万苏联战俘。奥斯威辛集中营建于一九四〇年,约一百一十万人(百分之九十为犹太人)在此遇害。

老虎（一）

我的朋友老虎在华沙预言，战后我会多次旅行。我付之一笑，但是他说：“你不必相信我。”就算看见非洲国王的王冠戴在我头上，也不如他预言的成真更让我惊奇。我在美国驱车旅行，经纽约-波士顿公路到科德角的海边森林……我的雪佛兰牌汽车牌照上的字母“D. P. ”有某种意味。对于当时的数百万欧洲人来说，它代表那种凄凉卑贱的命运：“难民”[①]，但在这里它只是替代了词语“外交人员”。那个小蓝本里排列着官方委任的驻华盛顿外交官的名字和地址，我在波兰人民共和国的大使馆扮演二等秘书的角色。我几乎随时准备吸引每个行人的注意力，请他原谅我以非我的某个人出现。我们总是从内心感受我们自己，不同于人们看我们的方式——我们穿的衣服并非我们的皮肤——但对社会强加给我们的角色的这种反抗有许多隐患。

我可以写满许多页描述红军穿过波兰的过程，或我和红军

---

① “难民”（Displaced Person）与下文的“外交人员”（Diplomatic Personnel）均可缩写为“D. P. ”。

官兵的交谈。我还可以思考这场毁灭家庭、财富和所有阶级的旋风,或尽力解释为什么在这次天翻地覆后一个无党派诗人何以获得派驻美国的特权。与波兰审查机构斗争的冒险行为或处理驻美的“红色”大使馆的内部事务也会换来美味食物。但所有这些在我看来都可以略去。作为作家和人民民主国家的外交官,我想写写我这五年的核心。其核心就是我的哲学之星,老虎。

谁要是把我们的冲突和决定完全归咎于波兰的地理位置和《雅尔塔协定》的条款,把波兰交给我们地球东部的管理者,从而尽量减少我们的冲突和决定,那就犯了个错。我们思索和担忧的现场不仅是波兰,而是世界。然而,波兰给了我们一种难以向西方人传达的痛苦认知,我们看到他们在暗自发笑。我们只有以一种明显高于他们的恶毒智慧为我们的苦难寻求补偿。在我们的对话里,我们故意使用隐喻和寓言。无力而破败的希腊,我们钟爱的希腊,代表欧洲,我们常常把法国说成亚历山大,因为她已在语法学家和修辞学家的陈旧规则里变得程式化了。至于美国,难道它不是渴望和平、面包和游戏的罗马?

花费了相当一段时间,老虎和我才在战后取得联系。我在华盛顿住了很久才收到他的一封信,巴黎的邮戳。他和他妻子从华沙被驱逐到德国的集中营,盟军进入后,他们在那里为英军当翻译,将德语译成英语。后来他们定居巴黎拉丁区。起初他们自认为是难民;但不久后他们决定宣布效忠于新波兰。书信交流为我们的相遇做好了准备,这是我非常盼望的。

美国的空气,即使华盛顿夏天的湿度也高达百分之九十八,但并不使我无精打采。它使我兴奋。波兰的空气总是很压抑；在那里吸入的是抑制心灵的忧郁元素，总感觉生活并不完全真实；因此不断渴望喝伏特加，希望能恢复难以达到的常态。但即使在西欧，事物对我而言似乎也从没有那么具体、那么重要、那么充满物质的世俗价值。我不需要苔藓覆盖的废墟，或中世纪的教堂，或罗马的高架渠；绿草地中的小白屋和电动剪草机的声音就够了。

华盛顿特区——一台没有人情味的机器，一种纯粹的抽象——我把它简化成我窗外的树枝和鲜红色鸟的歌唱。但我喜欢纽约，我喜欢融入她的人群。最重要的是我认识了美国乡村，它们在长久间隔之后使我回到少年时代。像所有欧洲人一样，我曾为自己描绘了一幅科技统治美国的虚假图画，误以为自然在这里荡然无存。事实上，她的自然甚至比我成长的林区更茂盛，那里的农民用木犁耕地，数世纪以来已造成实际的破坏。纽约城的外面，柏油公路像剑一样插进灌木丛，这意味着人属于不同的秩序，意味着他从根本上是蛇、龟、金花鼠和北美臭鼬——它们试图穿过非自然地带时被汽车轮子碾死——的陌生生物；它们前进的线路和司机意志的线路交叉的地方不知怎的类似于人类命运和上帝意图的交会。我沉迷于美国植物志和动物志方面的书，与宾夕法尼亚森林中的豪猪和海狸巧妙地接触，但最吸引我的是北部两个州：佛蒙特州和缅因州。缅因州的云杉林笼罩在日落和日出时的白雾中，在我看来，并非我的立陶宛云杉的替代品。我若用它们满足我的乡愁，将会剥夺它们自身独特的美。但齐腰高的青草向我洒落小露珠，倒伏的树露出盘结的根，驼鹿和熊隐秘地出没——多么令人惊喜的情感传统的亲切感!美国的这些树和植物,林地中收获的干草的清香,非常适合我,我不再是她的陌生人。无论在法国或英国生活多久,我们“东方人”永远无法变成法国人或英国人;但在这里,在谷仓舞[①]上,每个人,无论成人还是孩子,都一起跳舞,你会忘掉一切。那时我意识到关于美国的民间传说,被大洋隔绝就像被忘川之水隔绝一样,是合乎情理的。

我想忘记。在我的梦里,碎片会返回我心里:陡峭河岸上的松树中间的一条路,游动着一群鸭子的湖;但首要的是人,不速之客,幢幢人影,大多是普通人,愚笨,野心不大,因为只想活下去,却受到残酷的惩罚;各种农民,来自破败小镇的犹太人,一个我中学和大学时的同事——一个书呆子、一个埋头苦干的人、一个空香烟盒的愚蠢收集者,梦想成为检察官,却在西伯利亚某个集中营里受折磨;另一个同事,一个长着蝙蝠似的耳朵的秃头色鬼,他起劲地讲述一个驻防小镇:“我们来到斯基德尔……简直是天堂,我告诉你,那可不是一座普通的小镇!每间房子都是妓院!”他偷渡我在一九四〇年穿过的那条边境线时被枪杀;听说这事以后,我怎么也不能摆脱他又短又肥的手指在死亡的痉挛中狂抓苔藓的形象。

尽管如此,美国仍然难以习惯。我的环境导致我的旧疾——甚至从中学时我就承受其苦了——急性复发。据我所知,它并不出现在任何精神病手册里。它充斥着时间观念的混乱。病人常常把时间看成一个沙漏,通过它,国家、体制和文明

---

① 谷仓舞,在谷仓举行的舞会,跳方形舞。

像沙一样流下；他附近的环境失去了现实的力量；它们根本不持久，它们在崩溃；换句话说，存在是不真实的，只有运动才是真实的。那些种花的人，以及种田、盖房的人值得同情，因为他们被看成幽灵景象的参与者，对他们来说，他们并不比夜间飞到他们窗口并透过窗玻璃偷窥的魔鬼真实。他们的命运已经注定，因为他们已经建立了秩序，这塑造了他们的每一种思想和感情，这种秩序就像每种秩序一样，毁灭的时机成熟了。

如果人们的不幸持续了很久，而且他们无法容忍看见别人乏味的自鸣得意，那么可能不仅个人，而且整个国家都患了这种疾病。强烈的嫉妒心驱使他们从以下幻象中寻求安慰：让那些被命运不公正地赦免的人受到惩罚。或许这种不可救药的典型例子是亚历山大·赫尔岑。在一八四七年，他离开沙皇尼古拉一世的帝国去了西欧，同年他这样评价西欧："我们生存的世界正在死亡，它理应被埋葬，以便我们的继承者可以更自由地呼吸；但是人们认为他们必须治愈它，于是他们拖延它的死期。""尤其是从一八三〇年以来，这个穿着贵族制服的陈旧世界已弯腰曲背；其面容呈现出死灰色。""这就是**希氏面容**①；它明示医生，死神已举起他的镰刀。"他周围的世界似乎无意义，因为只有剧变、毁灭和灾变才有意义。"在巴黎，厌倦是快乐；在伦敦，厌倦是安全；在罗马，厌倦是威严；在马德里，厌倦是沉闷；在维也纳，沉闷令人厌倦。"

---

① 希氏面容（facies Hippocratica），也称病危面容，是病情险恶的象征。"希氏"即西方"医学之父"希波克拉底。

在他之后一百年,正如人所见,我与那些可怜的俄罗斯人有了一些共性。我无法阻止我的思想像一颗炮弹那样穿过时代,抓住一般特征和发展路线,加速形成的进程。换句话说,我被美国人过度缺乏的东西困扰。无疑这是老虎声称我具有辩证思维的原因。辩证的,还是灾难性的?它并不完全是一回事,但差不多。无论如何,我由此养成了洞察力,看到高度浓缩的时间的能力,以及俯视沉浸在毫无意义的日常喧嚣中的密集人群的自豪感。我游荡在芝加哥和洛杉矶的街头,似乎我是一个特许参观印加人和阿兹特克人文明的人类学家。美国人认可他们的社会,似乎它产生于特殊的自然秩序;他们对它如此满意,以至于他们往往可怜其他人偏离了正轨。如果说我至少明白这一切不太适合我,他们却没意识到相反的残缺影响了他们:历史感的缺失,以及相应的悲剧感的缺失,悲剧感只能产生于历史经验中。

他们所有的进取精神都被导向追求金钱,这种追求使他们忘记了南北战争血淋淋的教训。后来,他们每个人都如此训练自己遗忘,以至于经济大萧条期间他们把失业视为个人无能的可耻证据。但我尊重这些人;我是他们的美国的赞赏者。至少这里没有人叹着气为自己的懒惰辩解:"要不是国家已注定多好,要不是因为沙皇,要不是因为政府,要不是因为资产阶级……"但反常的是,这种个体的成功造成了精神的空虚;他们拥有闪光的塑料灵魂。只有黑人——像我们一样被困扰(哦,当星辰开始陨落,多么美好的清晨!)——那么有活力,悲惨,自然而然。

像我这样的人,听说并牢记这样一个预言:"美国将毁于火,英国将毁于火和水,俄罗斯将毁于月球的陨石",我在俄亥俄州哥伦布市度过的这样一个夜晚是不健康的。周日。一条空寂的大街。闪光的是广告牌和电影院。为了打发火车发车前的时间,我走进当地唯一的小剧院。那场滑稽表演的纯粹粗俗动作,脱光了美的遮羞布,粗鄙不堪,适合上世纪移民工人的工地宿舍;即使猿猴也懂舞台上女孩的交媾动作。一种为孤独男人提供的消遣。而在街对面的酒吧里,孤独的人甚至被剥夺了向酒吧侍者结结巴巴地表白可能获得的安慰,因为所有眼睛都盯着电视屏幕。当沦落到孤身一人时,不因历史的飓风而惊恐,这是否就是追求感官之乐的普通人所能抵达的最高水准？过一会我上了车,车厢内部装饰着法国印象派画家的大幅复制品。

接着是"共产主义和反共产主义"那种持续的化装舞会,我可以告诉他们不少事情,但我不得不密封嘴唇。无论如何这并不值得;相同的话对他们和对我意味并不相同。我发现了他们体制的阿喀琉斯之踵:选中的大多是不合格的政客和政治家。更糟的是那些出席我们大使馆招待会的狂热女士,东方进步的赞赏者,乞求欺骗宣传的几粒稻米的母鸡。一场堕落而滑稽的化装舞会。我真正关注的是关于 T. S. 艾略特和 W. H. 奥登的研究,美国诗歌选,福克纳和亨利·米勒的作品,罗伯特·洛威尔和卡尔·夏皮罗的诗歌,《党派评论》或德怀特·麦克唐纳[①]的《政治》这样的期刊,以及现代艺术的展览。发布美国知识界

---

① 德怀特·麦克唐纳(Dwight Macdonald, 1906–1982),美国作家、评论家、哲学家、政治激进派。起初编辑《党派评论》(*Partisan Review*, 1937–1943),后创办《政治》(*Politics*, 1944–1949)。

(当时在欧洲鲜为人知)消息的人并非美国外交官,而是一个赤色分子。

数百万民众关心金钱。我却不在乎它。我并非出身于一个知道如何珍惜它的阶级,而且我走过太多燃烧的城市(字面意思或比喻用法),却不曾回首一瞥:我所有的东西都带在身上。柔软的地毯、小器具和整洁的小屋,我把它们和燃烧的火灾联系起来。我的上司把这种对尘世财物的贵族式超然看成我不会屈服于资本主义诱惑的标志。

大使馆就是个狗项圈,浪费时间的乏味之地,正如战前的波兰电台,如果我表现得勤奋,反而是讽刺。午餐时间令人轻松。我在自助餐厅匆匆吃完午饭,就去怀特书店浏览新书——我一直嗜好在书店阅读。如果无法推掉鸡尾酒会,我就露面十分钟然后逃走。在华沙被占领的那些年,至少我获得了实干的能力。在这里我七点左右回家,吃晚饭,打一小时的盹把自己从白天的无意义中摆脱出来——然后写作到凌晨两点。早晨,我诅咒着红灯飞速冲到办公室。整天打着哈欠等待夜晚来临。

只有这种双重生活才能使我获得像其他人那样在地球上呼吸和行走的权利。因为从我和扬卡从英国班轮踏上哈德逊河岸那一刻起,一切都像最高的愤怒。这座巨大的城市本身就是一个暴行,因为它矗立在那里,仿佛什么都没有发生过——它没有被炸弹留下一个切口——曼哈顿大街上的人流都摆脱了在我体内流动的熔铅般的感受。荒谬的文件堆放在我的案头,最上面是从阿尔汉格尔斯格附近一个集中营寄来的一封信,是一个暴行。这封信已被囚犯在波兰的亲戚签收,又寄给了我,请求给他寄一个包裹。我不得不忍受集中营和驶向它们的装载囚犯的列车的形象。因此橙汁、奶昔和一件新衬衫令人愤慨。我的同事和上司不断撒谎,我们相互假装弱智和无辜,都令人愤慨。我在第五大道不期而遇一位华沙女演员——德军占领期间她做了鸡尾酒女招待——也令人愤慨。当我问及她丈夫的情况,她耸耸肩答道:"想想吧!乔可是老城区第一批身上绑着炸药冲向德军坦克的一员[咯咯地笑]。炸成了碎片!他们肯定在阳台上捡到了他的脑袋和腿![咯咯地笑]。"

但我与战前的我已是完全不同的人。我手中的笔也不同了,无论世界多么令人痛苦,我都感觉不到从前那种躲进高雅艺术里的冲动了。相反,我这种美国人无从理解的特殊处境给了我动力,而且我很清楚,如果不正视它,我会更可怜。我不想假装平静或镇定,因为从精神上,我在激烈的内心争论中摇摆不定。但是我确信只要我们活着,我们就必须把自己提升到观念的新门槛上;确信致力于越来越高的门槛是我们唯一的幸福。生活在总督府时,我跨越了这些门槛中的一个——当我们终于开始成为我们必须成为的人时,我们马上陶醉了,同时对尚未涉足的长途有点害怕。在每个不眠之夜里,当我做完很多工作(单凭这一点,社会本应给我报酬),我就会不断想起老虎,凭借这种可能,凭借我对世界的这种坦率,我意识到我亏欠他太多。

词语无法描述一个人的人格魅力或知识分子的友谊。老虎不像职业哲学家,他们把时间分成智力活动和生活的"其他部分",这由习惯和风尚支配。老虎全身心地不断研究哲学:他的所有活动,扮演和模仿——时而充满热爱,时而充满敌意,时而充满嘲讽——各种态度和观点。他并不争论。他通过把哲学体系转换成其信徒的行为把它们舞动起来。对我来说,他体现了一种欧洲正在再发现的真相:尽管大学院系也开设,哲学不仅仅是思辨;它既靠我们心中的所有体验滋养自身,又充满我们全身;而且如果它不能帮助我们评判一个人、一件雕塑、一部文学作品,它就是死的。

马克思主义者教导了许多同样的内容,他们吸引了青年时的我,因为我从中感受到一些生气勃勃和令人振奋的东西。不过教条主义让我厌恶。在我和老虎相遇的路上,一条在平原上冲刷出一道河床的河遇到另一条河;这是不可避免的,预料中的必然结局。当然,它对我的影响既是政治的也是艺术的。因为"老虎主义"是一种行动的哲学。但它如此艰难,以至于只有少数由大师本人挑选出来的杰出人物才有希望进入它。为了实践它,一个人必须培养"历史的幽默";也就是说,一个人必须掌握一项技能,例如游泳或跑步,而不是只能通过理论阐述的知识体系。根据他的说法,现实是一种变化的活组织;它由无数的相关性以哪怕最小的细节也能无限生长的方式交织而成;在保持其结构可移动的关节处,人能够嵌入自觉行为的控制杆。

战争之前,老虎常出入艺术圈,因为在他的现象学分析中风格问题是首要的。毫不夸张地说,他将一种风格或另一种风格的选择视为生或死的问题。据他所说,人类的命运并不取决于政治家愚蠢的行动,而是取决于如此谨慎以至于几乎无人察觉的革命。怀着无比的恶意,他抨击了几乎整个现代艺术,因为无论一个人怎么看待它,它都起源于浪漫主义,而浪漫主义正是头号敌人;它湿漉漉,泪汪汪,而且必然总是导致内心的虚假。因此赫拉克利特的箴言“干燥的火苗是最好最明智的灵魂”似乎包含了地球的未来。老虎用他惯常的漫画才华讽刺肖邦:“溺死的少女被拖上岸,从她的发梢,啪嗒,啪嗒,啪嗒,水珠滴下来。”并强调他只听“十几个德国人”的音乐——说到这里,他鼓起腮帮子,吹奏一支无形的长笛。这些隐喻对内行来说隐含的不只是对莫扎特的喜好。老虎真正关心的只有一件事:救赎。那些认为在二十世纪不经历灾难,不通过历史的苦难净化就可以拯救自己的人将会遭殃。

我把我夜间的杂记寄给远在巴黎的他,完全信任他的评价。他并不总能看出我作品的最高价值,但并非任何作品都能让柏拉图的《理想国》和布朗宁[①]的《指环与书》的读者满意,这使他的每个赞语都更有价值。我秘而不宣的天性因我们的共谋而欢乐;怀着恶意的半开玩笑心理,我执拗地组织语句,希望获得他的赞许。因为正是我们诡秘地、耐心地从内部真正改变着世界;我们是苹果里的虫子。正因为这个,我的上司没有理由怀疑我的忠诚,或担心我转向流亡者阵营。我已疏远战前的波兰及其强迫性的智识模式。向专门训练欧几里得几何学的学生解释非欧几里得几何学是由什么组成的可能很难。同样对我们(老虎,我,我们共同的朋友)来说,很难传达我们对一个时代终结的看法——在这个时代里,惰性物质在唯心论的面具下凌虐着

---

① 布朗宁(Robert Browning, 1812–1889),英国维多利亚时代诗人。长诗《指环与书》(*The Ring and the Book*, 1868–1869)为其后期重要作品。

人们的思想;在这个时代里,哲学和诗歌因"与生活无关"被鄙视,不过是附属物、鲜花和沙龙的装饰品。

我的职务——作为一个为完全失败的国家服务的外交官——显然不曾让我有资格感觉高人一等。然而,那些或多或少对我们(已经把灵魂卖给魔鬼的人)表现出公开厌恶的人并未看出道德问题的限度。只要他们将"严肃"活动(追求权力、划分边界、缔结国际条约,等等)从个人的生理存在中分离出来,事情就不可能是别的样子。当他们争论罗斯福、杜鲁门和斯大林时,我会耸耸肩:"并非那回事。"他们绝望地问我,那究竟是怎么回事?沉默。我不是政客,尽管我每天剪报,但我不能用政治的码尺测量时代。另一方面,如果我选择了南太平洋诸岛,我就会受到道德灾难的威胁,因为在那里我能盼望的无非是"出生、交配和死亡"①。在那里,一个人拒绝行动的代价是心灵的空虚。就像一个运动员,我通过参与集体工作,参与母语的文学作品保持自身的状态,并非作为一个其恒久成就(这不是由我们决定的)的参与者,而是作为其此时此地片段的分享者。

许多人惊诧于我对极权主义暴行的狡猾或冷漠;他们将我的立场视为极度伪善。但它或许并非伪善。在波斯实践的"凯特曼"教义(这类似于耶稣会的**有所保留**)中,一种对比已形成于我们热情激昂地追求的目标和慎重的人保护它不被看见用的面罩之间。不幸的是,在一个放松的自由主义时代以后,人类,至少是其中的绝大部分,再次进入一个保持沉默的优雅方式成

---

① 出自艾略特诗句。

为必要的时期。我不理会在这种环境下产生的寻常的犬儒主义者;他们的诡计太肤浅。在我缺点的长长清单上,我不会列入犬儒主义。尽管这个时代极其残酷,我依然赞美它,而不向往其他任何时代。我也不怀念波兰战前的社会经济秩序;任何一个梦想它复活的人都是我的敌人。从这个意义上来说,我在大使馆的工作与我的信念一致。然而我希望我的国家比成为斯大林主义的一个省份有更好的命运。同样,我希望波兰文学比那种逐渐开始牵绊它的愚蠢的警察理论有某种更好的发展。我从与老虎的友谊中,从这个朝圣者的愤怒和嘲讽中获得了力量。他认为即使一个人被谬论、鲜血和粪便包围数十年之久,传承欧洲遗产的珍贵价值穿越那个黑暗的时代是我们的责任。戴上面具,让他们找不到你——如果你心中保存对善的热爱,你将会获得宽恕。

我无意掩饰我们的苦难。我们被同一类政治的钳子控制着,我们的前辈非常幸运,他们对此几乎一无所知。对那些只从表面评判他而未考虑更复杂动机的人来说,老虎可能是可怜的,甚至可能是可鄙的。但是让他的潜在指控者不要落入法利赛式美德的陷阱,这种美德只有在他们看到白与黑的简单对比时才能得到维护。老虎充满了巨大的恐惧。事实上,他是陷入尘世灾难中的弗朗茨·卡夫卡。为了从智力低下的人中保护自己和他的所爱,他只有依靠他的智慧,但他从不怀疑它会成功,尽管它公开亮相的时刻仍遥遥无期。因此他表现得像那些昆虫,类似于一块树皮,或一片草叶。

在他的巴黎来信中(那时他还是难民身份),他戏谑地描述了他给流亡团体的讲话。他在那些演讲中撒谎了吗？未必。他演讲中关于自由的双重意义或许听众理解不了。他经常向我抱怨：“法西斯分子给的报酬太少了。”每当我读到这个——或另一个警句：“一个不能保证每个月给我们几个法郎的体制注定灭亡”——我从不把它归因于他的自私自利。如果流亡者创办研究所、出版社，并资助知识分子，而不是胡扯毫无结果的“纯粹政治”，他们本来是可以展现出他们的价值的。如果西方资本家知道怎么资助像老虎这样的人，而不是让他们的成败听天由命，情况应该就不会是那个样子。老虎和他的妻子都是书虫，只有不多的需要。“法西斯分子给的报酬太少了”：这风趣的瞬间其实隐藏着复杂的论证。如果他们给我们（哲学家、诗人、艺术家）的报酬太少，那是因为他们看不起我们，这证明他们是注定要失败的反动分子。他们的失败会由我们完成，作为对剥削制度和殖民主义恶行的公正惩罚。

一九四八年无力的欧洲已被描写在《约书亚记》里。当以色列人抵达约旦河时，迦南地的居民战栗了，因为他们知道主已经将迦南移交给新来者，没有什么能抵抗他的意志。听到以色列人的喇叭声，惊慌充满了耶利哥城守卫者的心。现在共产主义的喇叭在巴黎如此嘹亮地回响，以至于更有洞察力的人确信抵抗这种历史天命的裁定的努力将是徒劳的。于是他们决定效仿那个妓女，喇合，她因帮助以色列人的探子保全了自己和她的家人。或者，如果一个人愿意，还有圣经的其他章节可做类比。衰落的罗马帝国公民，被无聊和精神空虚耗尽，在干旱肆虐的荒原徘徊，面对宣告最后审判的福音的狂热基督徒感到疲惫。因此,当老虎提及“基督徒”时可以理解为他指的是共产主义者。在不可避免的进步或幕后隐藏的力量——决不宽恕所有违抗布道者命令的人——的观念范围内,这个寓言是合理的,它源于基督教:毕竟,如果没有基督教,就不会有黑格尔或马克思。只不过宗教经历了世俗化,内在的取代了超验的。

无论如何,难道智者不应从必然的事情中得出结论吗?叛教者尤里安①竭力复兴异教神崇拜,他的勇气和活力有什么用呢?他那时抗拒变化,当然不是人类的朋友。另一方面,这个改变宗教信仰的人,如果他在基督教和柏拉图之间建造一座桥梁,可谓侍奉了“善”。这不是我们所处的境地吗?当然,老虎敬佩希帕蒂亚②,亚历山大最后的异教徒哲学家,而不是那些把她分尸的卑鄙骇人的基督教暴徒。但是,他说,未来并不属于希帕蒂亚,而是属于基督徒。

老虎羡慕我站对了阵营,尽管它并非因为我的优点,而是由于环境。他恳求我控制自己,因为在我给他的信中不乏令人心碎的尖叫;因为我每天在大使馆被精明的家伙包围着很不好受。每当你和他们交谈,他们就紧张得坐立不安,那么急切地奔向打字机,根据顺便来访的同事某些异端谈论敲出一篇报告。如今,回忆老虎在巴黎的政治策略,我明白了他许多行为的原因。我思索它就像投入我自己的生活,从许多线的纠缠里一把抓住我

---

① 尤里安(Julian, 331-363),罗马皇帝(360-363),绰号“叛教者”。

② 希帕蒂亚(Hypatia,约370-415),希腊数学家、天文学家、哲学家。基督徒用蚌壳割其肉,砍去手脚后投入烈火。

自身命运最根本的那一条。

我们怎么命名基本对立并不重要：沉重与轻盈；一如既往的生活与重新塑形的生活；物质与精神；匍匐前进与凌云飞行。如果不拒绝“猪”那种茫无目的的生活方式，作为一个少年然后作为青年人，我反叛什么？作为一个孩子，通过酷爱自然、养鱼缸、鸟类学图书，我保护自己不受成年人侵扰。为了成长摧毁这种他们明确鄙弃的锐气，对我来说似乎是可怕的。“性”就是恶，我这种几乎不健康的信念可能不仅源于监牧神父的教导，而且源于那些时刻，作为一个孩子，我察觉到正是性在愚弄成年人，使他们沮丧，使他们丧失无私的热情的能力。

我的偶像是那位勇敢的十九世纪博物学家，一个如此热情的昆虫收集者，以至于在婚礼那天他竟忘了在教堂里等他的爱人；他被找到时身穿燕尾服，伏在一棵高高的树枝上，正准备把他的高顶礼帽盖在一种罕见的甲虫上；看到这情景，准新娘晕倒在她母亲的臂弯里，于是这位知识爱好者永远成了单身汉。

后来在选择诗歌时，我一直忠于我向自己许下的诺言：我永远不会像他们屈服于惰性的力量。换句话说，通过诗歌我想留住我的童年。但什么火热的剑能保护艺术家？只有他对客观价值的忠诚。对那些消极生活的人来说，价值消融了；它们消失在与被认为是“真实”的事物相遇时。此中隐藏着他们生活无能的秘密。因此形成了艺术家和革命家联合的传统。因为革命家——无论成功与否——也在寻找客观上接地气的价值。通过强烈的“是”或“否”，通过推翻宗教的重负禁锢我们的那种昏昏欲睡的日常生活，他们得到了拯救。他们的行动相当于艺术家的创作活动;它通过要求完全顺从提升自己:没有人在纸上写字或在布上绘画时迟疑不决;如果迟疑,也是五分钟后才迟疑。

如果说老虎在巴黎倾向于共产主义者,这是因为哲学对他来说是一门艺术,一种为了获得圆满的持续努力(那个穿燕尾服戴高顶礼帽的学者栖息在树上达到的是同样的效果)。站对阵营是一种计算,是的,但是一种更高级的计算,因为一个人如果不能不断战胜自我——即不学习不行动——就会内心崩溃;一个人如果要成长,社会现实必须是灵活的,不死板的,不像西方已确立的那样。毕竟,除了那种新形式的混乱,没有什么能使我决定忠于波兰人民共和国。它是我抵挡那些把全部时间都花在挣钱、花钱和娱乐自己的人的盾牌。

值得注意的是,尽管老虎嘲笑浪漫主义,他本人却是个浪漫主义者。他对"猪"的憎恨其实是对一种非哲学的生活方式的憎恨,换句话说,是对**追求感官之乐的普通人**的憎恨。后者必定被变成哲学的存在,即使他是被胁迫的。我多多少少明白了,我们的友谊源于过去我对自然的怨恨,我对她的残酷的恐惧——**自然**既指我们外部的自然,也指我们内心的自然。我可以不赞成我的傲慢和轻蔑,它们掩饰了我的恐惧,但我怀疑任何一种精神分析能治愈我对情感的抑制,我不断通过反讽过滤我的情感,因为自然借助情感制造了一个陷阱,诱惑我们堕入肉欲的满足,它让我们不留痕迹地度过一生。

追求感官之乐的普通人在波兰有充分的理由向往遥远的美国,因为对他来说,美国确实是天堂……想到基尧让我羞愧,我曾在他的地里挖过土豆。现在我就像以前身着花边饰带、佩剑的贵族一样高高在上。浪漫主义者把人分成那些被精神事物召唤的人和那些普通的养家糊口的人,这样他们就不被嫁接到新的社会关系,以此确认浪漫主义和马克思主义的共同根源吗?老虎宣称他爱人,但只是概念的"人";事实上,他怕街上的人,那种人对智识的微妙漠不关心,只专注于生理需要。他不许那种粗人碰他;不得不恐吓那个粗人。在资本主义体制中,如果他口袋里的钱哗哗响,他就变得有些大胆。我很少遭受老虎那种恐惧,无疑多亏了我童年的乡村宗族记忆。我的传统比他的更"平民化",因此我易受常识的诱惑。例如,经济学对他来说是不可转换的,对我来说,它可转换成犁、马蹄铁、水桶,各种农作物的形象。事实上他对经济学根本没有概念。首先,他关心防御右派知识分子的落后思想和天生的民族主义倾向的需要。由于我对右派的个人敌意,在这点上我赞成他。给他们一个议会多党制,他们就会开始显示他们的力量,而他,老虎,会赤手空拳、毫无防御地站在他们面前。

一九四九年初夏,我乘飞机去欧洲。飞越纽芬兰上空时,当地的积雪才开始消融,我想起维尔诺附近的乡村。那里一定覆盖着相同的针叶林的灰色苔藓,点缀着湖泊的清澈眼眸。随后,在冰冷的黎明,黑色的海洋在我们下面漂浮着白色羽毛状的冰山。在这个清晨,爱尔兰一片翠绿。离开美国后,巴黎让我想起安静的布鲁日,战前我曾游览过那里。巴黎没有运河,只有塞纳河,天鹅在河上滑翔,常春藤完全覆盖了古老的石头。对我来说,这种宁静与存在主义的时尚紧密相连。他们不过是在梦中呓语。我在各种招待会上大声咀嚼着**开胃小吃**,同时和一帮“进步”作家交换客套的陈词滥调,但我并不试图拆除立在我和他们之间的那堵墙。他们陈腐的雅各宾派观念已不符合任何现实;他们只是在社交娱乐。启发他们,或泄露我对他们的看法,都不是我的职责。

但是重温我在先贤祠附近狭窄街道里的过去多么快乐,我曾从那里步行去上课,去游泳池。这是一种普鲁斯特式的体验。当我和老虎的脚步声回响在这些街道时,我既是新我也是旧我;我感到时光流逝和这个城市的陌生,它未随时光改变,等待着我们的相遇。在老虎的黑色双眸熟悉的眨眼里,我看出了我从学生时代和初为诗人时走过的全部路程,在词语和情感的岩浆里摸索,至今不具备像老虎那样的知识分子的沉着和机敏。

我们的友谊并非相互让步的两个地位相同的人之间的交流。他想完全控制我,因此他把自己抬高到导师的地位,以此向我颐指气使。他开玩笑地这样做,但很认真。我接受了这种较低的地位,做一个忠实的倾听者,尽管有时我的沉默动摇了他的自信,因为它表明了我的保留意见。这种策略与我的养生习惯一致:一个人应尽可能多地向同伴放弃阵地,因为守不住的阵地就是不值得守卫的阵地。尽管如此,我们不止一次感到自己抬高嗓音反对对方。但我很赞同他的历史决定论,所以我从这些听讲中受益匪浅。然而我内心的堡垒并未消失;相反,由于这种矛盾它更明确了。在美国,这种矛盾使我倾向于**行动**,而在巴黎通过我和老虎的交谈,它促使我又回到**存在**,于是我试着诊断自己的情况。任何一个只注重行动的人会毁掉自己。任何一个漠视行动的人也会毁掉自己,但是以不同的方式。我对自己说,这就是我命运的核心——永远不会满意非此即彼,只是时刻抓住这些对立的统一体。

老虎刚加入法国共产党。后来,他返回波兰后,这证明是完全无用的一步。不回去对他或许是不可能的;如果他知道怎么用书的形式使人了解他,他本可以在国外找些别的事干;但他写东西很吃力,他的语言不能传达那种舞蹈、那种模仿、那种将观念付诸现实的光辉行动。为了完全表达自己,他不得不拥有一群对每个暗示反应灵敏的朋友,即分享共同历史经验的人。这样的人他只有在华沙才能找到。

为了准备好踏上他明知道前景黯淡的土地,他决定全身抹上标语的软膏做个热身运动。例如,我知道他对阿拉贡和其他法国共产党员那些甜得发腻、热爱人类的诗句很反感。但是现在,伤感的演讲、文章和诗歌都不会激怒他;它们感动他,因为宙斯(历史的神)给了他们祝福;真的,他的情绪更像被一群咿咿呀呀的孩子环绕的父亲:“不算坏,七岁的孩子嘛,不算坏。”他能做到用恰当完善的句子赞美某种事物,紧接着(即使可能只有我们俩)在我**耳边**低语:“垃圾!”他常说党的会议有一股“硫黄味”,闻到硫黄味,他全身颤抖,这来自智慧渗透的快乐:恶是对真实事物的测验。因此当集中营这个令人不快的主题突然出现在我们的谈话里时,他的反应往往包括两个阶段。首先他会畏缩退避,尽管他清楚地知道带刺铁丝网后有数百万民众,但他不想“心软”;也就是说,想象他们的痛苦程度。然后他会突然咆哮:他指责我的常识(这是反动的),以及对傻瓜的同情——

在这里,有那么一瞬间,他是真诚的,因为傻瓜——即可能威胁他(脆弱的弗朗茨·卡夫卡)的非哲学的人——正在遭受压迫,这让他满意。当然,这永远也不会发生在他身上,因为他很聪明。好像这种残酷——如果它足够抽象——能增强他的信念:一个东西投下的阴影越多,它就越巨大有力。但如果他不断用圣人的生活鼓励自己——多列士[①]的自传,《人民的儿子》,就放在他的床头柜上——为了平衡,他阅读阿瑟·库斯勒和乔治·奥威尔的《一九八四》。这样一种阅读的精神食粮为他提供了必要的"历史幽默感"。

历史必然性,这个把我的同代人吓得瘫痪的怪物究竟是什么?我被这个问题难住了。我并非一个所谓的西方人,却怀着某种强烈的愤慨,这是应该记住的。现在我们可以摩拳擦掌了;那些西方人会得到他们应得的惩罚。尽管有实力,他们却没有阻止希特勒的战争机器的形成。尽管他们发誓要援助波兰,却言而无信。在纽伦堡审判中,约德尔[②]将军承认德国人在一九三九年九月躲过了灭顶之灾,只是因为一百一十个师的英法军队没有攻击留在西线的二十五个师的德军,凯特尔[③]元帅披露德军总参谋部对这种不行动感到吃惊。无论当时还是后来,可以用两种方式解释盟军的这种行为:要么解释成政治家犯的一

① 多列士(Thorez, 1900–1964),曾任法共总书记,法国副总理。

② 约德尔(Alfred Jodl, 1890–1946),德国陆军总参谋长。在纽伦堡审判中被判处绞刑。

③ 凯特尔(Wilhelm Keitel, 1882–1946),德军最高统帅部总长。在纽伦堡审判中被判处绞刑。

连串错误,要么解释成一种神秘瘫痪的必然结果。然而,如果用上这句俗话,“上帝要惩罚一个人必先剥夺其理智”,一个人距离认清一般规律仅一步之遥。我当时并不像后来那样花费许多时间深思这个问题;在肉搏战中也有不可征服的怪物;一个人必须忍痛离开他们的凝视,审视自身。由于我个人的处境,当时我没能这么做。而且,说实话,我更热衷于事物的真实状况,而不是提出一般规律。事实是我们被牢固地卡在体制里。

我和老虎争执的原因深深植根于他和我各自过去的经历;无疑我从童年接受的具体传统,小时候我常挎着一杆枪在森林里游荡,还有我母亲那种立陶宛农民的务实性,让我相当宽容地看待他过于华而不实、城市风气的奇思异想。正是这一点让他恼怒。可能我比他更扎根于历史,尽管他在思维敏捷上胜我一筹。我不赞同他在必然性这个观念旁边添的那个加号。必然的事物(如果我们不愚弄自己相信它必定如此)只是存在而已,但没有内在的神性保证不可挽回的事物的道德荣誉。

在疯狂(拒绝承认必然性)与奴性(承认我们自身完全无力)之间选择的问题在于一次服从的行为可以成为堕落的起点。一个男人不能忍受这种被肉体冲动毁掉的想法,因此他神化那种统治他的力量,赋予它超人的特性,全知全能的理性,以及一种特殊的使命;用这种方法挽回一点他的尊严。例如俄罗斯作家别林斯基,在他生活的某个阶段利用黑格尔神化独裁国家。我意识到只有生活在国外,躲在外交服务的屏障后,我的行动自由才能保持完整,但是我也受到堕落的威胁,因为我们被拉进妥协里,几乎没有察觉。我的支持者正是老虎。就像珀涅罗珀,他拆掉他编织的东西,并把他的政治演讲只不过看作为完美的正统观念的音乐谱写的喜歌剧。同时他断定另一次人文革命会接踵而至,正是为了这一点,为了他的革命,我们应该工作。一个和善的朋友,他对那些他爱的人要求很苛刻:允许下等人享有的权利并不是为了拯救他所关心的人。他让我警惕那些不幸的人(尤其是亲政府的天主教徒),他们注定提前成为秘密警察的走狗。

他还劝诫我尽可能远离文学圈。他并不重视作家,很少例外。他认为他们缺乏对新身份的智力训练。由于这个原因,他们必将堕落到常见的哈巴狗之列。当然他由衷地鄙视"日丹诺夫主义",但他发现西方文学艺术的衰落现象必定引起一场同样死气沉沉的攻击,这是可以理解的。任何忍受这种糟糕文风污染的人都不会有好结果。对他来说,法国左翼文人作品中那种虚假的甜蜜符合法国文学语言的颓废特点。他鼓励我写写这种污染。在他眼里,有魅力的法国当代作家只有一个——一个托马斯主义者,艾蒂安·吉尔松[①]——他还是一个敌人,因为任何带有亚里士多德味道的东西对这位柏拉图的崇拜者都是一种人身侮辱。

老虎禁止我发表某些诗。例如,我在底特律中途停留后写的那首诗。被旅馆服务员带上十二层楼后,我坐在过热的豪华房间里,靠近缓缓流出音乐的收音机,我俯视我下面的霓虹灯、车库、车流——金属鱼在水族馆里游动——我被这里人的欲望

① 艾蒂安·吉尔松(Etienne Gilson, 1884–1978),法国哲学家、哲学史家。

的普遍迟钝如此强烈地震撼了,以至于一幅画面闪过我的脑海,一个男人被从画里吸出来,就像一个人从吸管里吸出一个鸡蛋。由这幅画产生了一首关于人被从自身撕裂的诗,关于异化的诗。根本没有政治动机激发我。然而,老虎认为反美主义的专家会非常满意这个作品,并曲解成服从党的命令的热情,从而歪曲我的意图。

老虎是自相矛盾的,有人会反对他。但只适用于那些从未发现自己陷入魔圈的人。或许我描写老虎的诡计和跳跃的尝试也是笨拙的;词语从不能精确符合蛇的起伏或猫的柔软绒毛。他的鬼脸、鼻息、喊声,整个戏剧效果,我总是将其看成那个真实的老虎的暂时伪装。真实的老虎是那个通过诗歌显示出来的更深沉的真实自我。诗歌是不断的自我否定;它效仿赫拉克利特的流动性。在二十世纪,只有诗歌是乐观的,凭借它的感官欲望,它对变化的预感,它多重意义的预言。即使我们身后没有留下不朽作品,这种训练本身也是值得称赞的。老虎不耐烦地耸着肩蔑视我的民粹主义乡愁;但在赠给我"辩证家"这个光荣称号时,他亲切地暗示了我的出身;也就是说,暗示了未被小资产阶级习惯妨碍的封建残余。这或多或少意味着,如果我消除了正题与反题之间的冲突所产生的张力,换句话说,如果我陷入道德上不妥协的慰藉,或通过为党写作让自己完全依附于当下,他就不会对我有好感。但是,如果没有虔诚和赞赏,没有对隐藏在一个苹果、一个人或一棵树中存在的无限层次的忠诚,诗的训练是不可能的;它通过逼近事物本身来挑战一个人。这是我内心的城堡,一座祈祷的城堡,我们的友谊因我的抵抗而得到保护。

尽管如此，普通人的绝望必须得到应有的重视。从巴黎我去了波兰，在那里度过了假期。整个国家对它的统治者和雇主充满了被压抑的仇恨。征服英格兰后的诺曼人也不比这个新的特权阶层更孤立于民众（我，由于衣服的特殊款式，具有那个阶层的标记），不止一次，我注意到那些在街上经过我的人眼中的恐惧。恐惧并不像西方知识分子想象的那样巨大；它是凄惨的，它有躲闪的眼神，它破坏人类社会的结构，并将数百万人的关系变成勒索的渠道。此外，波兰的经济，作为意识形态的俘虏，令人毛骨悚然。它令人想起格列佛对巴尔尼巴比国的观察，该国由开明的规划学院管理，那里“[上层]人只管埋头沉思，看不到下面发生的事情”，而“街上的人步履匆匆，样子狂野，双眼凝滞，通常衣衫褴褛”。

难怪，度过这样一个假期以后，巴黎不那么快乐了，那天早晨，当我的飞机由于发动机的小故障，在夜间越洋飞行后，临时停在加拿大新不伦瑞克，我也不快乐——即使当我在云杉林的清香中呼吸时，黎明的绿色风景让我高兴。我陷入一次持续数月的危机，因为没有人可以分担我的负担而使我更加痛苦。美国人不可能理解这种奇怪的现代冲突。在华盛顿官员中住着仅有的一位诗人，尽管只有一位，必须承认，却是高水准的：圣-琼·佩斯。我正是向他吐露了我的痛苦。似乎我让他很厌烦。《阿纳巴斯》的作者，安身于自愿流放的高傲孤独中，把他同代人的道德动荡和挣扎看成一个人凝视大海的潮涨潮落。但是，我试图榨出他的看法，关于文学作为行动，关于作家的责任感，当他明白只有以日常让步为代价才能通过审查制度的罗网时。

我说得很糟糕。结结巴巴。在那闪烁的光(阳光、霓虹灯、鸣叫的鸟——红衣凤头鸟,它们的红色就像德·拉·图尔[1]十七世纪绘画中的红色)里,欧洲失去了存在的重量,我试图解释我的焦虑只不过是徒劳。

或许,没有人因我寻求权威人物责备我。这就是我的目的,那天我没有直接从纽约到华盛顿,而是转向去了普林斯顿。普林斯顿对我来说意味着两条街道。一条街道上住着克里斯蒂安·高斯,法国文学荣休教授;他和夫人都是老巴黎,是奥斯卡·米沃什的同代人和朋友。另一条街上立着阿尔伯特·爱因斯坦的小房子。我的反语和讽刺只在表面上翻腾;它们没有破坏我对人和人类事务赤子般的热忱。我的天性要求我屈膝于某种物或某个人——去赞美。爱因斯坦白色的浓密长发,他灰色的运动衫领口前别着一支钢笔,他柔和的声音,在一座圣母马利亚的古老小木雕前的平静手势,他的一切激发了我的恋父情结,我对保护人和引导者的渴望。我为他感到遗憾,因为一九四八年在波兰弗罗茨瓦夫召开的第一届保卫和平大会上发生的不光彩事情:恐惧的俄罗斯人阻止他宣读他的提案——要求建立一个世界政府控制核能。我很感激他忧郁的笑容,这是他理解了的证据,他不会谴责那些善良却无力的人。

说实话,爱因斯坦也不可能帮我。在这个令我感兴趣的问题中,他只是在不确定的区域游移。作为一个流亡者,他并不喜

① 德·拉·图尔(De La Tour, 1593–1652),法国巴洛克画家。

欢这种状况，他的反应更多在情感层面上："你最好忠于你的祖国。"他的建议并不使我惊讶，因为我已经太多次向自己重复这句话了。为了证明它正确，他转向了乐观主义：一个人不应心急；教条的恐怖和荒谬不会永远持续下去；不，它们有一天必定终结。尽管我很敬仰他，抛开我对他的崇拜，我心中那个有些讽刺的小顽童把爱因斯坦从人们为这个牛顿的继承人建立的基座上拉下来，我把他视为众人中的一个，欧洲某一代人中的一员。他是人道主义者；他的思想形成于一个没有什么能撼动以下这个普遍看法的时代：人是理性动物，就算陷入疯狂也只是暂时的。那个时代的标准是个体的人，个体支配集体，并受到不可侵犯的法律保护，而且被授予通过投票抗议的权利。但是因为我这一代人已成为恶魔力量的玩物，这种力量并非诞生于人类自身，而是诞生于人和人的同胞共同创造的人际空间。所以我走出了默瑟大街上的那栋小房子，我的车门被砰的一声关上。我麻木地驱车经过一个个里程标牌，对自己的肉体，我是个陌生人。我们都在天真地渴望着地球上有一个确定的点，那里蕴藏着人类在某一时刻可以获得的最高智慧，很难承认这样一个点并不存在而我们只能依靠自己。

不过，我在一九五〇年秋天告别了美国。这可能是我一生中最痛苦的决定——尽管没有其他任何人的许可。在这四年半的停留里，我渐渐爱上了这个国家，并祝愿它一切皆好。它过热的文明有时可能让我烦恼，但同时我从未遇到过这么多乐于帮助邻居的好人，这个走出外部阴影——在那里，与邻居斗嘴是常规——的新来者更看重的一种品质。是的，但即使我同意和老虎——老虎已经是华沙的一名教授——分离,我在这里提到他,只是作为一切希望的象征,作为他起伏的跳跃赞成的那种希望的象征;即使我想以简单的方式取消我的社会份额,老派的荣誉感也决不会允许我以这种方式逃离。宣布我想留在美国,在某个大学获得一个职位本来太简单了,因此也太丑陋了。对一个普通的美国人来说,我的行为看起来有些疯狂,但我也没有欺骗自己,当我在纽约上船时,我的牙齿都在打战。

老虎(二)

因此情节再次转向欧洲。续篇就我的口味而言有点太耸人听闻了,我不愿写什么揭露性文章,因为这定会迎合兜售的流言,并刺探几位老共产主义者的思想,他们经历悲惨,尽管我很异端,他们还是倾向于挽救我的未来。(而且,我完全赢得了他们的支持:当时很少有人从美国返回。)我也不得不琢磨别人的心理,绝对权力导致的绝对腐败。他们把我的忠诚当成了笑柄,在华沙我感到像个傻子,由着自己的自由意志,闯进武装到牙齿的贼窝子。然而,今天我毫不后悔。我不会称那次旅行是个错误,因为我的绝望已到了非解决不可的地步,我需要亲自看看波兰的噩梦,那些好嘲笑的人,过于确信如今我不会逃脱他们的手心,免除了我所有的道德义务。我的家人仍在国外。多亏了我早先提到的那些老共产主义者的帮助(我永远也不明白那些前狱友的真实意图是什么),一九五一年初,我到达法国短期逗留。我立刻和政府决裂。巴黎显然以某种特殊的方式和我的命运联系在一起。

尽管侦探小说的情节可能前所未闻地复杂,但一把简单的钥匙就会使一切清楚。每个人只有有限的能量供给。在特别艰难的决定中他会耗尽所有供应,以致寸步难行。西蒙娜·薇依在她的著作里多次分析过这一点。她说:“我们惊奇于决定了做某事却不能坚持我们的决定,这样的惊奇不免天真。有些东西促使我们做出那个决定,但并未强大到足够使我们竭尽全力去实现;还有可能这个决策本身已耗尽了动力,以至我们都不能开始去执行我们决定的事情。”

我不愿追踪那些旧迹,以免被误以为是个冒险家(尽管我的监牧神父会说我一如既往地在冒险)。无论如何,棋盘上人物已更换。起初老虎待在西方阵营而我在东方,后来我们俩都在东方,如今我们的位置完全调换了。不过在那期间,当我们的命运被锻造,我们真的不再是我们自己了吗?我们将不会彼此拥抱,忘掉由剑和碑文**教随国定**[①]护卫的边境吗?我们只是知识分子,总是哄骗当权的国君,因为他的目标从来不是他们的目标。即使我们外在的成功有时被人羡慕,在这个顺从的世纪里我们的命运是最糟的。

为了培养政治骨干,老虎被华沙党校任命为哲学教授,不久又被任命为大学的教授,但有好几年该党拒绝承认他。他渴望入党,因为成为泥土模型是糟糕的;一个人必须成为制作模型的手。然而怪他自己;他的个性不易于服从训练。仪式很阴暗,而且如果参与者不那么庄重,就不会有“硫黄的气味”。观念在老虎的头脑中很快联系在一起,这使跟不上他思路的人恼怒;他的

---

① 教随国定,原文为拉丁语(*Cuius regio eius religio*),语出《威斯特伐利亚条约》。

幽默感使他在最不宜说话时做鬼脸，此时所有其他脸都显得冷酷无情；他戴着蝴蝶结来大学上课，这在政治上是可疑的，或他挑选某个受尊敬的名人作为他哑剧之一的话题。无论如何，他们从他的蝴蝶结和东方的优雅下面发现了某种怪异的东西。

他对武力强悍的笨蛋的旧仇很快恢复了。他把人变成哲学家的梦想遭遇了物质的惰性。但他不得不把憎恨压抑下去，只是在他为一小群追随的门徒而作的讽喻的寓言中，他才能把它吐露出来。他关于中非两个传教士的寓言不难解释：他们彼此长期争论——一个传教士坚称猿可皈依基督教；另一个主张它们不能。老虎似乎认为它们不能。

在一九五〇年，他随大学游览团去了莫斯科游览，返回时吓得脸色铁青。在那之前，他没有直接接触过俄罗斯的生活，他一谈到此事就只用单音节词，这必定是不小的震惊。从那以后，他不再提东方邻国的名字，反而称它"波斯"。在波兰，人们通过形成坚定的忠诚友谊链使自己免受精神病之苦。老虎的小组对他的精神疗法才能非常尊敬。身兼作者和演员，他即兴创作了全部系列小说，不断增加新角色。隐喻通常针对压抑和不公；但它们非常有趣，以至于贴近现实也不破坏游戏。于是，老虎讲到一个名叫波马尼兹[①]的统治者，他生活在南美。他是个工厂主和矿主，他的工人每天工作十六小时。甚至七岁的小孩（衣衫褴褛）也被系在独轮手推车上。波马尼兹，一位艺术爱好者，拥

---

① 波马尼兹(Bermanidez)，暗示雅各布·伯曼，波兰统一工人党意识形态领导人，斯大林时代波兰影响最大的幕后操纵者和高官。

有法国印象派画家的壮观收藏品。他在场时,不能讨论琐碎主题,只能谈美学,例如雷诺阿或莫奈的手法。波马尼兹还拥有一个组织高效的妓院网络,在那里高官要人,无论僧俗,一概承诺免费。最微小的突发奇想在那里都能得到满足,包括某位身着紫袍的高官那种奇怪的反复无常:女孩们必须穿校服并坐在长凳上。"你们好,小姑娘!"当德高望重的客人登上讲台,他会问候她们。在她们优雅的同声回应后,他就开始演讲,演讲中间他会突然扑向她们中的一个。后来,波马尼兹破产了,他最好的朋友在大街上不再认识他。但老虎允许他保留他的别墅("我们并不残酷"),一辆极便宜的轿车替代了他的劳斯莱斯。

有时他的寓言流露出科幻小说倾向。其中一篇如此展开:时光机已制好,现在可以旅行到过去的每个时代。这种探险旅行激发了巨大的兴趣,而党也实行了严格的管理。很难获得旅行到最近的过去的许可——只有中央委员会的成员能在一九三九年前的波兰度假;相比之下,那些抵抗力较弱的人可能会因为进行比较而受到伤害。去古罗马或中世纪的护照被分给低等公民。然而,自从有人在十三世纪的戈壁沙漠"选择自由"之后,就只能组团旅行了。老虎认为人类以之为荣的大多数杰出学者只想成为未来的公民,并在这类旅行期间"选择自由"。他们用新环境可以理解的概念来掩饰他们更多的知识。

多亏他恶毒的幽默,它毁灭了"此刻",老虎内心的自我是自由的。如果不是可靠的朋友的那些秘密集会,这位马克思主义教授可能最终变成精神分裂症患者。他是马克思主义者吗?是的,但让我们在这里泄露一个可怕的秘密:这个术语涵盖大不相同而且通常矛盾的观点。老虎玩弄官方文献就像一个变戏法的人将球抛到空中。然而他并未失去方向感,也没有停止对类人猿爆发愤怒,这些类人猿只能从马克思那里摘录碰巧取悦他们头脑的东西。

他并非一个唯物主义者。他创立了人的世界,历史的世界,如此强烈地反对自然科学的不变规律,他把自己完全沉浸在那个世界里,尽情享受它的奇观(几乎不被他的同代人察觉)。所有那些将马克思主义变成一种改编的达尔文主义的笨蛋都使他愤怒。吸引他的是人类现象的紧密交织的结构,那类空中楼阁不断由人建立在冷漠和机械的本性上。甚至古代历史学家记下的一个小细节——在埃及,男人蹲着撒尿,而不是站着——也让他开心,因为它证明了风俗的改变,只有人才有习俗。然而人的领域不断受到外来元素的侵犯——令人恐惧而且深感羞辱,因为它让我们想到我们的动物性:死亡。老虎如此痴迷于死亡,以至于他会快速翻过一本书的页面,为了避免看到某位不适宜的哲学家的图像:"不适宜"意味着早逝。然而,关于人的独特性,老虎已沉思太久,因为死亡会清零账户。他过去常说:"只有白痴才怀疑灵魂的不朽。"

救赎。如果我们竭力逆历史潮流而游,这是不可能的,因为那时我们会成为幻想的牺牲品。但如果我们顺势而游,会遇上什么样的情况?恐惧和支配意志滋养了老虎阴谋与报复的个人缺点。狂热于他的信念,他随时准备消灭他的敌人,并说服自己在消灭害人虫。然而他确实热爱善;他甚至不会杀死一只苍蝇。未获某种不可动摇的十诫所支持的道德的困惑,在普遍的不稳定中痛苦地抵达每一天的公正规则的困惑,似乎越来越使他忧虑。他朋友的小圈子聚会专注于这样的问题:什么是许可的,什么是不许可的?将一位老一辈的教授(害人虫)从系里免职,这是允许的;但关押他或剥夺他谋生的可能性,则是不允许的。

彻底的反极权主义,老虎不得不羞辱自己并撒谎,因为他说服自己归根到底他的诡计服务于真理。莫斯科大学一位哲学教授的外貌给他留下了深刻印象。"脸只有被长期掌掴,他的皮肤才能形成那种颜色。"老虎对时间的痛苦感受达到了如此的强度,以至于他过去常问朋友:"告诉我,只告诉我真相;它发生了吗?我的皮肤变成那种颜色了吗?它显示了吗?"

当老虎在华沙如此可疑地成功时,我正在巴黎努力应付我的沦落;因为流亡者的命运就是这样一种沦落,我不会向任何人推荐它,除非他幸运地拥有马的健康、短吻鳄的活力与河马的神经。客观来说,我不走运:西欧都不知道如何供养自己的知识分子,更不用说"二流"——用她过时的说法——国家的公民了。我自己的脸(疲惫不堪)很少假装童真的纯洁。一位作家若逃离"明天"正在诞生的国家(如果体制是坏的,那么它对东方的野蛮人来说是足够好的),那他就犯了一个**社会错误**。他在巴黎的社会身份摇摆在扒手与骗子之间。当我开始用法语发表作品时,每种斯大林主义的杂志,以及它们的支持者,都会用它反对我;但更羞辱我的是他们沉默的怀疑。我给自己穿上盔甲,以自尊,以对无知者和脱口而出的**一般观念**的鄙视武装自己,但这种盔甲很少刀枪不入。

同时,我作品的语调和内容触怒了波兰侨民的右翼分子,他们早在战前就想打击我，并引起他们激烈地追捕“危险的共产主义者”，此事持续了好几年。这种原始思维正是老虎反对议会民主制的原因；如果所谓自由报刊上的每篇文章立刻被用于向警方的告发，它确实是威胁性的。

不去鲁莽地激怒人们，静坐将会更安全；不过，指引我们命运的冲动和机智圆滑没什么关系。我已被审查制度的言论限制窒息太久，因为我不能摆脱愤怒。为了理解我的新环境，我只能写真相。而且，我未忘记我有责任，我未忘记华沙的那个夜晚，当时一道深渊在我面前裂开；听到据称毫无瑕疵的权威人士对我说：“一个人有权逃走，只要他找到斗争的方法。”因此在每次打击后，我都擦擦下巴继续走我的路。一个声音不断重复着：“你是卓越的。”

唉，那声音分明是嘲弄。我像老虎的寓言里时光列车中的一个旅客，到达一个过去的时代（游览一个地方和住在那里是不同的）；它是否更接近十三世纪的戈壁沙漠并不重要。关于每种可能的性爱结合的四十万册小说位于巴黎书店的橱窗里，就像中世纪的弩和剑展览在博物馆里。印度支那的战争就像某种来自拿破仑三世时代的东西。美国的麦卡锡主义复活了愚昧景象，从某种以前的化身中我就已熟悉它。当我的书《被禁锢的头脑》的译本出现在纽约时，来自亚拉巴马、佐治亚和南卡罗来纳的剪报让我皱起眉头：一位当地记者把我看成了盟友。而我相信，站出来反对人类的堕落，仅凭这一点，我就已经站在他的黑人一边了。我们会用什么尺度来衡量我们的行为，如果它们被截断、被破坏，变得面目全非，不仅发生在那里，在易北河的彼岸,而且也发生在这里? 我们的意图要么诅咒我们要么拯救我们。然而不能确定的是,一个人是否应该挺身扑在战俘列车前并让自己轧死在车轮下来抗议伤害。称之为软弱或是精明,这是引起我恐惧失败的东西。西方的官方反共产主义是虚假的,正如每种冷酷的思想,但其代表多次对他们在我的作品中不愿看到的东西闭上眼睛。在那个巴别塔里,语言是混乱的,因为意识水平是不同的。我不得不提前同意失败,这是危险的,因为那时我们会情不自禁地狂喜于我们接受十字架的内心准备。

但有那个嘲弄的声音,是幸运的。要不是那个声音我可能很容易忘掉老虎;高傲的,真诚的,我可以摆脱二律背反并重新溜回过去。我拒绝相信魔鬼,而老虎,即使在受苦时,仍在欣赏;不过我保持和他对话,和他的警告与诅咒对话。历史的进程并非某种可以轻易抛弃的东西。然而如果我们不同意屈从,我们应该比模糊的希望更不确定。我的一位美国评论者写到这一点,因为我既批评东方又批评西方,留给我的唯一道路是甘地的道路,但他的结论并不完全正确。

我的许多同代人可能把这种翻来覆去看成一位现代哈姆莱特的精神失常。他们的工作和娱乐阻止他们看到什么是危险的东西。我不是哲学家。事件本身将我置于我的世纪激烈的哲学压力中,置于它最艰难而且最重要的问题的旋涡里。或许这些超出了我的能力,但它们调动了我所有的能量。

西方人喜欢住在关于精神和自由的高贵字眼的最高天[①]

---

① 最高天,早期基督教认为该处是上帝的家园。

里，但他们并不常询问某人是否有足够的钱吃午餐。在巴黎很少有人在乎我的肉体形骸，但那极少数人的友善举动此刻对我更加宝贵。每天六十支香烟，数小时围着桌子转，失眠的夜晚，所有这些证明我没有河马的神经，以及对思想正统的左派分子和侨民右派分子的仇恨，华沙报刊上受命于当局的诽谤文章，靠借来的法郎买到的食物，并不让我高兴。节俭的行为是我唯一的优点。我本可以工作甚至单脚吊死在椽子上。当某人最终从那绝境中逃出来并看到他的书以各种语言出版时，如果把这归于他自己的功劳，那他就没有说实话。我的被一只“手”引导着的。我对它一无所知，只知道它通过激励那些与我们交好的人，神奇地令我们毫不怀疑其存在。

所有突然决裂和逆转的典型结果是对一个人自身无用的沉思和惩罚自己的欲望，这被称为罪之乐感。要不是地球的美丽，我永远也不会治愈它。被葡萄园环绕的阿尔萨斯一个乡村里晴朗的秋日清晨，映在伊泽尔河里的阿尔卑斯山斜坡上的小路，发出沙沙响声的干燥的栗树叶子，或席勒岩附近的琉森湖早春尖锐的光，或佩里格附近的一条小河，河面上翠鸟们在七月的炎热中追踪飞翔的彩色影子——所有这些让我和宇宙，也和我自己和解。

但这不同于在美国；治愈我的不仅是自然。欧洲本身把我抱进她温暖的怀里，她的石头，经过去数代人之手的雕刻，她的许多脸庞浮现自木雕、绘画、镀金的绣花织物中，安慰我，我的声音被加入她古老的挑战和誓言，尽管我拒绝接受她的分裂和多病。欧洲，毕竟是我的家园。在她那里我碰巧找到帮助：多尔多涅河的乡村就像柏拉图式的回忆,天然的景色如此宜人,以至于史前的人,在两三万年前,选择韦泽尔河谷作为住所(他也被柏拉图式的天堂回忆打动了吗?)。当我爬上圣埃米利永山,临近昔日罗马官员公馆矗立的地方,凝视着葡萄园中土地棕色的犁沟,我试图想象所有曾在这里辛苦劳作的手。当时某种东西在我内心产生。这种变化当然缓慢,起初它们甚至对我们是隐秘的。不过,渐渐地,我不再忧虑所有流亡的神话,墙的这边或墙的那边。波兰和多尔多涅河,立陶宛和萨伏依,维尔诺的狭窄小街和拉丁区,一切都混在了一起。我像一个古希腊人。我只是从一个城市搬到另一个城市,我的故土欧洲,它的一切,居留在我心中,连同它的山脉、森林和资源;心的那张地图没有为我的困惑预留位置。在黑暗中摸索了几年之后,我的脚再次触到坚固的地面,而且我恢复了活在当下的能力,在"此刻"中包含着过去与未来,它们强过所有可能的启示。

我知道我不应将众多脸、书、景、胜和败塞进一个苍白的纲要里,清除每日每时变换的色彩。然而一个支配性的主题如此显著地贯穿那些日子和时光,该诗[①]始写于一九五五年底。其朴素的风格与内容均不优美,但优美并非总是必要的。艺术家需要存在,在创作中和神圣的承诺交流。对他们来说,军队行进、社会斗争、垂死政权与新兴政体的混乱只发生在外部。对别人来说,那些战斗和混乱就是现实本身。至于我,无论我完成了什么真正有价值的作品,确实是这两种态度在我心中碰撞,促使

① 《诗论》,一九五七年发表于巴黎《文化》杂志。

我跨越国界和海洋的因素或许不仅是冒险精神，也不仅是犹豫不决。忠实于老虎，我努力说一种有意清除后浪漫主义装饰的语言，尽力解开我自己的谜，并最终解开我这一代人的谜。如果我从那首诗提炼最重要的部分，其概要（尽管诗歌绝不能被简化成散文）可以这样表述：以不变的道德戒律和宇宙的稳定结构为名，以不变来应对时间带来的历史变迁或予以抵抗，都是值得尊敬的。然而，那些用这种方式为自己穿上盔甲的人冒着被惩罚的危险，因为历史的幽灵迟早会现身，“他的脸大如十个月亮，一条链子环绕他刚砍下头颅的脖子”。然后他们会跪在他面前，把他等同于尘世的幽灵，“他将死去的甲壳虫的腿聚集成一个柔软的土块，风信子从中发芽”。也就是说，他们将他等同于精确的必然性，所有自然现象都服从于它。但自然的王国并非我们的家；我们属于它，不过我们并不适应。在自然的王国里必然性是唯一的善；对我们并非如此。在我们的王国里，生成的过程是历史，它服从非常不同的法则。它产生于我们自身，甚至产生于我们最小的行为。不幸的是，我们对历史易变性的适应尚未超越笨拙的开始阶段，但为了把我们从她的催眠术中解放出来，我们必须强化她，而不是回避她。

应该感谢那些突然无意发现历史时刻的人，就像一个文盲发现化学现象一样。但也感谢那些通过服从不变的道德要求欺骗自己的人，因为对他们来说历史时刻——它要求我们不断更新——不过是烟雾和幻觉。甚至他们的艺术也是迟钝的，因为它尚未经炼狱之火的淬炼——人不可避免的矛盾是他的炼狱。

这种观点——此处谈得太抽象——对我来说并不抽象，因为它来自我自己的亲身体验。拒绝和平,拒绝只顾自己的幸福:我离开美国或许是逃离基西拉岛。为了纪念我的拉丁语老师,阿道夫·罗哲克,他不时造访我的梦境,我用贺拉斯写维纳斯在上升的月亮下领舞合唱队的一句诗结束了我的诗。但我也清算了进步的奴役:他们在历史的审判前颤抖,因为他们把它建成了道德和审美的最高典范。他们尽力踮起脚尖眺望明天,但他们从不够高,未来从不以我们期待的方式分配善恶。如果我们的标准包含在时间里,而不是由我们自己发明出来,历史将用它精确的、形式的重量压碎我们。但这是反常的,它迫使我们在政治和艺术中把我们的要求推向未来;换句话说,迫使我们冒险。

一九五六年,我写完了《诗论》,就在波兰和匈牙利革命剧变前不久。随后它很快出现在巴黎。我从不希望一本艰难的小册子吸引任何人或获得最高奖励。后者随一封华沙来信降临,可能不会有更好的桂冠了,因为这封信来自老虎。我总认为即使我更成功的作品也未必能得到他的认可,但如果他强烈反对某事,仔细考虑以后,我当然会承认他是对的。另一方面,有些未能获得他完全赞同的事不能自称完美。但老虎的信也是对我灵魂黑夜的奖赏,此时我只是拒绝摆脱神圣与历史之间那毒害了我生活的二律背反。尽管起初他向自己保证过,但他也受其毒害。如今我们的兄弟情谊在智识螺旋线升到一个更高的立足点。

不过,老虎在华沙报刊上的文章让我失望。它们陆续发表,他本可以摘掉面具,并代表他自己的人文主义革命发言。但这样做的是别人,更年轻的老虎从审查制度的藤蔓植物后面冲出来,而他对着后面的士兵踱步,似乎为了掩护斯大林主义者的撤退。我颇觉遗憾,为他的胆怯,为他没完没了的谨慎,为他摇摆观望的态度,似乎他害怕停止游戏,因为他可能跌成碎片。但同时他的策略出现了坏兆头:如果他如此受压抑,这意味着时机还不成熟,即将到来的并非真正的"解冻",只是短命的发烧。但我想,我对他是不公正的。老虎可以被怀疑,但他也羞于模仿那些熟练的人:他们演习一百八十度的大转变,突然开始维护直到那时他们还在维护的事物的反面。如果以前他只是撒谎别无其他,无疑他不会有不安。但他的花招总是让他的职业追随游戏,无论我们把那种游戏叫作什么——或许那只是我们难以捉摸的道德。

一九五八年夏天的一个下午,当我浏览报纸时,我读到老虎突然死于心脏病的消息。像通常一样,当一个仅仅因为其存在而向我们保证某种完全的联合和互惠的人消失了,我们除了凝视绿叶在风中飘动,别无他法。什么也没有被发现,去面对死亡的基本事实。什么也超越不了《传道书》的话:"因为聪明人和傻子一样得不到恒久的纪念,因为即将到来的时间将用遗忘覆盖所有事物。"[①]后来,我得知在死前那个阶段他一直只读两本书:普鲁斯特的《追忆逝水年华》和黑格尔的《美学》。他戏称黑格尔太难,让他病了。我想,他的玩笑比任何人意识到的更像坦白。老虎被他的游戏杀害了。这颗心被游戏消耗得太快了,不能与头脑保持同步,在历史的潮流里坚持领悟上帝的意志。

---

① 《圣经》译作:"智慧人和愚昧人一样,永远无人记念,因为日后都被忘记。"

如果说我不像老虎,尽力用山上宝训的建议来安慰自己——“不要忧虑明天,因为明天会照顾它自己”[①]——那它也并不能给我自夸的权利。正相反。老虎为我承担了太多,无论远近,他的存在像牛虻作用于我;他蜇我,刺激我,不让我入睡。在著述方面他未完成自己,但我们还不能评价这样一个人对社会的意义——苏格拉底的信徒放射的光芒,把他人引向实效的激励。我坚持认为如果老虎不存在,他的几个朋友(波兰的和国外的)将会做出不同的行动,因为他们掌握着不同的讲坛,他出生的这个国家将因为一个重要元素而变得更穷。

随着老虎的死,我的书临近结束。这最后一章——尽管描写了一个非常接近我的人——很有实用性,因为这不是一本情感之书。我们的冲突与和解的范例,矗立在我们面前的选择自由,意味着为所有我尽力说到的那部分欧洲即东欧加冕。我们不像俄罗斯人,因为没有神圣的爱国的忧郁遮蔽我们的意识。当我们在辩解中寻求逃避时,我们不能逃进最方便的一个,这是自己的国家力量通常提供的,即使以不适当的代价获得。他和我都不曾受骗,以为我们国家的相对狭小可能被避免,或许我——来自一个语言混杂的地区——比他更理解战败的持久后果……

我们也不同于西方的左派分子,因为他们还倾向于传奇。对我们来说,那种传奇的年月已雕刻了我们的肉体。他们的信仰保护了他们对几个小时飞机航程之外的国家的地理和历史的

① 《圣经》译作:“不要为明天忧虑,因为明天自有明天的忧虑。”

无知，他们认为通过阅读百科全书就能发现关于人类社会迷宫般的复杂性，像福楼拜笔下不可救药的布瓦尔和佩库歇。他们在资产阶级个人主义的时代里长大，突然捶着胸开始从事公共事业——对我们来说他们只是新手。我们东方人背后没有资产阶级的个人主义；我们从自身的遗产中获得所需，因此以一种不同的传统为荣。当老虎住在勒穆瓦纳红衣主教路时，他迫使自己成为“进步的”，只是后来才认识到他们的方法对我们不起作用。

他的观点和我的观点都不正确——但没有正确的，如果我们承认在局外等待并非解决之道的话。而且，如果我们成为任何别的国家公民的话，我们将陷入更糟的伏击中。波兰甚至在最黑暗的岁月里仍保持着对手无寸铁者的某种同情，幸亏她混乱自由的过去，幸亏天主教……在别的地方，我可能会在牢房里想起爱因斯坦的好建议，当被指控某种随机的犯罪，例如和美国情报机构合作——只要他们盘问，我会坦白美国情报机构的真正首领是爱因斯坦。无论如何，没有人会使眼色把我再次驱逐国外。老虎，尽管做好了防备，将会在他信任的朋友中发现一个奸细。

在这本书里我尽可能避免简化，尽管自传的片段只是托词，我怀疑我作为一个头戴光环的人物出现在这些书页里。或许对我自己相当严厉的判决到处闪现。如果是这样，也没有理由润色老虎的肖像。毕竟不仅我对他的看法在起作用；不太熟悉他的别人也有权一听。当我支持他时，他以前的学生不信任地凝视着我。但是，他们耸着肩大声说，他是一个受惊吓的人、一个懦夫、一面破碎的镜子！他们是残酷的。因为我们的邻居总是用外部标准衡量我们，作为对自己的警告，我重申我诗中关于多数人的话，“半开的嘴唇从不能说出他们想说的”。

我不认为我很清楚在这里描写的冒险多么典型，它当然是东欧的某种环境。但当我把我们与平静有序的国家的居民比较时，不论我们所有的不幸和受苦，我倾向于认为我们在一个方面更幸福。既非新型汽车，也非旅行，更非恋爱提供了青春的灵丹妙药。在获得我们那一部分娱乐和欢乐时，我们使自己处于时代的报复中，它使感受力迟钝。另一方面，我们东方人正因为不得不凝视我们世纪的地狱，发现青春的灵丹妙药并非幻想。没有人情愿让自己观察这些地狱。被压缩、加速的时间并非生理时间；它也报复它自己，用集中营、子弹，或心脏病。不过，它教导我们完全献身的意义，并打破个体与社会之间、风格与习俗之间、审美与政治之间的藩篱。那种神奇的灵丹妙药不过是一种确定性：对人类的认知是没有边界的；自命不凡而自我膨胀是不合适的，因为我们的每项成就都消失成昨天，我们始终都是入门课上的学生。我怀疑在几乎不变的背景中走完从儿童到老年的旅程的个人，其习惯从未被社会秩序的起伏打断，这样的人太容易对那些仅存于此处却不透明的事物感到忧郁。因此二十岁，厌倦地噘着嘴，重复那句靠不住的格言：“日光之下，并无新事。”

通过失败和灾难，人类寻求青春的灵丹妙药；也就是说，把生活变成思想的灵丹妙药，那种激情在我们个人努力的更广泛效用上维持信仰，即使它在这个世界的残酷操纵下表面上毫无变化。很可能我们东欧人在这种探索方面是领先的。通过选择,我们不得不为了其他价值放弃某些价值,这是悲剧的实质。然而只有这种体验能促进我们的理解,以便我们在新的光线中看到古老的真理:当野心劝告我们把自己提升到精神贫乏者守护的简单道德规则之上,而不是在变化的不确定中选择它们作为我们的指南针时,我们就会扼杀能够弥补我们愚蠢和错误的唯一事物:爱。

译后记：复调传记与“贴合式”翻译

最初为本书提供简介时，我写了下面这段文字：“《欧洲故土》‘用我对自己和他人的观察合成一部传记’，是一部融个人史、他人史和时代史于一体的复合型自传。在书中，个人、他人与时代形成了奇妙的三重话语，深刻而巧妙地揭示了二十世纪前半期作者个人、欧洲与人类的总体处境。本书巨细兼备，巨可宏阔，细则入微，大体以时间为序，以独立又连续的板块式结构呈现了极其独特而不乏普遍性的现代经验。全书融深情省思于叙述勾勒，语调亲切，个性凸显。总体而言，这部回忆录体现了真实、真诚、真切的艺术精神。”如今我倾向于把个人史与他人史并置，把时代史看成它们的背景，同时把“复合型自传”改成“复调传记”。显然，“复调传记”是对巴赫金“复调小说”的化用。之所以用“复调传记”概括《欧洲故土》，是因为这部作品确实像陀思妥耶夫斯基的作品那样呈现了两种以上的声音。米沃什在其晚年作品《米沃什词典》里谈到了复调性：“巴赫金在其论述陀思妥耶夫斯基诗学的著作中提出一个假说，认为复调小说是俄国作家的发明。复调性使陀思妥耶夫斯基成为一个如此现代的作家：他听到了说话的声音，许多人说话的声音，在空气中,相互争吵,表达着相反的意见——在文明的当下阶段,文明难道不是被这种混杂的吵闹声所包围吗?”这表明米沃什不仅了解巴赫金的复调小说理论,而且认为他所处的正是复调多声的时代。

《欧洲故土》中写到的人物极多。这表明米沃什已摆脱了那种以自我为中心的自传体写作,用他的话说就是“用我对自己和他人的观察合成一部传记”,这就使本书成了自传与他传的合体。需要强调的是,这里的“观察”并非停留在表面,而是深入人物内心:是“一次深入我自己——然而不仅是我自己——的过去的心灵的航行”。在米沃什笔下,“我”与他人生活在相同的时代,具有相似的处境,尽管米沃什选择了与他人不同的道路,但在不少特殊时刻,米沃什与他人又是相通的,至少从他人身上可以看到米沃什的某些影子和心态。在我看来,此书的显著特色体现在作者对“我”与他人关系的复调性处理方面。也就是说,米沃什不是代他人立言,而是如实地传达他人的声音,大多情况下悬置判断(从本书看,作者深谙现象学),有时把他人与自己比较,有时则比较两个他人,以凸显各自的特征。这就赋予了他人相当的独立性与客观性。

奥斯卡·米沃什是影响作者的重要人物,作者对奥斯卡·米沃什的叙述涉及其行为观念等许多方面,但都不做是非判断,而是尽可能把他全面呈现出来。“如果奥斯卡·米沃什表现得像其他人那样——也就是说,如果他继续创作‘文学’作品——他本会赢得声誉,或许在法兰西学院获得席位,而不是成为一个孤独的天才,二十世纪的斯威登堡。但是,顺从他的使命感,他拒绝玩游戏。那么，我的精明是对失去好名声的可怜担忧吗？可能吧。但是另一方面，我眷恋‘这个被金属的噪声震聋的世界’和那些困惑的劳作者的谦卑。我不应为此受到过多谴责。”这是把自己与奥斯卡·米沃什进行的比较，点到为止，但揭示了“我”与他的差异性。

就此而言，本书确实“塑造”了特色各异的他人形象，除了奥斯卡·米沃什和老虎这两个着墨较多的人物以外，还呈现了塔德乌什、马克、费利克斯和索菲娅等人，以及用字母替代的人，如诗人J和S、商人W等，还有作者对自己的父母、师友等的描述。一部自传容纳如此众多的人物和命运，显然与其他自传不同。这正是复调性造成的艺术效果。

我当然认可“这部充满生气的自传是米沃什最重要的作品之一”，同时我感觉此书在米沃什的作品中是综合性最强的。《被禁锢的头脑》和《米沃什词典》以谈他人为主，《诗的见证》以谈诗为主，这部著作既谈了自己，也谈了他人；既谈了诗，又为他的诗提供了广阔的社会背景。像他的诗一样，全书贯穿着奥斯卡·米沃什那句引导他的箴言“对真实的热情追求”。可以说，米沃什的真诚让许多人的真诚显得虚伪，米沃什的伟大让不少人的伟大显得渺小。从这个意义上，我认为此书是一部写作启示录，建立在时代启示录和生活启示录基础上的写作启示录。

本书触及的大量人物并不包括布罗茨基。因为此书写成时（1958年），布罗茨基才十八岁，还待在俄罗斯，他们互不相识。直到《米沃什词典》里才出现了布罗茨基的名字。布罗茨基去世后，米沃什还写了一篇《关于布罗茨基的笔记》。之所以在这里提到布罗茨基,不仅因为他是犹太人和俄罗斯人(在此书中,米沃什用一章讨论犹太人,用一章讨论波兰人与俄罗斯人的关系),也是因为在我看来此书可与《小于一》媲美。当然,《小于一》是一部文集,除了前后两篇《小于一》和《在一间半房子里》是自传性的散文以外,其余篇章基本上都在谈诗,不像此书具有连贯性和整体性。相比而言,布罗茨基更热衷于诗,米沃什则注重诗的社会背景。但他们都写出了这个世界上为数不多的好书,至少是我最珍视的作品。

下面谈谈此书的翻译。无论译什么,我的原则只有一个,那就是忠实。在和朋友聊天时,我把它称为"贴合式"翻译。

翻译并非简单的语言转换活动。从表面上看,翻译译的是词语,其实译的是词语指向的东西。词语指向的东西很多,但大体上可以分成两类:一类是词语指向的物,一类是词语指向的心。当然,在文学作品中,"物"和"心"都不是孤立的。"物"往往被"心"渗透,"心"常常借"物"呈现。但从根本上说,"物"是客观的,"心"则是主观的。因此"贴合式"翻译涉及的问题至少也有两个:一是借助另一种语言中的词贴合原语言表达的尘世之物,一是借助另一种语言中的词贴合原语言表达的作者之心。

在不同语言之间进行"物"的贴合比较容易。但也不是没有障碍,特别是在文化差异较大的语言之间进行翻译时。就本书而言,《天主教教育》一章就有不少这样的障碍,因为其中诸多宗教现象在汉语里很难找到对应物。当然,更难贴合的是不同语言之间的"心"。在本书中,"心"主要包括情感和观念两大类，它既可能是肯定性的，也可能是否定性的；它既可以体现对“物”的态度，也可以体现对“事”的态度。汉语里有两个词：“事物”和“事情”。把“事”与“物”联系起来，自然是强调其客观性；把“事”与“情”联系起来就很不免主观了：同一件事不同的人叙述起来会体现出不同的情感倾向。所以我把“事”放在“心”的领域。米沃什一生经历丰富，个性十足，他对人事、政治、宗教等的态度异常复杂。如他写得较多的两个人奥斯卡·米沃什和老虎，总体上作者敬佩他们，但仍坚持自我，表现出与他们的差异性。换句话说，他并未被对方同化而失去自我。如何将这些特定处境中复杂多变的微妙情绪以及相应的语调在译文里传达出来，这对译者来说是最难的。“贴合式”翻译之难多半集中在这里。在翻译中，如果只贴合了“事”，而偏离了“情”，或贴合了“事情”，但过于强化或弱化“事”中之“情”，这都属于非贴合性翻译。严格地说，也是错译。就此而言，完全贴合原作的文学翻译并不存在。译者总是以己之心度作者之意，翻译因此变成了一个译者理解或误解（译者误解时往往并不知情）作品的过程。从根本上说，翻译不完全是个语言问题，而是人与人之间理解的程度和限度问题。它构成了译者难以克服的宿命：翻译尽管可能，但贴合很难。

翻译之难也是由译者的位置决定的，因为他处于作者和读者之间。译者固然也有自己的主体性，但毕竟不像作者那么自由，他先天受限于作者的主体性和读者的主体性。首先，译者的主体性应接受作者主体性的限制，也就是说，翻译必须忠实于作品。翻译诗学的客观性原则应时刻遵循，否则就不可能成为一个好译者。同时在不同语言之间进行转换时,译者不得不考虑本国读者,适当顺应本国语言的特点,从而使译文尽量流畅可读。一个未从事翻译的人,大概很难体会什么是语言的折磨。译完《白鹭》后,我曾向一个朋友说我要告别翻译,他表示理解,但相信我还会再译的。真被他说中了,或许因为他也是一个译者?我不知道别的译者为何承受这种折磨,对我来说,这完全是由被翻译作品的重要性决定的。换句话说,为了把《欧洲故土》这本好书带入汉语,我才甘于继续接受这种折磨。

为了不辜负这本好书,我的翻译尽力贴合原作。全书至少经过了初译、校译和定译三个环节。初译疏通框架,校译精确细节,定译在通盘考虑的基础上调整语句,旨在实现更紧密的贴合。从事过翻译的人都知道翻译最难的是定稿。所谓的定稿基本上都是强行结束,因为翻译无止境,完全贴合只是不可企及的梦想。感谢我的学生颜明珠参与了部分章节的初译。感谢刘国鹏、刘楠祺!在翻译过程中遇到非英语外语(主要包括法语、德语、俄语、意大利语、拉丁语、波兰语等,书中未一一注明)时向他们请教,总能及时得到回复。特别感谢来自米沃什国度的波兰朋友尤佳!她热情地承担了此书的校对工作。尤佳特别认真,她对书中诸多特殊的文化现象做了具体解释,有的还提供了图片,这不仅消除了我的疑惑,而且极大地增强了译文的贴合度。同时她还纠正了英译的一些错译,并补充了个别漏译。最后感谢本书责编认真精细的校改,进一步增强了译文的准确度。《欧洲故土》复杂深邃,不当之处恳请读者朋友指正,以使此书更贴近米沃什的原作。

著作权合同登记号桂图登字:20 - 2014 - 065 号

图书在版编目(CIP)数据

欧洲故土/(波)切斯瓦夫·米沃什著;程一身译. —桂林:广西师范大学出版社,2023.7
(文学纪念碑)
ISBN 978 - 7 - 5598 - 6317 - 1

Ⅰ.①欧… Ⅱ.①切… ②程… Ⅲ.①随笔-作品集-波兰-现代 Ⅳ.①I513.65

中国国家版本馆 CIP 数据核字(2023)第 162644 号

欧洲故土
OUZHOU GUTU

出 品 人:刘广汉
策划编辑:魏 东
责任编辑:魏 东
助理编辑:程卫平 钟雨晴
装帧设计:李婷婷

广西师范大学出版社出版发行
(广西桂林市五里店路 9 号 邮政编码:541004
网址:http://www.bbtpress.com)
出版人:黄轩庄
全国新华书店经销
销售热线:021 - 65200318 021 - 31260822 - 898
山东临沂新华印刷物流集团有限责任公司印刷
(临沂高新技术产业开发区新华路 1 号 邮政编码:276017)
开本:890 mm × 1 240 mm 1/32
印张:10.5 字数:230 千
2023 年 7 月第 1 版 2023 年 7 月第 1 次印刷
定价:78.00 元

如发现印装质量问题,影响阅读,请与出版社发行部门联系调换。